JN252312

わたしたちが自由になるまえ

フーリア・アルバレス
訳／神戸万知

ゴブリン書房

ドミニカ共和国にとどまった人たちのために

BEFORE WE WERE FREE by Julia Alvarez
Copyright © 2002 by Julia Alvarez

Japanese translation published by arrangement with
Julia Alvarez c/o Susan Bergholz Literary Services
through The English Agency (Japan) Ltd.

装画／平澤朋子

第一章　ドミニカの形の消しゴム——7
第二章　シーッ！——26
第三章　秘密《ひみつ》のサンタたち——48
第四章　消された日記——75
第五章　スミスさん——96
第六章　メイド作戦——114
第七章　横たわる警察官《けいさつかん》——133
第八章　もう少しで自由——154
第九章　夜の逃亡《とうぼう》——172
アニータの日記——184
第十章　自由への叫《さけ》び——240
第十一章　雪の蝶《ちょう》——265

物語の舞台《ぶたい》——カリブ海に浮《う》かぶ、イスパニョーラ島東部の国、ドミニカ共和国。
一九六〇年から一九六一年にかけて。

主な登場人物

アニータの一族

- おじいちゃん ― おばあちゃん
  - ムンド（父） ― カルメン（母）
    - ルシンダ（姉）
    - ムンディーン（兄）
    - **アニータ（主人公の少女）**
  - ラウラ（おばさん） ― カルロス（おじさん）
    - カルラ（いとこ・クラスメイト）
    - サンディ
    - ヨランダ
    - フィフィ
  - ミミ（おばさん）
  - トニー（おじさん）

ウォッシュバーン家

ウォッシュバーンさん（アメリカ大使館の領事《りょうじ》）
ミセス・ウォッシュバーン
- スージー
- サミー（クラスメイト）

チューチャ（乳母《うば》でメイド）
ウルスリーナ（料理人）
ポルフィリオ（庭師《にわし》）
ロレーナ（メイド）
モンシート（荷物持ちの少年）
ウィンピーさん（スーパーの店主／元アメリカ海兵隊員）

マンシーニ家

ペーペおじさん（イタリア大使館に勤務《きんむ》）
マリおばさん
- マリア・デ・ロス・サントス
- オスカル（クラスメイト）
- マリア・エウヘニア
- マリア・ホセフィーナ
- マリア・ロサ

トルヒーヨ（ドミニカ共和国大統領《だいとうりょう》／独裁者《どくさいしゃ》）
プーポ（ドミニカ共和国軍の将軍《しょうぐん》）
ナバヒータ（秘密警察《ひみつけいさつ》の指揮官《しきかん》）

〈アニータの一族の敷地《しきち》〉

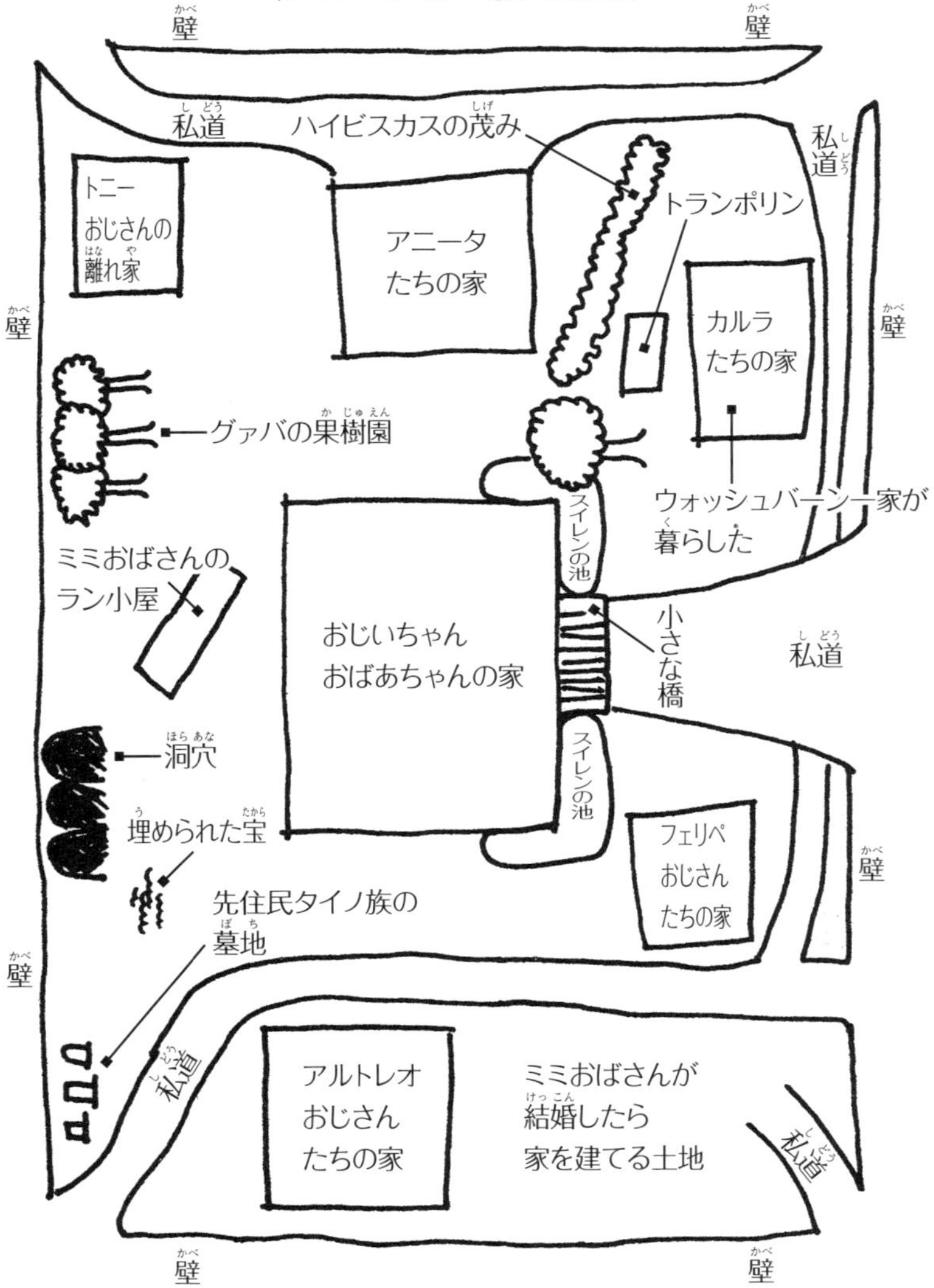

第一章　ドミニカの形の消しゴム

「だれか、やってくれる人はいないかしら？」ブラウン先生がいった。わたしたちは二週間後の感謝祭《かんしゃさい》（十七世紀、イギリスからアメリカに移住《いじゅう》した人々《ひとびと》が、秋の収穫《しゅうかく》を神に感謝《かんしゃ》したことにちなむ行事）に向けて、劇《げき》の準備《じゅんび》をしていた。わたしたちの国、ドミニカ共和国に、イギリスからの移住者《いじゅうしゃ》がきたことはない。けれど、わたしが通っているのはアメリカン・スクールだったので、アメリカの祝日はお祝いしなければならなかった。

うだるように暑い午後だった。頭がぼうっとして、だるい。窓《まど》の外のヤシの木は、ぴくりともしない。わずかな風すら吹《ふ》いていない。「十一月なのに、七月四日の独立《どくりつ》記念日みたいに暑いんじゃ、感謝祭《かんしゃさい》の気分になれないよ」アメリカ人の生徒たちが文句《もんく》をいった。

ブラウン先生が教室をながめる。わたしの前の席にすわっている、いとこのカルラが手をあげた。先生がカルラを、それからわたしをよんだ。わたしとカルラは、移住者《いじゅうしゃ》を歓迎《かんげい》するふたりのインディアン役を与《あた》えられた。先生はいつだって、ドミニカ人の生徒にその他おおぜいの役をわりあてる。

ウサギの耳みたいに羽根がつきささったヘアバンドをわたされた。なんだかバカみたい。「はい、インディアン役、前に出て、入植者たちを歓迎《かんげい》してちょうだい」ブラウン先生は、ジョーイ・ファーランドとチャーリー・プライスのほうをさした。ふたりはおもちゃのライフルを持ち、アメリカの西部劇《せいぶげき》に出てくるようなクロケット帽《ぼう》をかぶって立っている。先生をときふせて、かぶらせてもらったのだ。でも、アメリカの西部開拓《かいたく》時代はもっとずっとあとのこと。そのくらいドミニカ人のわたしだって、知っている。

「アニータ」先生がわたしを指さした。「せりふはこうよ。『合衆国《がっしゅうこく》へようこそ』」

わたしがもごもご口を開いたとき、オスカル・マンシーニが手をあげた。

「先生、その頃《ころ》はまだガッチュウコクなんてなかったのに、どうしてインディアンは『ガッチュウコクにようこそ』なんていうんですか？」

みんながいっせいにうんざりした声をあげた。オスカルは、いつもなんでも質問《しつもん》する。

「ガッチュウコク！　ガッチュウコク！」うしろの席のだれかが真似《まね》をした。たくさんの生徒がくすくす笑った。そのなかには、ドミニカ人の子も何人かいた。わたしは、アメリカ人の生徒がわたしたちドミニカ人の英語をバカにするのが大きらい。

「いい質問《しつもん》ね、オスカル」生徒たちをしかりつけるような目で見てから、ブラウン先生がいった。ひそひそ声も聞こえたにちがいない。「これは、〝詩的許容《きょよう》〟ってよばれるものよ。現実《げんじつ》とちがうことでも、物語では許《ゆる》されるの。なにかほかのものにたとえる、隠喩《いんゆ》や暗喩《あんゆ》のようにね」

ちょうどそのとき、教室のドアが開いた。校長先生がちらっと見えた。うしろにはカルラのお母さんのラウラおばさんもいて、心配そうな顔をしている。ラウラおばさんは、わたしのパパの妹。この頃《ごろ》、おばさんはいつも心配そうだ。もしオリンピックに「心配」って競技《きょうぎ》があったら、ラウラがドミニカ代表になって金メダルをとるだろうって、パパはよく冗談《じょうだん》をいっている。でも最近は、パパだってかなり心配そうだ。いつも「好奇心《こうきしん》は知性《ちせい》のしるし」っていっていたのに、あるとき、わたしがなにかたずねると、「子どもはいちいち口をつっこむんじゃない」とこたえたくらいだもの。

教室のうしろにいたブラウン先生が前へいき、少しのあいだ、校長先生と立ち話をした。それから、ふたりは、ラウラおばさんの待っている廊下《ろうか》へ出た。ドアが閉《し》まる。

ふだんは教室から先生がいなくなると、お調子者のチャーリー・プライスがきまってなにかする。たとえば、教室の時計の針《はり》を動かすとか。そのときは、ブラウン先生はすっかりかんちがいして、早く休み時間にしてくれた。昨日は、黒板の日付「一九六〇年十一月十日、木曜日」のとなりに、「今日は宿題なし」って大きく書いた。さすがのブラウン先生も笑ってた。

でもいまは、生徒全員が静かに待っていた。このまえ校長先生が教室にきたときは、トマシート・モラーレスにお母さんが迎《むか》えにきているって、伝えるためだった。お父さんになにかあったみたい。うちのパパはトマシートのお父さんと知りあいだったけれど、なにが起きたのか教えてくれなかった。その日以来、トマシートは学校にきていない。

わたしの横で、カルラは緊張《きんちょう》したときのくせで、髪《かみ》の毛を耳のうしろになでつけていた。わたしのお兄ちゃん、ムンディーンも、緊張《きんちょう》すると顔がぴくぴく引きつる。なにか悪いことをして、パパが帰るまでお仕置き用の椅子《いす》にすわらされるたびに、爪《つめ》をかむくせもあった。

ドアがまた開き、ブラウン先生がもどってきて、にっこり笑った。でも、いかにも大人が悪い知らせをかくすときの作り笑いって感じだった。先生はほがらかな声で、カルラに荷物をまとめるようにいい、「アニータ、手伝ってあげて」といいそえた。

わたしたちは席にもどり、カルラのかばんに教科書をつめだした。ブラウン先生は、クラスのみんなに、劇《げき》の準備《じゅんび》はあとでやるから、かわりに単語帳を出して次の章をやりはじめるように、といった。みんなは落ちついて単語帳に向かうふりをしながら、わたしとカルラのことをちらちら見ていた。

ブラウン先生が、わたしたちの様子を見にきた。カルラは宿題をかばんに入れたけれど、ふだん机《つくえ》のなかに置きっぱなしのものはそのままにしていた。

「それはみんなカルラのもの？」先生は、カルラの新しいノート、きちんと並《なら》べられたえんぴつ、ペン、それにドミニカの形をした消しゴムを指さした。

カルラがうなずく。

「全部かばんにしまいなさい」ブラウン先生は静かにいった。

わたしたちは、カルラのものをひとつ残らずかばんに入れた。そのあいだじゅう、どうして先生はわたしも荷物をまとめるようにいわないのか、不思議に思っていた。だって、わたしとカルラは親せきなのに。

オスカルが、手をあげて、嵐《あらし》のときのヤシの木みたいに上下左右にふった。けれどブラウン先生はなにもいわなかった。今回だけは、オスカルが質問《しつもん》できますようにって、クラス全員が思っていたはず。きっと、みんな同じ疑問《ぎもん》を持っていたから。カルラはどこへいくんだろう？　って。

先生がカルラの手をとった。「いらっしゃい」先生は、わたしに向かってうなずいた。

ブラウン先生は、カルラをつれて教室の廊下《ろうか》側を歩いていく。わたしもあとにつづいたけれど、だれかと目があったら涙《なみだ》があふれそうだった。教室に掲《かか》げられた、ドミニカの偉大《いだい》な大統領《だいとうりょう》、「ボス」の肖像画《しょうぞうが》を見あげると、ボスはじっとわたしたちを見おろしていた。その左には、白いかつらをつけたアメリカの初代大統領《だいとうりょう》ジョージ・ワシントンの肖像画《しょうぞうが》もあって、どこか遠くを見つめている。もしかしたら、ふるさとが恋《こい》しいのかな？

ひたすらボスを見つめながら、わたしは涙《なみだ》をこらえた。勇敢《ゆうかん》で強い子でいたい。そうすれば、いつかボスに会えたとき、ほめてもらえるだろう。「そう、きみがぜったいに泣かなかったって子だね」っていいながら、ボスはわたしに向かって微笑《ほほえ》むの。

みんなの前を横切るとき、ブラウン先生はふり返って、わたしがうしろにいるかどうか、たしかめた。先生が手をさしのべてきたので、わたしは空《あ》いていた手をのばした。

カルラの家の、アメリカ製《せい》の車にのって帰った。車のうしろの部分が、去年海岸で見たサメに似《に》ていた。後部座席《ざせき》はわたしとカルラ、それからカルラの妹のサンディとヨランダで、ぎゅうぎゅうづめだった。サンディたちも授業中《じゅぎょう》によびだされていた。助手席には心配顔のラウラおばさんがだまってすわり、そのとなりでうちのパパが運転していた。

「なにがあったの?」わたしはききつづけた。「なにかよくないことがあったの?」

「オウムちゃん、落ちつきなさい」パパが明るい声でいった。オウムちゃんは、うちでの、わたしのあだ名。わたしって、小さなオウムみたいに、ときどきしゃべりすぎちゃうって、ママはいう。でも、学校でのわたしは家と正反対。いつもブラウン先生に、もっと大きな声で話しなさいって注意される。

パパが説明をはじめた。カルラの家族はやっとドミニカを出る許可《きょか》がもらえて、数時間後にアメリカ合衆国《がっしゅうこく》へいく飛行機にのるんだって。バックミラーごしにわたしたちを見ながら、パパは精一杯《せいいっぱい》陽気にふるまった。「雪が見られるんだぞ！」

カルラたち姉妹はなにもいわない。

「それに、おじいちゃんやおばあちゃんや、ほかの親せきたちみんなとも会える」パパは話をつづける。「なあ、ラウラ？」

「そう、そう、その通り」ラウラおばさんも話をあわせる。タイヤの空気が抜《ぬ》けるときみたいに、いきおいよく息を吐《は》きながらこたえていた。

おじいちゃんとおばあちゃんは、九月のはじめにニューヨークへ向かった。ほかのおじさんやおばさんも、それよりまえの六月に、まだ小さないとこたちをつれてアメリカへいった。トニーおじさんの居所《いどころ》はだれも知らない。それで、いとこのガルシア一家もドミニカを出るとなると、うちの一族の敷地《しきち》に残るのはわたしの家族だけになる。

わたしは運転席にひじをつき、身をのりだした。「ねえ、パパ、わたしたちもアメリカへいくの？」

パパは首をふった。「だれかが残って、店を見なきゃいけないだろう？」仕事で出かけられないとき、パパはいつもこういう。ハリケーンに吹《ふ》き飛ばされない家を建てるための、コンクリート・ブロックの仕事は、おじいちゃんがはじめた。何年かまえにおじいちゃんは引退《いんたい》して、長男のパパがあとを継《つ》いでいる。

カルラの家に入ると、わたしのママと兄さんのムンディーン、それから姉さんのルシンダが待っていた。カルラたちとお別れができるように、だれかが迎《むか》えにいったのだろう。三人のうしろには、年とった乳母《うば》でメイドのチューチャが、むらさき色のロングドレスを着て、まだ小さないとこのフィフィを抱《だ》っこしていた。

車のドアが開いたとたん、かけよったわたしを、ママは抱《だ》きしめてくれた。なにかあったの、なんてきかれなかった。スーツケースが外に運びだされ、ずらりと並《なら》んで、いつでも車に積みこめるようになっている。ママたちの横に、ウォッシュバーンさんがいた。ひょろりとしていて、蝶《ちょう》ネクタイをしているせいで、顔全体がきれいに包んでもらった贈《おく》りものみたいに見えた。ウォッシュバーンさんはアメリカ合衆国《がっしゅうこく》の領事《りょうじ》で、ファーランド大使がドミニカにいないときはアメリカの代表をつとめるって、まえにパパが教えてくれた。

「全員そろったかい?」ウォッシュバーンさんが明るくいった。「もう出発できるかな?」

「パパはどこですか?」ヨランダがたずねる。家族の前だと、わたしとヨランダが、学校でのオスカルみたいに質問《しつもん》ばかりしている。だけどヨランダがいると、わたしの番はなかなかまわってこない。

大人たちが椅子《いす》取りゲームをするみたいに視線《しせん》をまわして、だれが質問《しつもん》に答えるかを決めようとしている。結局、うちのパパが口を開いた。「空港で待っているよ」

お別れのあいさつもなしなんて、カルロスおじさんって、そんな失礼な人だったのかな？ でも、なにかとんでもないことが起きていて、礼儀《れいぎ》なんていっている場合じゃないのかもしれない。

「さあさあ、カルラ、サンディ、ヨランダ」ラウラおばさんが手をたたく。「部屋にいって、ベッドに置いてある服に着がえてちょうだい。チューチャがついていってくれるから」ラウラおばさんは、チューチャがカルラたちを手伝えるように、幼《おさな》いフィフィを受けとった。

「かばんは持っていける？」ヨランダがたずねる。

ラウラおばさんは首をふった。「大切なものを、ひとつだけよ。ひとりに、ひとつね。ひとり十キロまでしか持ちこめないの」

「アニータにいっしょに選んでもらっていい？」カルラがきく。もうわたしの手をにぎって、引っぱっていこうとしている。

「なんでもいいから、早くしなさい！」ラウラおばさんはしかったけれど、声はすごく不安そうだった。

カルラたち三人がいっしょに使っている部屋には、大きなクローゼットがある。引き戸は開かれ、たくさんの引き出しが開けっぱなしで、引っぱりだされた服がだらりとさがっていた。だれが荷物をつめたにしても、とにかく大急ぎだったんだろう。

カルラは、おもちゃや雑貨《ざっか》がつめこまれた背《せ》の高い棚《たな》に目をやった。バレリーナ人形のついた宝石箱《ほうせきばこ》が三つ、ふたが開いたまま置かれていた。小さなバレリーナ人形は、両手を頭の上にあげている。そのうしろには、フラフープが並《なら》べてあった。カルラたち三人がけんかしないように、一つひとつ色がちがう。

「どうしても決められない」カルラがいった。ほつれ毛を耳にかけながら、いまにも泣きそうだった。

「早くして！」玄関《げんかん》のほうから、ラウラおばさんのよぶ声が聞こえた。

「どれにしたらいい？」カルラにきかれた。まるで、アメリカへいったこともないわたしが、なにを持っていけばいいのかわかっているみたいだった。

「宝石箱《ほうせきばこ》にしたら？」わたしはいってみた。そうすればひとつじゃなくて、いくつも持っていける。ブレスレット、蝶《ちょう》の形をしたブローチ、十字架《じゅうじか》のネックレス……宝石箱《ほうせきばこ》のなかはカルラのアクセサリー――本物の金《きん》ではないけれど――でいっぱいだった。

カルラがうなずく。椅子《いす》の上にのったとき、スノードームに目がとまった。小さなシカが草を食《は》んでいる。わたしは思わずスノードームをふって、シカが見えなくなるほどの吹雪《ふぶき》を巻《ま》きおこした。

「それ、あたしの」ヨランダが声をはりあげ、スノーボールに手をのばした。「それ、持ってくんだから」

「ヨランダ、ばかじゃないの、やめなさい」カルラがしかった。冬になれば雪が降《ふ》る街にスノードームを持っていくような真似《まね》、わたしたちはしないわよねといわんばかりに、カルラがこっちへ視線《しせん》を送ってくる。

「ばかは、おねえちゃんでしょ!」ヨランダがいい返す。

あっというまに、ふたりはわめきあいだした。カルラたち姉妹はすぐに口げんかをはじめる。大声に気づき、ラウラおばさんが部屋にきた。

「あとひとことでも無駄口《むだぐち》をたたいたら、あなたたちを置いて、ママひとりでニューヨークへいきますからね!」ラウラおばさんがおどした。「さあ、持っていくものを選んで、着がえなさい。車が待っているのよ」

これ以上、ふざけていられなかった。それぞれのベッドには、ペチコートとパーティー用のドレスが置いてあった。カルラたちは急いで着がえた。

家の外に出ると、もうウォッシュバーンさんは、アメリカの小さな国旗のついた、大きな黒い車にのっていた。パパは助手席のドアによりかかり、窓越《まどご》しにウォッシュバーンさんと話している。

「ウォッシュバーンさんをずっとお待たせしていたのよ」ラウラおばさんがしかった。お別れをするよう、カルラたちをせかす。

ふいに、ヨランダがいった。「あたし、いきたくない。カルメンおばちゃんたちといっしょにいる」

すぐに、サンディも同じことをいいだした。「あたしも」サンディはべそをかきながら、わたしのママにしがみついた。ラウラおばさんにだかれていたフィフィも大声で泣きだし、玄関《げんかん》の前で腕《うで》を組んで立っていたチューチャを求めて、ぽっちゃりした小さな手をのばした。わたしも泣きそうだったけれど、ママから、いとこたちをはげます役目を期待されているのはわかっていた。

「ほらほら、お願いだから、困《こま》らせないでちょうだい」ラウラおばさんはそういって、ふいにわっと泣きだした。

パパがおばさんのもとにかけよった。肩《かた》を抱《だ》き、わたしがこわい夢《ゆめ》を見たときみたいに、やさしく話しかける。

「三人ともいらっしゃい」わたしのママがカルラたちをよびよせ、しゃがんでそっといいきかせる。「お願い、いい子だから、ママといっしょにいってちょうだい。きっとすぐに会えるわ！」

わたしはおどろいた。パパは、わたしたち一家はここに残ってお店を見なくちゃいけないって、いってたのに。それなら、カルラたちは少しのあいだ旅行にいくだけなのだろうか？

ママの話を聞いて、いとこたちは落ちついたみたいだった。ほんの一瞬《いっしゅん》、もしかしたらママは三人を安心させるためにいっただけなのかもって考えが心に浮《う》かんだ。たとえば、ニューヨークにいるおばあちゃんが心配しないように、トニーおじさんは元気だって伝えるとか。わたしたち、もう何カ月もおじさんには会っていないのに。

ウォッシュバーンさんが車から顔を出す。「さあ、もういく時間だよ！」カルラたちは順番に、わたしたち一人ひとりと抱《だ》きあい、お別れのキスをした。車の後部座席《ざせき》には、お気に入りのおもちゃがもう置いてあった。開いたドアから、ヨランダのスノードームが見える。吹雪《ふぶき》はおさまっていて、小さなシカは地面につもった雪のかけらをいまにも食べそうだった。

カルラがわたしの前にきたとき、涙《なみだ》があふれてきた。がまんできない。ここには、わたしを勇《ゆう》敢《かん》で強い子にしてくれる、ボスの肖像画《しょうぞうが》もない。うつむくと、涙《なみだ》がこぼれた。

「またすぐ会えるんだから」カルラがなぐさめてくれた。けれど、カルラがなにげなく手をのばし、髪《かみ》を耳のうしろにかけてくれたとき、わたしはいっそう泣いてしまった。


車が走りさったあと、わたしたちはしばらくがらんとした道を見つめていた。わたしは自分の大部分がなくなったみたいに、からっぽな気持ちだった。でも、やがてまわれ右をすると、ハイビスカスの垣根《かきね》を横切り、カルラたちから使ってほしいとたのまれた、教科書や文房具《ぶんぼうぐ》が入ったかばんを抱《かか》えながら家に向かった。

とつぜん、うちの家族は、ブラウン先生のいう〝核家族《かくかぞく》〟になってしまった。ほんの数カ月まえまでは、同じ敷地《しきち》のなかに、おじいちゃん、おばあちゃん、おじさん、おばさん、いとこたちで暮《く》らす〝大家族〟だったのに。いまでは、うち以外の家はからっぽだ。蘭《らん》小屋では、花が咲《さ》き乱《みだ》れている。トニーおじさんがひとりで住んでいた家は、ポーチのハンモックも外されている。池はウシガエルだらけで、夜じゅう鳴いていた。

その日は夕方まで家のまわりをぶらぶらしていたけれど、そのうちママから、メイドのチューチャがわたしたちのところに引《ひ》っ越《こ》してくるから手伝うようにいわれた。チューチャは、もうだれもおぼえていないくらい昔からいて、パパが生まれて以来ずっと、うちの一族に生まれた赤ちゃんの世話をしてきた。チューチャはいう。「わたしにとって、いつまでたってもアニータさんは赤ちゃんですよ。そもそも、このチューチャがおむつを替《か》えたんですからね」まったく、なんでそんなこと、いちいち思いださせるんだろう！　まあ、人前でいわないだけの気づかいはあったけれど。

最初に運んだのは、チューチャの棺《ひつぎ》だった。庭師《にわし》のポルフィリオが手押《てお》し車にうまくのせ、わたしとチューチャが両脇《りょうわき》についてささえた。すごく不気味かもしれないけれど、チューチャはこの棺《ひつぎ》をベッドにして毎晩《まいばん》寝《ね》ているの！　来世にそなえたいんだって。チューチャの家族はおとなりの国、ハイチの出身だから、わたしたちとは習慣《しゅうかん》がちがう。

棺《ひつぎ》のなかには、チューチャのむらさき色の服を全部つめてある。これも、かなりヘン。チューチャがいつもむらさきの服を着ているのは、むかしだれかとそうするって約束したから。だけど、どうしてそんな約束をしたのか、だれがどうしてむらさきって決めたのか、ぜったいに教えてくれない。黄色とか、せめて薄《うす》むらさき色なら、もっと明るくて楽しそうなのに。

それに、チューチャは夢《ゆめ》で未来を見ることもできる。ムンディーンはいう。「棺《ひつぎ》のなかで寝《ね》たら、だれだってできるようになるさ！」じつをいうと、何週間かまえにもチューチャは夢《ゆめ》を見て、カルラたちが高いビルの立ち並《なら》ぶ街へいくといった。そのときは、カルラたちがニューヨークへいくなんて知りもしなかった。

こんなふうに変わっているチューチャだけれど、引《ひ》っ越《こ》してきてくれるのはうれしかった。わたしはチューチャがそばにいると安心できた。とりわけ、みんながいなくなってしまったいまは、うちにチューチャがいてくれるのは心強かった。

「ねえ、チューチャ」荷物をすべて運んだあと、わたしはきいた。「どのくらいたてば、カルラたちと会えるかな？」

チューチャはきらきらした目を細めた。しわのきざまれた黒い顔は、気持ちを集中しようとするとよりいっそうしわが増《ふ》える。しばらく、チューチャはなにもいわなかった。それから、わたしをまっすぐ見つめて、いつものようになぞめいたことをいった。「カルラさんたちが帰ってくるまえに会えますよ。でも、アニータさんが自由になったあとでしょうね」

わたしはすごくこわくなって、それがいつになりそうか、聞き返せなかった。

夕ごはんのとき、パパがみんなにいった。コンクリート・ブロックの仕事はあまりうまくいってないから、節約をしなければならないし、しばらく親せきとは離《はな》ればなれになるだろうが……。

「どのくらいのあいだ?」わたしはたずねた。

話の途中《とちゅう》でじゃまをして、ママににらまれた。オウムちゃんってよばれていようといまいと、わたしはもうすぐ十二歳《さい》なのだから、礼儀《れいぎ》を知らなくちゃいけない。

ふいに、黒い蛾《が》が部屋に舞《ま》いこんできた。これこそ、じゃまもの! わたしの手の平ほどもある蛾《が》だった。「コウモリよ!」ルシンダが悲鳴をあげ、テーブルの下にかくれた。

「コウモリじゃないよ。黒蝶《こくちょう》だ」ムンディーンがじっくり見ながら、跳《と》びあがって捕《つか》まえようとした。

「触《さわ》らないで!」ママが大声を出す。黒い蛾《が》は死の前触《まえぶ》れだって、チューチャから聞いて、みんなが知っていた。ムンディーンはすぐにとまった。蛾《が》は高く舞《ま》いあがり、夜の闇《やみ》に消えた。

「ルシンダ、もう出てきても大丈夫《だいじょうぶ》よ」ママがからかうようによびかける。でも、ママもかなりふるえていた。

テーブルの下から、ルシンダがゆっくりと出てきた。涙《なみだ》がぽろぽろこぼれている。「この家は、ただ……もう……すごく……悲しいわ」ルシンダは泣きじゃくりながら、部屋を飛びだした。

パパとママはこわばった顔を見あわせた。パパが立ちあがる。わたしの横を通るとき、おでこにキスをしていった。「まだまだ赤ちゃんだと思っていたが、すっかり大きくなったね」

姉さんのルシンダよりも大人にふるまえて、わたしは自分が誇《ほこ》らしかった。けれど、本当は――そんなそぶりは見せなかったけど――ルシンダと同じくらい悲しかった。

夕ごはんのあと、わたしはすこしでも気分が明るくなるように、部屋を片《かた》づけた。でも、カルラのかばんから中身を取りだしたとき、自分のなかで嵐《あらし》が起きたみたいに、ものすごく悲しくなった。きれいに削《けず》ってあるえんぴつ。子ネコが毛糸玉にからまっている絵のついたノート。二月のドミニカの独立《どくりつ》記念日に、朗読《ろうどく》コンクールで入賞してもらった、ドミニカの形をした消しゴム。どうしたって、カルラの文房具《ぶんぼうぐ》を使えるわけがない。また全部かばんにもどして、クローゼットにつっこんだ。自分ではそう思っていた。でも少ししてベッドにもぐりこんだとたん、跳《と》びあがった。なにか硬《かた》いものがある。ゴキブリ？　それともサソリ？　けれどチューチャがシーツをはがすと、そこにあったのは、ドミニカ共和国の形をした、カルラの消しゴムだった。

第二章　シーッ！

カルラたちがいなくなった翌日《よくじつ》、パパはムンディーンをつれて、朝早く仕事へいった。おじさんたちがだれもいなくなって、パパは仕事をたくさんこなさなければならない。

わたしは朝ごはんをひとりで食べながら、カルラのいない土曜日は、どんなに長くて寂《さび》しいだろうと思っていた。台所では、チューチャとママと料理人のウルスリーナが、市場でなにを買うか決めている。ルシンダはまだ起きてこない。美容《びよう》のため、午前中いっぱい寝《ね》てるだろう。外では、庭師《にわし》のポルフィリオがメキシコの歌を歌いながら、ショウガに水をやっている。

愛する女は、別の男と逃《に》げた――

おれは追いかけ、ふたりとも殺したさ。


うんざりするほどさわやかな一日のはじまり！　そう思っていると、ふいにポルフィリオが歌をやめた。わたしは窓《まど》の外をのぞいた。

フォルクスワーゲンが五台、うちの私道《しどう》に入ってきていた。


車が完全に停まるまえにドアが開き、男の人がつぎつぎと敷地《しきち》におりたった。黒っぽいサングラスをかけていて、ときどき街の映画館《えいがかん》で上映《じょうえい》される、アメリカ映画《えいが》に出てくるギャングみたい。

ママのもとへかけよろうとしたけれど、ママはもう玄関《げんかん》に向かっていた。男の人が四人、玄関《げんかん》に立っていた。四人ともカーキ色のズボンをはき、小さな拳銃《けんじゅう》ケースのついたベルトをしめている。拳銃《けんじゅう》はとても小さくて、本物には見えない。いちばんえらそうな人――話すのはその人だけだった――が、カルロス・ガルシアとその家族はどこにいるかとママにたずねた。「あら？　家にいませんでしたか？」ママがそうこたえたとき、なにかものすごく悪いことが起きていると、わたしは気づいた。

男の人たちはそのまま帰ろうとはせずに、うちのなかを調べてもいいかときいてきた。「許可《きょか》書《しょ》はお持ちですか?」きっとママはそういうと思った。ところが、すんなり脇《わき》によって通してしまった。まるでトイレがつまって、修理《しゅうり》の人が助けにきてくれたみたいに!

わたしはママについていき、たずねた。「あの人たち、だれ?」

ママがさっとふり返る。おびえた顔つきで、声をひそめる。「しっ、だまって!」

わたしは走って、チューチャを探《さが》しにいった。チューチャは玄関《げんかん》で、どろのついたブーツの足あとを見て首をふっていた。あの見知らぬ人たちはだれかとたずねる。

「諜報員《ちょうほういん》ですよ」チューチャはささやき、人さし指で首を切るような、不気味なしぐさをした。

「なにそれ?」わたしは聞き返した。大人がはっきりこたえてくれないせいで、どんどん不安になってくる。

「秘密警察《ひみつけいさつ》です」チューチャが説明する。「人々《ひとびと》をあれこれ調べて、こっそり消してしまいます」

「秘密警察《ひみつけいさつ》?」

チューチャはゆっくり時間をかけてうなずき、それ以上の質問《しつもん》をギロチンみたいに絶《た》ち切った。

秘密警察《ひみつけいさつ》は部屋から部屋へとうつり、すみからすみまで見てまわった。廊下《ろうか》をぬけて寝室《しんしつ》につづくドアをすぎようとしたとき、ママはためらった。「ただ形式的に見るだけですよ、奥《おく》さん」いちばんえらそうな人がいった。ママはぎこちなく微笑《ほほえ》み、なにも隠《かく》していないことを示《しめ》そうとした。

わたしの部屋では、秘密警察《ひみつけいさつ》のひとりが、床《ゆか》に脱《ぬ》ぎすててあったパジャマをつまみあげた。まるで秘密《ひみつ》の武器《ぶき》が隠《かく》してあるかもしれないというように。もうひとりは、ベッドカバーを引きはがした。わたしがママの、氷のようにつめたい手をぎゅっと握《にぎ》ると、ママもぎゅっと握《にぎ》り返してくれた。

ノックもなしに、秘密警察《ひみつけいさつ》はルシンダの部屋に入り、ガラスのよろい窓《まど》を開け、ベッドカバーや化粧台《けしょうだい》カバーをめくりあげ、その下に銃剣《じゅうけん》を突《つ》っこんだ。ルシンダはぎょっとして、ベッドに起きあがった。寝起《ねお》きで、髪《かみ》にまいたピンクのカーラーは斜《なな》めになっていた。首には、ひどい湿《しっ》しんが出ている。

秘密警察《ひみつけいさつ》が部屋を調べおえると、ママはすごく真剣《しんけん》な顔でわたしとルシンダを見た。「ママはお客さまをお見送りするから、ふたりはここにいてちょうだい」不自然なほど丁寧《ていねい》に、ママがいった。

わたしはママのもとへかけよった。「いや！」わたしは泣きだした。こんなうす気味悪い人たちといっしょにいってほしくない。ママがひどい目にあわされたらどうしよう？

いちばんえらそうな人が、わたしに顔を向けた。黒いサングラスの向こうの目は見えない。お母さんにしがみついておびえている女の子が映《うつ》っているだけだ。「どうして泣いている？　落ちつきなさい！」

鋼鉄《こうてつ》のような冷ややかな口調に、わたしは息ができなくなりそうだった。ママが、腰《こし》にしがみついていたわたしの手をそっとはずしたときも、ぴくりとも動けなかった。ママは秘密警察《ひみつけいさつ》のあとについて部屋を出て、ドアを閉《し》めた。

ルシンダがわたしのほうを向いた。ママにはだめっていわれているのに、首の湿《しっ》しんをかきむしっている。「いったい、なにが起きたの？」

「チューチャが、あの人たちは秘密警察《ひみつけいさつ》だって」わたしはいった。「カルラたちを探《さが》しにきたんだけど、ママは知らないってこたえてた」たったいまも、ママがひとりであの人たちといると思うと、声がふるえた。

「カルラたちがどこへいったか、秘密警察《ひみつけいさつ》が知らないわけないわ」とルシンダ。「うちをかぎまわる口実にしたかっただけ。きっとパパを捕《つか》まえたくてしかたがないのよ」

「でも、どうして?」

ルシンダは、あんた予想以上におばかさんねって目で、わたしを見た。「アニータ、なにも知らないの?」それから、わたしの髪《かみ》に視線《しせん》をうつした。「その前髪《まえがみ》、どうにかしなくちゃね」そういいながら、わたしの前髪《まえがみ》を手でかきあげた。わたしがひどくおびえているのを見て、精一杯《せいいっぱい》やさしい声をかけてくれたんだろう。


わたしはルシンダといっしょに、部屋で待った。ドアの前で、じっと聞き耳を立てる。なにも聞こえなくなったので、ルシンダがゆっくりとドアノブをまわし、わたしたちは忍《しの》び足で廊下《ろうか》に出た。

秘密警察《ひみつけいさつ》は帰ったみたいだった。チューチャがほうきをライフル銃《じゅう》のようにかつぎ、中庭をわたって玄関《げんかん》のほうに向かっている。きれいにみがいた床《ゆか》を、秘密警察《ひみつけいさつ》に泥《どろ》だらけにされたお返しに、撃《う》ってやろうとしているみたいだった。

「チューチャ！」こっちに話しにくるよう、わたしたちは手をふって合図した。

「ママはどこ？」わたしは、さっきママが秘密警察《ひみつけいさつ》といっしょに出ていったときと同じくらい、心配でたまらなくなった。「なにもされていない？」

「だんなさまと電話でお話しになってますよ」チューチャが教えてくれた。

「それで、さっきの……？」ルシンダは、はっきりいうかわりに、鼻にしわをよせた。

「あのけだものたちですね」チューチャは首をふった。秘密警察《ひみつけいさつ》は、うちの敷地《しきち》のなかの家を一軒《けん》残らず調べた。けれど、探《さが》していたものが見つからなかったので、手荒《てあら》くなる一方だったという。チューチャの部屋に乱暴《らんぼう》に押《お》し入り、棺《ひつぎ》のベッドをひっくり返して、ビロードの裏張《うらば》りを引き裂《さ》いた。ポルフィリオやウルスリーナの部屋にも押《お》しかけたんだって。「ふたりとも、おびえきってましてね」チューチャが話をしめくくる。「荷物をまとめて、出ていくそうです」

だけど、秘密警察《ひみつけいさつ》は残った。黒いフォルクスワーゲンを、うちの私道《しどう》のいちばん端《はし》にとめて、出入り口をふさいでいた。

夕ごはんのとき、パパはなにも心配ないといった。秘密警察《ひみつけいさつ》なんていないかのように、いつも通りに生活するべきだって。けれど、わたしは気づいていた。パパも、わたしたちみんなと同じで、ひと口も食べていなかった。それに、パパとママの寝室《しんしつ》に鍵《かぎ》をかけて、家族全員でマットレスの上に寝《ね》なきゃいけないなんて、本当にいつも通りっていえる？

暗い部屋のなか、ムンディーンはひとり用のマットレス、わたしとルシンダはふたりで大きいマットレスに横たわった。パパとママも、すぐとなりにマットレスをしき、みんなでひそひそと話す。

「なぜ、ママたちはベッドで寝《ね》ないの？」わたしはきいた。

「声を落として」ママが念を押《お》す。

「うん、わかった」わたしは声をひそめた。でも、質問《しつもん》の答えはもらっていない。「ねえ、チューチャはどうなるの？」わたしがたずねる。「家の奥《おく》で、ひとりっきりでしょ」

「心配ないよ」とムンディーン。「あの棺《ひつぎ》じゃ、銃弾《じゅうだん》は通りぬけないさ！」

「銃弾《じゅうだん》?!」わたしは思わず体を起こした。

「シーッ！」みんなにそろって注意された。

黒いフォルクスワーゲンは、うちの前に何日も停まっていた。一台だけのときもあれば、多いときは三台のこともあった。毎朝、パパが仕事にいくとき、一台がうなるようなエンジン音をあげて走りだし、パパの車を追って坂をくだる。夜になってパパが帰ってくると、フォルクスワーゲンもいっしょにもどってくる。秘密警察《ひみつけいさつ》の人たちって、自分の家に帰って夕食を食べたり、子どもと話したりしないのかな？

「あの人たちって、本当に警察《けいさつ》なの？」わたしはママに何度もきいた。だって、おかしいよ。もし本当の警察《けいさつ》なら、秘密《ひみつ》だろうとなかろうと、こわがらずに信用していいんじゃない？　だけど、ママは「シーッ！」っていうばかり。おまけに、なにかあったらたいへんだからと、わたしたちは学校へいかせてもらえなかった。「なにかって、たとえばどんなこと？」わたしはたずねた。たとえばチューチャのいっていた、失踪事件《しっそうじけん》とか？　わたしたちが被害《ひがい》にあうかもって、ママは心配しているの？「パパは、いつも通り生活するべきだって、いってたでしょ？」

「アニータ、お願いだから、やめてちょうだい」ママは広間の椅子《いす》にどっとすわりこみながら、懇願《こんがん》するようにいった。身をのりだし、低い声で耳打ちする。「お願いよ、お願いだから、質問《しつもん》しないで」

「でも、なんで?」わたしは、声をひそめて聞き返した。ココナッツの匂《にお》いがする。ママのシャンプーの香《かお》りだ。

「ママだって、答えを知らないからよ」ママはいった。

わたしは、ママにだけ話をきこうとしたわけじゃない。二歳《さい》上のムンディーンは、ときどき、わたしがわからないことを説明してくれる。でも今回はなにが起きているのかたずねると、心配そうな顔をして小声でいった。「父さんにきけよ」八月に十四歳《さい》になってからやめていたのに、また爪《つめ》をかんでいる。

だから、パパにきいてみることにした。

ある夜、電話がなったので、わたしはパパのあとを追って居間《いま》へいった。蝶《ちょう》が自動車事故《じこ》にあった、と話すのが聞こえる。

「蝶《ちょう》が自動車事故《じこ》?」わたしはたずねた。なんのことか、さっぱりわからない。

わたしがその場にいて、パパはびっくりしたようだった。「ここでなにをしているんだ?」するどい口調でいった。

わたしは腰《こし》に両手を置いた。「なんだっていいでしょ、パパ！　わたし、この家に住んでるんだから！」自分の家の居間《いま》で、なにをしているかきかれるなんて、信じられない！　もちろん、パパはすぐにあやまってくれた。「すまなかった、アニータ。おどろいたものでね」パパの目はうるんでいて、まるで涙《なみだ》をこらえているみたいだった。

「それで、蝶《ちょう》の話ってなに、パパ？」

「ほんものの蝶《ちょう》のことじゃないんだ」パパが静かに話しだす。「これは……ある特別な女の人たちにつけられたあだ名で……昨日の夜、その人たちは事故《じこ》にあった」

「どんな事故《じこ》だったの？　それに、どうして〝蝶《ちょう》〟ってよばれているの？　本当の名前はあるんでしょ？」

そうしたら、また「シーッ」っていわれて、おしまい。

こうなったら、最後のたのみはルシンダだ。お姉ちゃんのルシンダは、秘密警察《ひみつけいさつ》がうちに押《お》しかけてきて以来、ものすごく気がたっている。ルシンダはパーティーや電話でのおしゃべりが大好きで、家に閉《と》じこめられているのが大嫌《だいきら》い。いまは自分の部屋にこもりっきりで、いろんな髪《かみ》型《がた》をためしている。わたしたちがようやくアメリカへいける頃《ころ》には、頭がはげあがっているんじゃないかって、心配になるくらい。

「ねえ、ルシンダ、お願い。ほんとにお願いだから、なにが起きているのか教えて」そのかわり、ただでルシンダの肩《かた》をもむと約束した。

ルシンダはヘアブラシを化粧台《けしょうだい》に置くと、わたしについてくるよう合図をして、家の裏手《うらて》にある中庭へ向かった。

「ここなら大丈夫《だいじょうぶ》だと思うんだけど」うしろをたしかめながら、ルシンダが低い声でいった。

「どうして、ひそひそ話すの？」実際《じっさい》、この一週間というもの、みんなが声をひそめて話していた。まるで、家じゅうに気むずかしい赤ちゃんがいて、やっと眠《ねむ》ってくれたときみたいだった。

ルシンダは、こう説明した。おそらく秘密警察《ひみつけいさつ》はうちに盗聴器《とうちょうき》をしこんで、車のなかでわたしたちの会話を聞いているはず。

「どうして犯罪者《はんざいしゃ》みたいにあつかわれるの？　なにも悪いことなんてしてないのに」

「シーッ！」ルシンダがわたしをしかる。わたしが声を抑《おさ》えられないから、このまま話をつづけていいのか、ちょっと迷《まよ》ったみたいだった。「問題は、T・O・N・Iなの」わざわざトニーおじさんの名前をアルファベットにして、ルシンダはいった。「二カ月ほどまえ、仲間といっしょに、この国の独裁者《どくさいしゃ》を倒《たお》す計画に関わったの」

「それって、まさか……」名前をいうまでもなかった。ルシンダはものものしくうなずき、くちびるに指を当てた。

わたしはものすごく混乱《こんらん》してしまった。みんながボスを好きだと思っていたのに。うちの玄関《げんかん》にはボスの写真がかざられ、その下には「この家は、トルヒーヨが統治《とうち》する」って書いてある。

「でもそんなに悪い人なら、どうしてブラウン先生は、ジョージ・ワシントンと並《なら》べて、教室に肖像画《しょうぞうが》をかざっているの?」

「そうしないといけないから。みんなやらされているの。だって独裁者《どくさいしゃ》だもの」

独裁者《どくさいしゃ》がどういうことをするのか、わたしにはよくわかっていない。でも、たぶんいまきかないほうがいいと思う。

そして、秘密警察《ひみつけいさつ》は計画をかぎつけ、トニーおじさんの仲間はほとんどが逮捕《たいほ》された。でも、おじさんの居場所《いばしょ》はだれも知らない。「隠《かく》れているのかもしれないし……」ルシンダがちらちら見た。だれのことをいっているのかは、いわれなくてももうわかる。「捕《つか》まっているかもしれない」

「消されてしまうかも?」

ルシンダは、わたしがそういうことを知っていて、おどろいたみたいだった。「そうならないことを祈《いの》りましょ」ルシンダはため息をついた。トニーおじさんとルシンダは、とりわけ仲が良かった。おじさんは二十四歳《さい》で、十五歳《さい》のルシンダとそう年が離《はな》れていないし、とってもハンサムだ。ルシンダの友だちは、みんなおじさんに夢中《むちゅう》だった。「計画が見つかってから、秘密警察《ひみつけいさつ》はずっとうちの家族に目をつけているの。だから、みんないなくなったのよ。カルロスおじさんも、おじいちゃんも、おばあちゃんも――」

「どうして、うちは出ていかないの？　どうせ学校にはいかないのに」

「トニーおじさんを見捨《みす》てていくってこと？」ルシンダが強く首をふった。きれいなブロンドの髪《かみ》は、雑誌《ざっし》にのっていた、モナコのグレース公妃《こうひ》の結婚《けっこん》写真みたいにゆいあげてあった。それがほどけて、背中《せなか》に流れおちる。「もし帰ってきたら、どうするの？　助けが必要になるかもしれないでしょ？」ルシンダの声が大きくなる。

ここ数週間ではじめて、わたしが家族に「シーッ！」という番がまわってきた。

いとこのカルラたちがいなくなって二週間がすぎる頃《ころ》、ウォッシュバーンさんがうちを訪《たず》ねてきた。秘密警察《ひみつけいさつ》が押《お》しかけてきてから、毎日、立ちよってくれていた。「虫さんたちの様子はどうだい？」ウォッシュバーンさんは、なぞめいたいいかたをしながら、窓《まど》の外をのぞいた。黒いフォルクスワーゲンは、まだ停まっている。パパはいつもこうこたえる。「まだ、ちくちく刺《さ》しているよ」

でも、その夜のウォッシュバーンさんは、ある提案《ていあん》を持ってきた。パパといっしょに書斎《しょさい》にすわって、英語で話しだす。ウォッシュバーンさんは、まるで、テニスの試合のゆくえを熱心に追いかける観客みたいに、ふたりを交互《こうご》に見ていた。パパとちがって、ママは英語が苦手だった。

「すばらしい提案《ていあん》ですね」パパがいった。「アニータ！」追いはらわれないように、こっそり廊《ろう》下《か》から見ていたわたしを、パパがよぶ。「おとなりさんができるぞ。どう思う？」

秘密警察《ひみつけいさつ》以外なら、うちの敷地《しきち》にだれがきてくれてもうれしい。からっぽの家ばかりじゃ、気味が悪い。それに、カルラやほかのいとこたちがいなくなってすごくさびしいし、退屈《たいくつ》していた。

「だれが引《ひ》っ越《こ》してくるの？」わたしはきいた。

「ウォッシュバーンさんよ」ママがにっこりする。この何週間かのなかで、いちばん幸せそうな顔だった。アメリカ大使館のだれかがとなりに住んでくれれば、もうこれ以上秘密警察《ひみつけいさつ》もいやがらせはできないだろう。

でも、その夜の最高の知らせは、ウォッシュバーンさんが家族で引《ひ》っ越《こ》してくるってことだった――奥《おく》さんとふたりの子どもといっしょに！

「ふたりはいくつですか？」わたしは話に割《わ》りこんだ。

「まったく、オウムちゃんたら」ママが注意する。

「サミーが十二歳《さい》で、スージーは二月に十五歳《さい》になるよ」

「わたしは、来週、十二歳《さい》になります！」思わず英語でいっちゃった。お行儀《ぎょうぎ》が悪いって、ママに小声でしかられた。だけど、自分が苦手な英語をわたしが堂々《どうどう》と話していて、ママは誇《ほこ》らしそうだった。

ウォッシュバーンさんは、顔じゅうに笑みを浮《う》かべた。「ちょっと早いけれど、誕生日《たんじょうび》おめでとう。ところで、お嬢《じょう》さん、きみは英語がとてもじょうずだね」

その夜、わたしは頭のなかで、ウォッシュバーンさんのほめ言葉を何度もくり返した。ここ最近にあったことのなかで、いちばんよかったこと。ううん、二番目。だって、数日後にはウォッシュバーンさん一家が引《ひ》っ越《こ》してきたから。おまけに、秘密警察《ひみつけいさつ》がいなくなった！

わたしはハイビスカスの茂《しげ》みごしに、作業員がカルラたちの家に荷物を運びこむのを見ていた。そのあとを男の子がついていく。髪《かみ》の毛は、白かと思うほどうすい金色だ。まるでひと晩《ばん》じゅう漂白剤《ひょうはくざい》につけていたみたい。やがて荷物がすべてなかに入ると、作業員が出てきて、カポックの木の下にトランポリンを組みたてた。それからさっきの男の子がトランポリンによじのぼった。いつか穴《あな》があくんじゃないかと思うほど、ものすごい勢《いきお》いで跳《と》んだりはねたりしている。

跳《と》びあがったときに、男の子はしげみのうしろに隠《かく》れていたわたしに気がついた。「ハウディ・ドゥーディ！」男の子が叫《さけ》ぶ。はじめ、わたしは「バーカでー、うっぜー！」っていわれたのかと思った。どうしたらいいのか考えているうちに、その子はトランポリンからおりて、わたしのところへきた。

「ハウディ・ドゥーディの時間だよ！　ハウディ・ドゥーディの時間だよ！」男の子はうたいながら、わたしの手を上下にふって握手《あくしゅ》した。わたしは、ひどくとまどった顔をしていたのだろう。男の子は、テレビ番組の「ハウディ・ドゥーディ」を見たことがないのかとたずねてきた。すごく早口の英語で、ちゃんと聞きとれているかどうか、自信がない。

「うちにテレビはないの」わたしはこたえた。

「ほんとに？」その子がおどろく。「お金持ちなんだと思ってた。父さんが、この公園まるごと、きみの家のものだっていってたから！」

「公園じゃない」わたしは訂正《ていせい》した。「うちの敷地《しきち》なの」

「それって、どういう意味？」男の子は青い目を輝《かがや》かせた。「ハーレムみたいなもの？」

わたしはハーレムがなにかよく知らなかったけれど、とりあえずちがうってことだけはわかった。だから、昔、うちのおじいちゃんとおばあちゃんが土地を買って、子どもたちが結婚《けっこん》するたびにそこに家を建ててやり、そうしてこのあたりはうちの一族の敷地《しきち》になったって説明した。敷《しき》地《ち》のなかには、家が五軒《けん》とひとり暮《ぐ》らし用の離《はな》れ家《や》が一軒《けん》あって、知らない人が入ってこないように高い塀《へい》に囲まれている。おじいちゃんとおばあちゃんの孫にあたるわたしには、いとこがたくさんいて、おさがりの服をあげたりもらったりしあう。「だけどいまでは、うちの家族以外、みんなアメリカへいっちゃったの」わたしはしょんぼりした。

「ぼくは、そのアメリカからきたんだよ」男の子はサミーと名のり、まるで勲章《くんしょう》をつけてもらうみたいに胸《むね》をはった。「アメリカは世界一すごい国さ」

わたしは、ドミニカこそ世界一っていい返したかった。けれどルシンダから、わたしたちの国には独裁者《どくさいしゃ》がいて、無理やり壁《かべ》に肖像画《しょうぞうが》を飾《かざ》らせているって聞いてから、自信が持てなくなった。

「敷地《しきち》を紹介《しょうかい》しようか?」話題をかえたくて、わたしはいった。サミーがぽかんとしているのを見て、英語がうまく伝わっていないって気づく。

「敷地《しきち》を案内しようかって、ことだよね?」

恥《は》ずかしさのあまり、わたしはうつむいた。

「気にすることないさ」サミーがいいそえた。「ぼくなんて、英語が母国語のくせに、しょっちゅうまちがえてる」

からかわなかったサミーに、わたしはすぐに親しみを覚えた。

「母さんにいってくる」そういうと、サミーは家に入った。かけもどってきたとき、フリルのついたエプロンをした、背《せ》の高い赤毛の女の人が、玄関《げんかん》から手をふってあいさつしてくれた。

その日の午後は、敷地《しきち》のなかを見てまわった。スイレンの池には、願いをかけてコインが投げこまれていたけれど、泥《どろ》が深くて見えなかった。ムンディーンの見つけた石碑《せきひ》は、はるか昔の先住民、タイノ族のお墓《はか》で、雨をもたらしてくれるってチューチャがいっていた。草がのび放題の一画《いっかく》は、パパの妹で独身《どくしん》のミミおばさんが、いつか結婚《けっこん》するときに家を建てることになっていた。小さい頃《ころ》からよく知っている場所なのに、だれかに見せてまわると、急に興味《きょうみ》がわいてくる。けれど、全部は見せられなかった。少しして、サミーのお母さんによばれて、今夜寝《ね》られるように部屋を片《かた》づけなさいといわれたから。

「それじゃ、アリゲーター、またあしたー」サミーがふざけて、肩《かた》ごしに大声でいった。

「明日？」わたしはきいた。

「うん」サミーがこたえた。

明日また会えると思うと、わくわくしてきた。ただ、アリゲーター（ワニ）とよぶのはやめてほしかった。アメリカの冗談《じょうだん》だってわかってはいるけれど、あんな不気味な生きものはいや。オウムちゃんだって、むっとくることがあるんだもの。まったく！　みんな、わたしの礼儀作法《れいぎさほう》を注意するけれど、自分のことは棚《たな》にあげているんじゃない？

次の日、サミーといっしょにミミおばさんのラン小屋までいってみた。庭師《にわし》のポルフィリオがいなくなってから、ランは好き放題に伸《の》びていた。小屋のすぐとなりには、去年トニーおじさんが建てた、ひとり暮《ぐ》らし用の離《はな》れ家《や》がある。いなかにあるような小さな家で、内側から掛《か》け金《がね》がかかる木製《もくせい》の雨戸があって、ドアには大きな南京錠《なんきんじょう》がついていた。トニーおじさんはよく、友だちと夜遅《よるおそ》くまで低い声で話しこんでいた。その人たちが本当はなにをしていたのか知ったいま、おじさんの家に近づくだけでこわくなる。

離《はな》れ家《や》が目に入ると、まるで幽霊《ゆうれい》でも見たかのように、わたしの足はとまった。ドアが少し開いている！

「どうしたの？」サミーがたずねる。

「ドア、開いてないはずなのに……」わたしはそっといった。トニーおじさんがいなくなった夏の終わり以来、ドアは閉《し》めきってあった。

「お手伝いさんが掃除《そうじ》したときに、開けっぱなしにしちゃったんじゃない？」サミーがいう。でも、すこし不安そうで、声をひそめている。

わたしは首をふった。うちの敷地《しきち》に残って働いているのは、チューチャだけだ。余分《よぶん》な掃除《そうじ》をする時間なんてない。

ゆっくりと、わたしたちはドアに近づき、なかをのぞいた。暗い部屋のなかで、だれかが動きまわっている！

ものすごい速さで走って逃《に》げたから、足を止めたあともずっと心臓《しんぞう》がばくばく鳴っていた。それから、サミーとトランポリンでいっしょに跳《と》びながら、おじさんの家で見たことは、しばらくパパやママには話さないでおこうって約束した。そうしないと、もう敷地《しきち》のなかを探険《たんけん》させてもらえないから。わたしたちは跳《と》んだりはねたりしながら、カポックの木のいちばん低い枝《えだ》を触《さわ》ろうとした。ミセス・ウォッシュバーンがレモネードを持ってきてくれたので、トランポリンからおりた。

「ふたりとも、楽しんでいる？」ミセス・ウォッシュバーンの大きな青い目は、いつもびっくりしているみたいに見開いている。

「まあね、上々《じょうじょう》だよ」サミーはすばやくこたえ、ミセス・ウォッシュバーンが見ていないすきに人さし指を立てて、シーッというようにくちびるにあてた。

第三章

秘《ひ》密《みつ》のサンタたち

ウォッシュバーンさんの一家がおとなりになって、秘《ひ》密《みつ》警《けい》察《さつ》がいなくなると、パパとママはまた学校へいってもいいといった。

でも、まずママは、わたしたちをすわらせて注意した。「なにがあったのか、友だちに話してはだめよ」

「どうして?」わたしがたずねる。

ママは、チューチャがよく口にすることわざを引きあいに出した。「口を閉《と》じていれば、ハエは飛びこんでこないでしょ」おしゃべりは、少なければ少ないほどいいってこと。「スージーとサミーにもね」ママは、ルシンダとわたしを見ていった。

わたしがサミーと友だちになったように、ルシンダはサミーのお姉ちゃんと仲良くなっていた。かわいそうに、ムンディーンは新しい友だちがいないままだった。だけど、気にしてなかった。わたしたちが学校にいけなかったあいだ、パパはムンディーンを店に連れていき、いつもより責任《せきにん》のあることをやらせたからだ。それにときどきは、夕食後、敷地《しきち》のなかで車の運転をさせた。

「もしわたしになにか起きたら……」ときおり、パパはムンディーンにいう。「おまえがうちの主《あるじ》になるんだ」

「主《あるじ》になりたいのなら、爪《つめ》をかむのはやめなくちゃね」そういって、ぴりぴりとはりつめた空気を破《やぶ》るのは、ママだった。

また学校にいくことになった前の夜、わたしは新しい学年がはじまるときみたいに、じっくり時間をかけて着ていく服を選んだ。結局、オウムのアップリケつきのスカートにした。アメリカの女の子たちに大人気の、プードルのアップリケがついたスカートを真似《まね》て、ママが作ってくれたものだ。ただ、きちんと支度《したく》をすませたあとも、学校にもどるのがこわかった。どうして二週間も休んでいたのか、みんながきいてくるだろう。秘密警察《ひみつけいさつ》が家の前にいたっていうだけで、なぜ学校にいけなかったのか、わたしにもわからない。パパは毎日仕事へいっていたんだし。けれど、ママはそのことを話題にするのさえいやがる。

わたしは、となりのルシンダの部屋へいった。ルシンダは、髪《かみ》の毛をカーラーで巻《ま》いているところだった。あんなものを頭につけたまま眠《ねむ》れるなんて、信じられない！　ルシンダも明日の服に、わたしと同じ、ママが作ってくれたオウムのスカートを選んでいたけれど、これは流行の「プードル・スカート」だって、いいはっていた。

「ねえねえ、美人なお姉ちゃん」わたしはおべっかを使いながらいった。「明日、学校でみんなになんていうの？　どこにいたのって、きっときかれるよね？」

ルシンダはため息をつくと、鏡に向かって大きく目を見開いた。近くにくるように身ぶりで合図する。「ここで話しちゃだめ」ルシンダはひそひそといった。

「なんで？」わたしは大声をあげた。

うんざり顔で、ルシンダがわたしを見る。

「なんでなの？」わたしはルシンダの耳もとでささやいた。

「もう、笑っちゃう」

ルシンダがカーラーを巻《ま》きおえるまで、わたしはすわって待った。やがてルシンダは、話をしに中庭へいこうと、あごをくいっと動かしてみせた。

「もしきかれたら、水ぼうそうにかかっていたっていえばいいからね」とルシンダ。

「でも、水ぼうそうになんて、かかってないでしょ」

ルシンダはかんしゃくを起こしそうだったけれど、じっと目をつぶっていらいらがおさまるのをまっていた。「アニータ、水ぼうそうにかかってないことくらい、わかってるわ。ただ、そういう話にしておくってこと。いい？」

わたしはうなずいた。「だけど、本当はどうして学校にいけなかったの？」

ルシンダは説明してくれた。カルラたちがいなくなったあと、心配事がつぎつぎ起こって、ママはわたしたちを目の届《とど》くところに置いておきたかったらしい。ほかの家にも、うちみたいに秘《ひ》密警察《みつけいさつ》が押《お》しかけてきたり、逮捕者《たいほしゃ》が出たり、事故《じこ》が起きたりしていたんだって。

「〝蝶《ちょう》〟が事故《じこ》にあったとか、パパが話しているのを聞いちゃった」

「うん、〝蝶《ちょう》〟たちのことね」ルシンダがうなずいた。「パパの友だちだったの。だから、パパはすごくうろたえていた。ほかのみんなも同じよ。アメリカ人だって、抗議《こうぎ》していたくらいだもの」

「抗議《こうぎ》って、なに？　自動車事故《じこ》じゃなかったの？」

あまりにわたしがなにも知らないので、ルシンダは目を丸くしておどろいていた。「たしかに、車での事故《じこ》だったわ」そういいながら、本当はちがうっていいたそうな口ぶりだった。

「それって、まさか――」

「シーッ！」ルシンダがさえぎった。

その瞬間《しゅんかん》、わかった。〝蝶《ちょう》〟とよばれる女の人たちは、事故《じこ》に見せかけて殺されたんだ！　わたしは身震《みぶる》いした。想像《そうぞう》してみる。学校へいく途中《とちゅう》、車が崖《がけ》から転落して、わたしのオウム・スカートがひるがえり……。急に、敷地《しきち》から外へ出るのがこわくなってきた。「じゃあ、なんで、また学校へいかされるの？」

「アメリカ人の友だちがいるでしょ」ルシンダは教えてくれた。「だから、いまのところ、わたしたちは安全なの」

「いまのところ」っていうひびきも、ルシンダの「安全なの」っていういいかたも、わたしは好きになれなかった。

ウォッシュバーンさんの一家が引《ひ》っ越《こ》してきて、たしかにママはだいぶおだやかになっていた。アメリカ領事《りょうじ》がすぐとなりにいるという安心感はもちろん、家賃《やちん》が入ってくることもありがたかったのだろう。うちの仕事はうまくいっていなかった。よくわからないけれど、〝通商禁止《つうしょうきんし》〟っていうもののせいで、取り引きは全部止まっていた。家計を切りつめ、おじさんたちの車を売り、儲《もう》かっていた頃《ころ》にパパがおじいちゃんとおばあちゃんに買ってあげた家具を売らなければならないほどだった。わたしも、茶色の革靴《かわぐつ》や、もう着ない古いジャンパーを売ってもいいよとママにいった。でもママはにっこり笑い、まだそこまで困《こま》っていないわとこたえた。

ウォッシュバーン家の人と仲良くなったのは、わたしとルシンダだけじゃなかった。ママはミセス・ウォッシュバーンをほかのドミニカ人の奥《おく》さんたちに紹介《しょうかい》して、スペイン語の勉強にもなるように、トランプゲームのカナスタをする会をはじめた。家の裏《うら》にある中庭に、テーブルをふたつか三つ用意して、ママたちは小声でおしゃべりする。ときおり、新しくきたメイドのロレーナが、レモネードやきれいな灰皿《はいざら》を持ってきた。ママはお金を節約しようとしていたけれど、チューチャひとりでこの敷地《しきち》にあるすべての家をきれいにしておくのは無理だった。それで、若《わか》い女の人をメイドにやとった。だけどこのロレーナの前で話すときには、ことばを選ばないといけない。

「どうして?」わたしはきいた。「新入りだから?」

まったくやかましいオウムちゃんね! という目で、ママはわたしを見た。わたしがこのあだ名でよばれるとすごくいらいらするといったら、ママはもういわないって約束してくれた。でも、わたしがよけいなことをいうと、こんどは目で注意する。「ことばには気をつけるのよ」ママはくり返した。

つまり、家族のおむつを替《か》えてくれた使用人じゃないと、信用しちゃいけないってこと!

もっとも、いわれてばかりじゃなくて、わたしにだって秘密《ひみつ》はある。サミーもわたしも、このあいだの発見をまだだれにも話していない。あれから二度、ふたりでトニーおじさんの離《はな》れ家《や》にもどった。ドアは閉《し》まり、南京錠《なんきんじょう》がかかっていた。でも、出入りしたような新しい足跡《あしあと》と、タバコの吸《す》いがらがあって、まるでだれかが、灰皿《はいざら》がなかったので窓《まど》から捨《す》てたみたいだった。

「かなりあやしいな」サミーはじっと見ながら、なにか奇妙《きみょう》なことが起きているといいたげだった。

たしかに、うちの敷地《しきち》はあやしいことだらけだ。

学校にもどると、みんなの興味《きょうみ》は、わたしの二週間の欠席よりも、もっとわくわくする話題にうつっていた。もうすぐやってくるクリスマスと、サミーが転校してきたことだ。

「サミュエル・アダムス・ウォッシュバーンくんよ」ブラウン先生が紹介《しょうかい》する。

「サミーってよんでください」サミーがいいなおした。

ブラウン先生はあくまでも〝サミュエル〟とよび、みんなの前に出て、簡単《かんたん》に自己紹介《じこしょうかい》するようにいった。でもほとんどブラウン先生が紹介《しょうかい》してしまって、サミーは肩《かた》をすくめていた。

それから先生は生徒たちの列をまわって、一人ひとり自己紹介《じこしょうかい》をさせた。わたしの番になると、サミーは大きな声でいった。「アニータはもう知っています」わたしはうれしくて、顔がほてった。うしろの席のナンシー・ウィーバーとエイミー・カートライトが、くすくす笑いながら、かわい子ぶってあいさつした。わたしは、ふいにねたましくなった！　ふたりはアメリカ人だから、わたしよりもずっとサミーとわかりあえるだろう。

先に友だちになったのは、わたしなんだから！　わたしは叫《さけ》びだしたかった。うちのとなりの、わたしのいとこの家に住んでいるのよ！

べつにサミーを彼氏《かれし》みたいに思っているわけじゃないし、そもそも男の子とつきあうなんて許《ゆる》してもらえない。ママはいつも、親せき以外の男の子と仲良くしたらだめっていっている。けれど、いとこたちがいなくなって、わが家のきまりごとはきびしくなったりゆるくなったり、おかしな具合になっていた。秘密警察《ひみつけいさつ》がきたことや、いとこたちがニューヨークにいったことは話せないけれど、男の子のサミーを親友にすることはできた。

全員の自己紹介《じこしょうかい》が終わると、ブラウン先生はお知らせがありますといった。「みなさん、クリスマスに少し変わった遊びをしましょう!」歓声《かんせい》があがる。先生は、静かにするよう、人さし指を口に当てた。みんながおとなしくなると、話をつづける。「帽子《ぼうし》のなかから、くじを引いてね。それぞれが、くじに名前が書いてある子の、秘密《ひみつ》のサンタになるのよ――」

いけないっていわれているのに、オスカルが、先生の説明が終わるまえに手をあげた。

ブラウン先生はオスカルを無視《むし》した。「秘密《ひみつ》のサンタとして、相手の子のところへ、こっそりカードを届《とど》けてちょうだい。ちょっとした、思いがけないプレゼントもね。そんなふうにして、クリスマス・パーティーのときに、だれが自分の秘密《ひみつ》のサンタだったかを知るの」先生は、楽しそうに手をたたいた。

「質問《しつもん》はあるかしら？」ブラウン先生がオスカルのほうを見ると、オスカルはいきおいよく手をあげた。みんなが、うんざりした声をあげた。

「自分の名前を引いちゃったらどうするんですか？」オスカルはきいた。

ブラウン先生がすこし考える。「もっともな質問《しつもん》ね。そのままくじを帽子《ぼうし》にもどして、もういちど引いてちょうだい」

わたしはオスカルをちらっと見た。ときどき、かしこいことをいう。背《せ》の高さはサミーと同じくらい、だけど〝一年中日焼けしている〟。ときどきアメリカ人の子たちは、わたしたちの肌《はだ》の色をそうよんだ。オスカルは、ドミニカ人のお母さんに似《に》たんだって。お父さんはイタリア人で、イタリア大使館で働いている。だからブラウン先生も、ほかの〝地元〟の生徒たちよりオスカルに甘《あま》いって、わたしとカルラはいつも思っていた。

ゲームはおもしろそうだけれど、カルラはもういないから、秘密《ひみつ》のサンタになってプレゼントをわたしたい相手はサミーだけだった。わたしはブラウスのなかからペンダントを引っぱりだし、小さな十字架《じゅうじか》をくわえた。こうすると、なんとなく神さまに近づける感じがする。「どうかお願いします。サミーに当たりますように」わたしは祈《いの》った。

それなのに、くじを開けてみると、書いてあった名前はオスカル・マンシーニだった！　自分の名前を引いたふりをして、紙をたたんで帽子《ぼうし》にもどそうかと迷《まよ》う。けれど、そんなことをするなんて――とりわけクリスマスに――、すごく意地悪な気がした。

秘密《ひみつ》のサンタゲームは長つづきしなかった。次の日、ブラウン先生は教室にくると、保護者《ほごしゃ》から苦情《くじょう》がきたのでゲームは中止しますとつげた。みんなが不満そうに声をあげる。「わかるわ」背筋《せすじ》をのばすブラウン先生は、まるでだれかに気持ちを傷《きず》つけられたみたいだったけれど、それがだれなのかはいえないのだろう。「わたしもがっかりよ」

休み時間に、エイミーとナンシーから、なにが起きたのかを聞いた。ドミニカ人の保護者《ほごしゃ》のなかに、秘密《ひみつ》のサンタゲームについて校長先生に抗議《こうぎ》した人がいたんだって。

ドミニカ人の親たちが文句《もんく》をいったとしても、わたしはおどろかない。サンタクロースが三人の賢者《けんじゃ》（新約聖書《せいしょ》で、イエスの誕生時《たんじょうじ》に祝福に訪《おとず》れたとされる人物）にとってかわるのをいやがる、信仰《しんこう》のあつい人は多いから。だけど、問題はキリスト教じゃなかった。それでなくてもいまはぴりぴりした状況《じょうきょう》なのにって、心配した保護者《ほごしゃ》がいたみたい。子どもたちがこそこそ秘密《ひみつ》のカードを渡《わた》したりしたら、やっかいな意味にとられるかもしれない。

「ちょっと、なにそれ！」エイミーが目を丸くした。「いったいどういうこと？」

「通商禁止《つうしょうきんし》だよ」オスカルが説明する。みんながオスカルに目を向けた。だれも〝ツウショウキンシ〟がなにか、わかっていない。

「たくさんの国が、もうドミニカとは関わらないことにしたんだ」オスカルが話しつづける。

「アメリカもね」オスカルはそういって、エイミーに向かってうなずいた。まるでエイミーが通《つう》商禁止《しょうきんし》を命令したみたいだった。

「うそばっかり」とナンシー。「もしアメリカが関係を絶《た》ったんなら、どうしてわたしたちはここにいるの？」ナンシーがエイミーを見ると、エイミーも同じ意見だとばかりにナンシーを見返した。

オスカルは少し考えた。「たしかに、そうだね」やがて、オスカルはナンシーの言い分をみとめた。「だけど、うちの父さんと母さんは心配しているよ。だから、なにかこそこそしたようなことは、やってほしくなかったんじゃないかな」

「じゃあ、文句《もんく》をいったのは、オスカルのお父さんとお母さんだったのね！」ナンシーはエイミーと腕《うで》を組んで、サミーが仲良くなった子たちとバスケットボールをしているほうへ、怒《おこ》ったように歩いていった。

「秘密《ひみつ》のサンタゲームは、こそこそなんてしてないから！」エイミーがふり返って、肩越《かたご》しに叫《さけ》んだ。

秘密《ひみつ》のサンタがなんであれ、学校に文句《もんく》をつけた保護者《ほごしゃ》のなかに、うちのパパとママがいませんようにって、わたしは心から願った。だけどその日の夕ごはんのとき、秘密《ひみつ》のサンタゲームが取りやめになったことを話すと、ふたりともほっとした顔をした。だから、やっぱりふたりも校長先生に文句《もんく》をつけたのかもしれない。

「秘密《ひみつ》はもうたくさん――」ママは話しかけたけれど、デザートを持ってきたロレーナがお皿を片《かた》づけているあいだはだまっていた。「世界にはもう、十分すぎるほど秘密《ひみつ》があるもの」まるで、ママはこれ以上秘密《ひみつ》が増《ふ》えないようにいつも願っているみたいだった。

ブラウン先生は授業《じゅぎょう》で、「通商禁止《つうしょうきんし》」がどんなふうにおこなわれるのか説明しようとした。場合によっては、いろんな国が集まって、ある国のしていることに反対し、その国がよい方向に変わるまで商売や取り引きを断《ことわ》ることがあるんだって。

「みんなも知っていると思うけれど……」ブラウン先生がいう。「いまでは、アメリカもドミニカとの通商を禁止《きんし》しているわ」

オスカルはうしろを見て、ナンシーとエイミーに「ほら、いっただろ」といいたげにうなずいた。

何人もの子が手をあげた。アメリカ人の子の多くが、先生に質問《しつもん》してたしかめたがった。通商《つうしょう》禁止《きんし》になっている国にいて、自分たちは大丈夫《だいじょうぶ》なんですか？　わたしたち、敵《てき》の陣地《じんち》にいるんですか？　捕虜《ほりょ》にされませんか？

ブラウン先生は笑いながら首をふった。「まさか、そんなことありえないわ！」先生はみんなにいいきかせた。「みんなが心配するようなことはないのよ。国同士は対立しているけれど、毎日の暮《く》らしはそのままつづくわ。アメリカだって、ドミニカと仲良くしたいんだもの。ところで、みんなのなかに中学生や高校生のお兄さんやお姉さんがいる人は、どのくらいいるかしら？」

たくさんの手があがった。

「たとえば、お兄さんやお姉さんが外出禁止《きんし》になることってあるでしょう？　だからといって、お父さん、お母さんに愛されていないわけじゃないわよね？　お父さんもお母さんも、子どものことを思って、立派《りっぱ》な大人になってほしいと願っているからなのよ」

考えれば考えるほど、通商禁止《つうしょうきんし》って、お行儀《ぎょうぎ》を悪くしたときに椅子《いす》にしばりつけられるお仕置きみたい。

「それじゃ、ドミニカはどんな悪いことをしたんですか?」ドミニカ人の子がきいた。

でも、先生はきまって、こういう質問《しつもん》には答えてくれない。「さあ、政治《せいじ》についてはここまでにしておきましょう! 学校のなかでの政治《せいじ》をこなしましょうね。今日は、選挙をしなければいけません」

クリスマス休暇《きゅうか》に入ったら、クラス委員長のジョーイ・ファーランドがアメリカに帰ることになったから。通商禁止《つうしょうきんし》のせいで、大使を務《つと》めるお父さんがワシントンD.C.によびもどされたんだって。これからはサミーのお父さん、領事《りょうじ》のウォッシュバーンさんが大使館の責任者《せきにんしゃ》になる。

ブラウン先生が推薦《すいせん》したい人はいませんかときくと、ナンシーが手をあげた。「サミー・ウォッシュバーンを推薦《すいせん》します」クラスじゅうで拍手《はくしゅ》が起こり、まるでサミーがもう選ばれたみたいだった。

学校でのわたしは内気すぎて、サミーを取りまく子たちのなかに割《わ》りこんでいけなかった。でも、うちにもどると、わたしたちは相変わらず仲良しだった。わたしはうちの敷地《しきち》全体の地図を描《か》いて、トニーおじさんがしてくれた話をサミーに聞かせた。十六世紀にフランシス・ドレーク卿《きょう》と部下の海賊《かいぞく》たちがこの島を襲撃《しゅうげき》したとき、うちの敷地《しきち》内のどこかに宝《たから》を埋《う》めたとか、遠い昔、フランおじさんの家の裏《うら》は先住民タイノ族の埋葬地《まいそうち》で、いまでも亡霊《ぼうれい》がたくさん出るなんていう話だった。すごくどきどきする話だけれど、わたしでさえ、もう信じてはいなかった。

「すっげー！」サミーは何度も声をあげた。「ぼくたちが立っているこの場所に、海賊《かいぞく》や亡霊《ぼうれい》だろ？」

わたしはうなずいた。クラスでいちばん人気のある男の子を感心させるなんて、最高！ ドミニカは世界一すごい国じゃないかもしれないけれど、まちがいなくおもしろいもの！

ある日の午後、チューチャとママが買いものにいっているあいだ、わたしはサミーをこっそりチューチャの部屋へつれていき、棺《ひつぎ》を見せた。

「うわっ、すごい！」サミーは部屋を見まわした。壁《かべ》にはむらさき色のタオルがかかり、天井《てんじょう》からはむらさき色の蚊帳《かや》がつるされ、椅子《いす》の上にはむらさき色の服がかけてあった。「なにもかも全部、むらさきじゃないといけないの?」

わたしはうなずいた。「パンツやなにかも、むらさきに染《そ》めなくちゃいけないいんだって」男の子に下着の話をしたって気づいたとたん、わたしはまっ赤になった。

だけどサミーは棺《ひつぎ》に見入っていて、気づかなかった。「どうして内側がびりびりに破《やぶ》けてるの?」

思わず、秘密警察《ひみつけいさつ》が棺《ひつぎ》をひっくり返して、裏地《うらじ》をナイフで引《ひ》き裂《さ》いたんだと、いいそうになった。けれどそのとき、秘密警察《ひみつけいさつ》が押《お》しかけてきたことはだれにも話さないようにって、ママにきつくいわれたことを思いだした。

「ぼくはこう思う」サミーが当てようとする。「ある晩《ばん》、ふたが閉《し》まっちゃって、外に出ようともがいたんじゃないかな」サミーは爪《つめ》を立てるしぐさをした。興奮《こうふん》して顔が赤くなっている。

「アニータは、そう思わない?」

秘密《ひみつ》を話すか、うそをつくか。どっちがいけないのか、わたしにはわからなかった。だから、安全な道をとって、肩《かた》をすくめた。口を閉《と》じていればハエは飛びこんでこない、と自分にいい聞かせる。

「世界にはもう、十分すぎるほど秘密《ひみつ》がある」ってママはいったけれど、きっとその通りなんだろう。うちの敷地《しきち》のなかだけでも、長々《ながなが》とした秘密《ひみつ》のリストが作れる。とつぜんドミニカを離《はな》れたいとこたち。二週間、うちの私道《しどう》に居《い》すわった秘密警察《ひみつけいさつ》。トニーおじさんの離《はな》れ家《や》への侵入者《しんにゅうしゃ》。ついたばかりの新しい足あと、玄関脇《げんかんわき》に落ちていたタバコの吸《す》い殻《がら》……。ある日、敷地《しきち》の裏手《うらて》へいそぐチューチャと鉢《はち》あわせになった。荷車に食べものの缶詰《かんづ》めをつんで運んでいる。「どこにいくの、チューチャ?」わたしはきいた。

「守るべきは、わたしの秘密《ひみつ》とあなたの沈黙《ちんもく》ですよ」チューチャは、お得意の古いことわざをスペイン語でいうと、せかせかと歩いていった。

ときどき、電話が鳴って出ると、相手は名のらずに切られることもあった。

でも一度だけ、男の人の声で「ムンドだんなはいるかね?」ときかれた。書斎《しょさい》にいるパパに電話をまわし、パパが出たのをたしかめてから受話器を置くつもりで、少し待った。「ムンドだんなかい?」電話の相手がいった。「どうだい、調子は?」

「スミスさんのスニーカーを待っているところだ」パパがこたえる。あまりにへんなこたえ方だったから、切らずにそのまま聞いていた。

「ウィンピーの店にあるだろう」そういうと、電話は切れた。

ウィンピー？　ウィンピーさんのお店は、アメリカ人やほかの外国人が買いものをする、おしゃれなスーパーだ。ドアはガラスでできていて、近づくと魔法《まほう》みたいに勝手に開く。セーターを持っていかなくちゃいけないほど、冷房《れいぼう》がきいている。チューチャは「あそこには魔法《まほう》がかかってますよ」といい、ママと買いものにいってもなかに入ろうとしない。

わたしは、ゆっくりと受話器をもどした。

パパとママこそ、秘密《ひみつ》のサンタゲームをしているみたい。


学校がクリスマス休暇《きゅうか》に入った。いつもならいちばん好きな休みだ――まずわたしの誕生日《たんじょうび》があって、次にクリスマスがやってくる。でも、みんないなくなったいまは、楽しみじゃない。ウォッシュバーン一家がとなりに引《ひ》っ越《こ》してきてくれたのが、せめてもの救いだった。

誕生日《たんじょうび》にサミーをよんだらどうかって、ママがいった。でも、しばらくまえに「わたしはもう十二歳《さい》よ」っていっちゃったから、うそがばれるのはいやだった。今年のバースデーケーキはハート形。ママの作るケーキは、いつもすてきだった。けれど、今年はいい小麦粉やアメリカ製《せい》の食用色素《しきそ》が手に入らなくて、ドミニカのものを使った。そうしたら、真っ赤なバラ色のはずが、むらさき色のケーキになっちゃった！　もちろん、チューチャは喜んだけれど。

通商禁止《つうしょうきんし》のせいで、毎年クリスマスに食べていたアメリカの食料品が売っていなかったり、ものすごく高くなったりしていた。今年は鉢《はち》に盛《も》った赤いりんごもなければ、小さなお皿にのせてお客さんに出す、ステッキの形をしたキャンディーもない。クルミ割《わ》り人形用のクルミもなくて、おじいちゃんとおばあちゃんの家の裏《うら》からとってきたアーモンドの実があるだけだった。

それに、今年はひとつしかプレゼントをもらえない。わたしはブレスレットにつけるチャームにするか、去年のクリスマスにルシンダがもらったような、小さな鍵《かぎ》のついた日記にするかで悩《なや》んだ。結局、日記に決めた。いまのわが家の家計には金《きん》のチャームは高すぎると、ママがそれとなく話していたから。だけど本当は、親せきがまたみんないっしょになれれば、それがいちばんのプレゼントだと思っていた。

「大丈夫《だいじょうぶ》、きっとすてきなクリスマスになるわ」ママがきっぱりといった。

クリスマスまえの土曜日、ブタの丸焼き、アボカド、グアバ・ペースト、熟《う》れた料理用バナナを買いに市場へいった。どの露店《ろてん》でも、店の人が大声で品ものの名をよんでいる。店の横の地べたには、ぼろを着た小さな子どもたちがすわって、わたしをじっと見あげていた。わたしは、自分は恵《めぐ》まれていてよかったと感じた。同時に、ばつが悪かった。

パパは、いつもいっている。ここにいるような子どもたちにチャンスを与《あた》える、アメリカのような政府《せいふ》が、ドミニカにも必要だって。「教育が鍵《かぎ》なんだよ！　市場の子どもたちのなかに、アインシュタインやミケランジェロ、ひょっとしたらセルバンテスのような才能《さいのう》のある子がいるかもしれないじゃないか！」ママはいつもこういってパパをなだめる。「口を閉《と》じていればハエは飛びこんでこないのよ、あなた」だけど、ママの顔は輝《かがや》いていた。思ったことを口に出せるパパを、誇《ほこ》らしく思っているみたい。

荷物を運んでくれるモンシートという男の子が、いつも新鮮《しんせん》なものばかり並《なら》ぶ、いちばんいい店につれていってくれた。わたしと同じくらいの背丈《せたけ》のモンシートが、本当は何歳《なんさい》なのか、わたしたちは知らなかった。ママがきいても、モンシートはただ首をふって、にっこり笑うだけだった。「自分の誕生日《たんじょうび》を知らないの？」わたしはしつこくきいた。誕生日《たんじょうび》を知らないと困《こま》ったことになると思ったのか、モンシートは不安そうな顔をした。「十六歳《さい》」やっと口を開いたけれど、なんだか当てずっぽうでいっているように聞こえた。ママがいうには、体の大きさはわたしと同じくらいだけれど、そのくらい年が上でもおかしくないそうだ。「かわいそうに。栄養が足りないから、大きくなれないのよ」

家計はきびしかったけれど、モンシートの家族がクリスマスの食材を買えるように、ママはチップをはずんだ。おまけに、ムンディーンのお古のズボンも何枚《なんまい》かあげた。でも大きすぎて、モンシートが十八歳《さい》か、それより上になるまではけないだろう。

市場からの帰り道、ゆっくり車を走らせて景色をながめた。道は混《こ》んでいた。なんだかみんながこの街に宮殿《きゅうでん》の飾《かざ》りつけを見にきたみたい。芝生《しばふ》の上には馬にのったボスの像《ぞう》がそびえたち、その下にイエス・キリスト誕生《たんじょう》の場面が等身大で再現《さいげん》されている。羊飼《ひつじか》いたち、ラクダ、マリアとヨセフでさえも、はるばるベツレヘムからボスに会いにきたみたいだった。

ウィンピーさんのお店に立ちよって、ブタの丸焼きの口につめるりんごをひとつと、毎年クリスマスの日に食べるおいしいパン・プディングに入れるため、ナツメヤシをいくつか買った。

「クリスマスは、ちょっとぜいたくしましょうね」ママがいった。わたしは、きょろきょろしながらスニーカーを探《さが》したけれど、どこにも売っている様子はなかった。

パパは、店のご主人と奥《おく》の事務所《じむしょ》へ消えた。ご主人は、店の名前と同じ、「ウィンピー」というあだ名でよばれている。アメリカ海兵隊員だった人で、何年もまえに占領軍《せんりょうぐん》としてドミニカへやってきたけれど、軍が撤退《てったい》するときにウィンピーさんは残った。そしてお金持ちのドミニカ人の女の人と結婚《けっこん》して、スーパーをはじめて成功した。筋肉隆々《きんにくりゅうりゅう》の右腕《みぎうで》にはワシのタトゥーを入れていて、ときどき、わたしたち子どもの前で筋肉《きんにく》を動かしてくれた。すると、まるでワシがつばさを羽ばたかせているみたいだった。

買いものがすんでスーパーを出ようとしたら、パパがいなかった。もう外の駐車場《ちゅうしゃじょう》にいて、車のトランクの脇《わき》に立っていた。片足《かたあし》を泥《どろ》よけにのせてタバコを吸《す》いながら、ウィンピーさんと真剣《しんけん》な顔で話しこんでいる。うしろの座席《ざせき》にはチューチャがすわり、腕《うで》を組んで、店の正面をにらんでいる。そのとき思いうかんだのは、ルシンダが顔をしかめたときにママがよくいう、「人も殺せそうな目つきね……」って言葉だった。

わたしたちは、クリスマスを迎《むか》えるために、家の飾《かざ》りつけをはじめた。ある日曜日、車で海岸へいき、浜辺《はまべ》ブドウの小さな木を切ってきた。白く塗《ぬ》って、色水を満たした鼻用のスポイトみたいな電飾《でんしょく》といっしょにつりさげる。オリーブの木――ベツレヘムから採《と》ってきて、ローマ法王に祝福してもらったという――でできた幼《おさな》いイエスさまの像《ぞう》をツリーの下に置いた。サンタの顔の電飾《でんしょく》は玄関《げんかん》の壁《かべ》に、ボスの肖像画《しょうぞうが》に並《なら》べて飾《かざ》った。ときどき、通りかかったパパが立ち止まると、赤い明かりがけわしい顔を照らしだす。だけど〝人も殺せそうな目つき〟でパパが見つめているのは、サンタではなかった。

クリスマス・イブの夜、パパとママは、ちょっとした〝おんどり〟パーティーを開いた。おんどりが鳴きはじめる夜明けまでつづくパーティーのこと。ウォッシュバーン一家や、オスカルのパパとママ、ほかにも友だちが何人か招待《しょうたい》された。オスカルのママのミセス・マンシーニは、すこしまえにカナスタのグループに加わり、ゲームの最中に、じつはうちのママと親せきだってことがわかった。ふたりはスコアブックの裏《うら》に、一族全体の家系図《かけいず》を描《か》いた。でもものすごーく遠い親せきだったから、オスカルが学校でいいふさらないように、わたしは祈《いの》った。

お客さんたちがくるまえに、ニューヨークから特別な電話があった。相手は、おじいちゃんとおばあちゃんだけじゃなく、おじさんたちのうちの、だれかひとりでもない。一族全員がおじいちゃんとおばあちゃんの家に集まって、ひとりずつ順番に、電話口から「クリスマスおめでとう」って叫《さけ》んでいた。まるで何百キロも離《はな》れたところと話すには、海底を走る電話線よりも声の大きさのほうが大事みたいだった。わたしの順番がきたとき、ママはことばに気をつけるように念を押《お》した。でも、心配なんて必要ない。わたしは、なにもいえなかった。カルラにたくさん話したいことがあったのに、ひとつも頭に浮《う》かばなかった。「クリスマス・カード、着いた?」カルラが声をはりあげる。

「ううん、まだ!」わたしも大声でこたえた。郵便《ゆうびん》はすべて、まず検閲官《けんえつかん》に調べられる。とくにクリスマスの時期は、手紙が届《とど》くまでにすごく時間がかかった。

わたしは夜遅《よるおそ》くまで起きていて、ロレーナとチューチャを手伝い、昔ながらのラム酒入りフルーツポンチをお客さんに配ってまわった。今年はグラスが小さくなったけれど、みんなはパーティーができてうれしそうだった。パパがグラスをあげて、乾杯《かんぱい》のあいさつをする。「新しい年には、平和と自由がもたらされますよう……」ママが顔をこわばらせて、ちらっとロレーナを見た。パパも、ちょっとまずいと思ったのか、こうつけ加えた。「世界中のすべての人々《ひとびと》に、平和と自由を!」

「サンタクロースに、なにをもらいたい？」ウォッシュバーンさんがわたしにきいてきた。わたしは生意気な口をきかないように、くちびるをかまなきゃいけなかった。たしかにわたしは十二歳《さい》にしては小さいけれど、ルシンダのおさがりの、少しかかとのあるエナメル靴《ぐつ》を履《は》いていたから、百五十センチくらいにはなっていた。ママは、わたしが大人っぽい気分になれるよう、口紅《くちべに》とほお紅《べに》をのせ、髪《かみ》にはヘアスプレーをかけてくれた。それでもやっぱり、まだ十一歳《さい》に見えるみたい。

そのあと、ベッドに入ってもなかなか眠《ねむ》れずに、窓《まど》の外から聞こえてくる、中庭での楽しそうな話し声に耳をかたむけていた。真夜中に近づくと、みんなは英語とスペイン語の両方で、クリスマス・キャロルをうたいだした。ときどきふたつのことばが混《ま》ざることもあれば、英語のほうが強くなることも、反対にスペイン語のほうが大きくなることもあった。それは、誰《だれ》が中心でうたっているかによった。

やっと眠《ねむ》りにつくと、サンタクロースが黒いフォルクスワーゲンにのってやってくる夢《ゆめ》をみた。りんごとレーズンとナッツのつまったかごを持った、いとこたちをつれている。うちの玄関《げんかん》を何度も何度もたたくけれど、家のなかはパーティーで盛《も》りあがっていて、だれも気がつかない。

わたしはサンタクロースを迎《むか》えにいこうとして、思わずベッドに跳《と》びおきた。家じゅうが、不気味なほど静まり返っている。お客さんはもう帰ったみたい。ベッドの脇《わき》の窓《まど》を開け、中庭からその先に目をやった。パーティー用のランタンの火は消され、庭は暗やみにつつまれている。だけど、遠く、敷地《しきち》のはずれにある、トニーおじさんの家には明かりが灯《とも》っていた。暗くしげった木々《きぎ》のすき間《ま》から、ちらちらと光がこぼれている。わたしは眠《ねむ》くてぼーっとしながらも、うれしさがこみあげてきた。まるで、秘密《ひみつ》のサンタがやってきて、自分が小さな子どもにもどったみたいだった。

第四章　消された日記

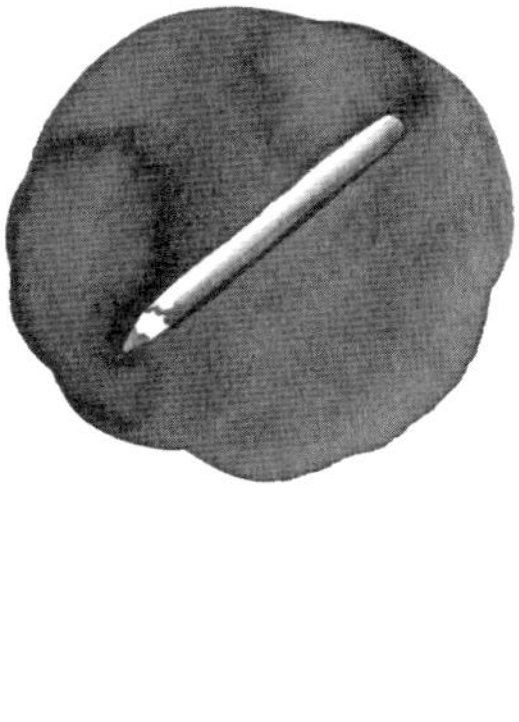

ブラウン先生は、書くことで人はより深く考え、より魅力的《みりょくてき》になるって、いつもいっている。魅力的《みりょくてき》になるかどうかはわからないけれど、クリスマスにもらった日記がきっかけで、きっとわたしはたくさんのことを考えるだろう。

たとえば、サミーのこと。白に近いほど色の薄《うす》い金髪《きんぱつ》も、いまでは白すぎるとは思わないし……空想に出てくる空のような、夢見《ゆめみ》がちな青い目も……と書いているうちに、ふいにわたしは気づいた。男の子とつきあうのを許《ゆる》してもらえても、もらえなくても、関係ない。サミーとは、友だち以上になりたい！

日記に書いてみるまで、心の奥《おく》ではこう感じていたって、よくわかっていなかった。

いつもえんぴつで書くのには、理由がある。なにかあっても、すぐに消せるようにしておきたいから。いまでも、カルラの消しゴムは持っている。もし秘密警察《ひみつけいさつ》がドアの外にせまっても、この消しゴムを何度かこすれば、証拠《しょうこ》になりそうなものはなくしてしまえる。

それに、ママにも用心している。もともとママは、あれこれ知りたがるような性格《せいかく》じゃない。天国の神さまがしっかり見てくださってるから大丈夫《だいじょうぶ》って、信じている。だけど、いまのやっかいな状況《じょうきょう》のせいで、この頃《ごろ》のママはすごく心配性《しんぱいしょう》だ。もしもベッドを整えているときに枕《まくら》の下から日記が落ちて、「サミーのこと、好きになっちゃったかも」なんて文章を読んだら、もうサミーとは友だちでいられなくなる。

だから、なにか自分自身のことを書くときは、その日の終わりまでは残しておく。キャンディーをかみ砕《くだ》くまえにじっくり味わうように。そして夜になってから、念のためそのページを消しゴムで消した。

サミーには、日記について話さなかった。きっと見せてっていわれるから。でも、カルラに書いた手紙は、送るまえにいつもパパとママが目を通すってことは話していた。カルラからわたしあての手紙は、卑劣《ひれつ》な検閲官《けんえつかん》に読まれているのがありありとわかる。いったん開封《かいふう》された封筒《ふうとう》がテープで留《と》めてあって、ときどき文章がまるごと黒く塗《ぬ》りつぶされていたから。

サミーは、アメリカで発明されたという、見えないインクの話をしてくれた。見えないから好きなことが書けて、薬品につけるとまた文字があらわれるんだって。

日記を書くのに、そのインクがあればいいのに。だって本当は、えんぴつで書いて、いつでも消せるように準備《じゅんび》しておくのって、なんだか悲しいもの。けれどサミーは、ドミニカでは、たぶんウィンピーさんのお店でも、そのインクは売っていないっていっていた。

学校は、公現祭《こうげんさい》のすぐあと、一月九日の木曜日に再開《さいかい》するはずだった。でも校長先生から、一月末まではじまりませんという知らせが届《とど》いた。たくさんのアメリカ人が、新しい大統領《だいとうりょう》、ジョン・F・ケネディの就任式《しゅうにんしき》のためにワシントンD.C.にいき、ファーランド一家のように、ドミニカにもどらないためだった。

パパは、ファーランドさんとは、アメリカの学校にいっていたときからの知りあいだったから、家族そろってお別れをいいにいった。ウィンピーさんも、ウォッシュバーンさんも、きていた。

中庭で、パパがファーランドさんたちのところへいく。少しだけ、会話が聞こえてくる。「スニーカーが……」「〝蝶《ちょう》〟に怒《いか》りくるって……」「アメリカの中央情報局《じょうほうきょく》が介入《かいにゅう》……」聞こえてくることをつなぎあわせようとしていたら、ミセス・ファーランドによばれた。「アニータ、こっちにきて。新しい大統領《だいとうりょう》の就任式《しゅうにんしき》について、ジョーイが話してくれるわよ」

アメリカではどうやって国を動かすのか、学校で勉強させられるから、わたしは全部知っていた。四年おきにコンテストみたいなものがあって、優勝《ゆうしょう》した人がボスになる。だけど、同じ人がずっとボスでいるのは無理。コンテストに勝てるのは二回だけで、その先は別のだれかにゆずらなければいけない。

ドミニカにもコンテストはあるけれど、出るのはいつもトルヒーヨひとりだけ。だから三十一年間、ずっとボスのままだ。いちどブラウン先生に、どうしてほかの人は参加しないのかきいてみた。先生はとまどい、「その質問《しつもん》は、お父さんとお母さんにしたほうがいいわ」といった。ママにたずねたら、「パパに教えてもらいなさい」っていわれた。それでパパのところへいくと、ママにききなさいっていう。そのうち、質問《しつもん》するのもいやになった。

パパもママも、ケネディさんが大統領《だいとうりょう》になるのを心から喜んでいるのがわかる。ママは、ケネディさんはすごくハンサムで、しゃれた髪型《かみがた》にすてきな目で、まだ（?!）四十三歳《さい》だっていっていた。うちと同じようにカトリック教徒だから、なんとなく親近感がある。それにパパは、いちばん大切なのはケネディさんが「自分は世界中の民主主義《みんしゅしゅぎ》のために闘《たたか》う」と宣言《せんげん》したことだって話してくれた。

次のカナスタの集まりで、ママたちは、ドミニカを去っていった家族を知っている限《かぎ》り数えた。ミセス・ウォッシュバーンは、ウォッシュバーンさんが自分と子どもたちをアメリカへ送り返そうとしている、と打ちあけた。ミセス・ウォッシュバーンは、だんなさんのことをいつも「ウォッシュバーン」とよぶ。まるで、ごくふつうにヘンリーと名前をよんだら、だれのことかわかってもらえないと思っているみたい。

「ぜったいにいやって、ウォッシュバーンにいったわ」ミセス・ウォッシュバーンはママたちにいった。「あなたがいっしょでないと、ぜったいに帰りませんってね！　外交官とその家族には、逮捕《たいほ》されない特権《とっけん》があるもの。もしわたしたちに手出しをすれば、あのろくでなしは自分の首をしめることになるわ！」

ドミニカ人の女の人は、だれもなにもいわなかった。静かにコーヒーを飲みながら、おたがいに顔を見あわせていた。ウォッシュバーン一家がとなりに引《ひ》っ越《こ》してきて以来、びっくりするほど英語が上達したママが、口を開く。「ドリス、お願い、砂糖《さとう》入れのふたを閉《し》めてもらえるかしら。ハエが多すぎるわ」

わたしはあたりを見まわしたけれど、ハエなんて一匹《ぴき》も見あたらなかった。ちょうどロレーナが、台所からおぼんを持って、空《あ》いたコーヒーカップをさげにきていた。たぶんハエは、ロレーナが追いはらったのだろう。

ふいに、わたしは気づいた！　ママは、ミセス・ウォッシュバーンに暗号で話している。「盗《ぬす》み聞きされているから、だまって」といってるんだ、と。なんだか、入ってはいけない部屋にうっかり足を踏《ふ》みいれて、なかに入ったとたん、出口が消えてしまったような感じだった。ルシンダに、いつかわたしにも生理がくるっていわれたときと、同じ気分がする。「でも、そんなのいやだったら？」わたしはたずねた。足のあいだから血が流れると考えただけで、ぞっとする。

「いやだろうとなんだろうと、くるときはくるの」ルシンダがいい返した。

その日遅《おそ》く、わたしは日記に、もしかしたらウォッシュバーン一家がアメリカへもどってしまうかもしれないと書いた。サミーと会えなくなる。そう考えただけで、涙《なみだ》が出てくる。ページにこぼれた涙《なみだ》をぬぐおうとしたら、文字がひどくにじんでしまった。今夜は、日記を消さなくてもいい。

ママによると、わたしはだんだんルシンダと同じ、〝洗面所《せんめんじょ》に入りびたり病〟になってきているそうだ。

そういわれたとき、わたしは目をむいた。どうして病気までおさがりなの?! わたしのカフェオレ色の肌《はだ》はママゆずり、くせのある黒髪《くろかみ》はパパゆずり、ちょこっと上を向いた鼻はおばあちゃんゆずり、えくぼにいたっては、生きているあいだずっとだれにでも微笑《ほほえ》みかけてたという大おばさんゆずりだという。なんだかわたしって、おさがり人間みたい!

たしかに、ママは正しい。わたしはまえよりもずっと長い時間、洗面所《せんめんじょ》にこもっている。だけど、ルシンダの真似《まね》なんかじゃない。サミーを好きだからって、ママにいうつもりもなかったけれど。

好きな男の子ができると、女の子はきまって、自分がちゃんとかわいいかどうか、気になる。わたしは鏡の前で、じっと自分を見つめた。黒髪《くろかみ》はくせ毛で、もつれている。鼻は人並《ひとな》み。口も人並《ひとな》み。考えてみると、わたしの顔は本当にごくごく人並《ひとな》みだ。でもミセス・ウォッシュバーンには、日焼けしたオードリー・ヘップバーンにちょっと似《に》ているっていわれた。ルシンダに話したら、「せいぜい夢見《ゆめみ》てなさい」だって。

だけど、ミセス・ウォッシュバーンがそう思うなら、ひょっとしたらサミーだって同じように思うかもしれないでしょ？　ルシンダの古い雑誌《ざっし》「ノベダデス」と、ミセス・ウォッシュバーンからもらった「ルック」や「ライフ」をひっくり返して、オードリー・ヘップバーンの写真を探《さが》した。でも、どの写真を見ても、ルシンダが正しいと認《みと》めなきゃいけないみたい。夢《ゆめ》を見ているしかなさそうだ。

ある午後、カナスタの集まりに、ミセス・マンシーニがオスカルをつれてきた。ママが、同じクラスの子がきたら、わたしが〝感激《かんげき》する！〟っていったんだって。それを聞いたとき、目をつりあげて怒《おこ》りたい気持ちを必死におさえた。そんな顔するのは、十二歳《さい》になって覚えた悪いくせよって、ママはいう。（それって、十一歳《さい》のわたしを、ママが見ていなかったから！）

もし〝いとこ〟のオスカルがいたら、サミーはわたしといっしょにいてくれないかもって、心配だった。お客さまがいらしたってママによばれたあとも、わたしは部屋にこもっていた。やっと出ていって、あいさつしようとしたら、オスカルとサミーはいなかった。ふたりはトランポリンで跳《と》びはねながら、カポックの枝《えだ》にどっちが触《ふ》れるかを競っていた。

ふたりが敵同士《てきどうし》にならないか心配していたのに、わたし抜《ぬ》きでさっさと友だちになっていて、腹《はら》が立った。ときどき、自分が本当にめんどうくさくなる！　日記に書けば、少しは気持ちが落ちつくかもしれない。

最初にわたしに気づいたのは、オスカルだった。「こんにちは、アニータ！」

わたしは手もふらずに、その場を離《はな》れようとした。

「どうしたのかな？」サミーがオスカルにきいている。

「気を悪くしたんじゃないかな」オスカルがこたえる。「ねえ、アニータ、待ってよ」心のなかで結婚《けっこん》の相手に決めているサミーじゃなくて、オスカルのほうが、わたしの気持ちをわかってくれたことが信じられなかった。

ふたりが、わたしに追いついたとき、話しかけてきたのもオスカルだった。「どこにいるのかなって思っていたんだよ」

「うん」サミーもいったので、わたしの心にまた太陽の日ざしがふりそそいだ。

「この国全体が、たいへんなことになっているんだ」オスカルは説明する。わたしたち三人はトランポリンの下にすわっている。三人いっしょに跳《と》びはねたせいで、トランポリンを支《ささ》える縄《なわ》が一本ちぎれてしまった。「うちの母さんが、ウィンピーさんのお店で、ブラウン先生とばったり会ったんだ。ドミニカを出ていく家族が多すぎて、学校は閉《と》じなくちゃいけないかもしれないって、いってたってさ」

「うちは残るよ！」サミーは誇《ほこ》らしげにいった。「なんたって、トクシュウがあるからね」

「それって、特赦《とくしゃ》じゃない？」オスカルが正す。わたしはくちびるをかんで、笑いをこらえた。きっとサミーのことが好きなんだと思うけれど、それでも、ドミニカ人がアメリカ人の英語を直すのを見ると鼻が高かった。「だけど、本当は外交官の特権《とっけん》のことをいっているんだと思うよ」

オスカルはさらにいった。「ぼくの家族も、父さんがイタリア大使館に勤《つと》めているから、特権《とっけん》があるよ。大使館は外国の領土《りょうど》で、秘密警察《ひみつけいさつ》も手を出せないから、たくさんの人が隠《かく》れている。きみのおじさんみたいにね」オスカルはわたしのほうを見た。

「どのおじさんのこと？」わたしはきいた。もちろん、頭に浮《う》かんだのはトニーおじさんだ。

「名前はいっちゃいけないことになってるんだ。だけど、通商禁止《つうしょうきんし》になると、大使館が閉《し》まる。だから、アメリカはもう大使館がないだろ？」オスカルはサミーにいった。「いるのは、領事《りょうじ》だけ」

「うちの父さんが、その領事《りょうじ》だよ」サミーが誇《ほこ》らしげにいった。

「うん、でも大使じゃない」

「だから？」

オスカルは肩《かた》をすくめた。「きみのお父さんは、この国を自由にしたいと思っている人たちを助けられないってことさ」

この国は自由でしょ！　わたしは声を張《は》りあげたかった。でも、秘密警察《ひみつけいさつ》はうちに押《お》しかけてきたし、トニーおじさんは姿《すがた》を消してしまった。わたしは、日記に書いたことを全部消さなくちゃいけない。だから、オスカルが本当のことをいっているのはわかっていた。わたしたちは自由じゃない——とらわれの身だ——カルラたちはぎりぎりセーフで逃《に》げたんだ！　わたしは、突然《とつぜん》、秘密警察《ひみつけいさつ》が家に押《お》し入ってきたときと同じくらい、こわくなった。

「きみのお父さんだけじゃなくて……アニータのお父さんと、ぼくの父さんも同じだよ」オスカルは、サミーとわたし、それから自分自身を指さした。「三人とも、すべてわかっているけれど、ぼくたちを心配させたくないのさ」

「じゃあ、どうしてオスカルは、このことを全部知っているんだよ?」サミーが問いつめる。

オスカルがにんまりと笑った。「ぼくは、あれこれ質問《しつもん》するからね」

わたしも同じって思ったけれど、いまのところ、わたしはなんの答えも得られていなかった。


オスカルが話してくれたことを、全部日記に書きとめた。

日記がなかったら、どうしていいのか見当もつかない。まるで、わたしの世界のすべてがばらばらになりかけているみたい。それでも書くことで、えんぴつを糸と針《はり》のかわりにして、かけらをまた縫《ぬ》いあわせようとしている。ときどき、真夜中に大声でわめきながら起きることがあった。廊下《ろうか》をぬけて、ルシンダの部屋へいき、ベッドにもぐりこむ。ルシンダも、わたしを歓迎《かんげい》しているみたい。まえだったら出ていくようにいわれたのに、いまはそのままいさせてくれる。

オスカルの話のなかで、いちばんいやだったのが、ボスについてだった。はじめてルシンダから、ボスがどれほど悪い人か聞いたとき、わたしはすごく混乱《こんらん》した。だって、ボスはみんなから神さまみたいに思われていたから。わたしも、十字架《じゅうじか》にかかったイエスさまのかわりに、何度ボスにお祈《いの》りしただろう？　考えただけでぞっとする。

「ボスは、十字架《じゅうじか》のはりつけよりも、もっとひどいことをするんだよ」あるとき、オスカルはいった。「消してしまうんだから」

たしかチューチャも、秘密警察《ひみつけいさつ》が人を消すっていっていた。「それって、いったいどういう意味？」わたしはオスカルにきいた。ルシンダよりもずっと話しやすかった。ルシンダだと、いつも必死でお願いして、背中《せなか》のマッサージもしてあげて、やっと話してもらえる。

「気に入らない者を捕《つか》まえて、目をえぐり、指の爪《つめ》をはがす。そして、死体は海に捨《す》てて、サメのえさにするのさ」

「すげえ！」サミーは声をあげた。その目は、残酷《ざんこく》なところをもっと細かく聞きたくてたまらなさそうだった。

わたしは、胸《むね》がむかむかした。トニーおじさんに、目と爪《つめ》がないなんて、おそろしくて考えたくもない。だけど好きな男の子と、親せきだと思われたくない〝いとこ〟の前で、吐《は》きたくなかった。「ねえ、なぞの幽霊《ゆうれい》がいるんだよ」話題を変えたくて、わたしは話しだした。できるだけこわく話そうとしたけれど、いま聞いたばかりのことにくらべたら、幽霊《ゆうれい》なんて無害に思えた。

「夜になるとあらわれて、昼間はいないんだ」サミーが、つけくわえた。クリスマス・イブに、トニーおじさんの離《はな》れ家《や》に明かりがついていたと、サミーにいってあった。ドアのカギが開いていて、タバコの吸《す》い殻《がら》があったとか、細かいことを全部オスカルに話した。

「見にいこうよ」オスカルがいいだす。

それでわたしたちが敷地《しきち》の奥《おく》へ向かうと、せかせかと急ぐような足音がこっちに近づいてきた。

「こんなところで、なにをしているんです?」チューチャはたずね、わたしたちの顔を一人ひとり見た。三人のうち、だれがいちばん本当のことをいいそうか、見定めようとしているみたいだった。

「いいって、いわれてるもの」友だちの前だから、わたしは見栄《みえ》をはった。

チューチャがわたしを見おろす。許《ゆる》すか、許《ゆる》さないか、決めるのはわたしじゃなくて、小さい頃《ころ》おむつを替《か》えていた自分だっていいたそうだ。

すばやく降参《こうさん》して、わたしは説明した。「チューチャ、トニーおじさんの家にだれかがいたの」

チューチャは、黒い目を大きく見開いた。「もっと慎重《しんちょう》にならないといけませんよ」低い声でいい、おなじみの、手で首を切り落とすしぐさをする。「じきに、いっさいの守りがきかないことが起きます」チューチャは顔をあげると、まるであちこちにそのしるしがあるみたいに、あたりを見まわした。「守りはきかず、静けさがあるだけ。守りはきかず、暗い隠《かく》れ場所と、翼《つばさ》と、祈《いの》りがあるだけ」聞きながら、チューチャがときどき夢《ゆめ》で未来を見ることを思いだした。チューチャがなにを見たのか、考えると体がふるえてくる。

サミーは少しスペイン語ができるけれど、チューチャのことばはほとんど理解《りかい》できない。チューチャにはもごもご話すくせがあるし、スペイン語にハイチのことばも混《ま》ざるから。「なんていってるの？」サミーがきいた。

「よくわからない」わたしはこたえた。「ときどきなぞめいたことをいうから、どういう意味か、よく考えなくちゃいけないの」わたしはチューチャのほうに向きなおり、まっ先に思いついたことをたずねた。「トニーおじさんは無事？」

こたえるだけじゃなく、チューチャは形にして見せてくれた。離《はな》れ家《や》の窓《まど》から、顔がのぞいた。うねりのある黒髪《くろかみ》と、ひきしまった口もとは、見まちがえようがない。トニーおじさんだ！　かわいい女の子たちが、ランを見ることにかこつけては、うちに遊びにきたがった、ハンサムなトニーおじさん。おじさんの、目も爪《つめ》もある無事な姿《すがた》を見て、わたしは心からほっとした。だけど、声に出してよぶのはだめだってことは、ちゃんとわかっていた。

「あれ、だれ？」サミーがたずねる。サミーとオスカルは、わたしが見ているほうをじっと見つめていた。

どうしてサミーの質問《しつもん》がわかったのか、英語をひとつも知らないチューチャが返事をした。

「アメリカの男の子に、あなたの知らない人だって教えておあげなさい」

わたしは英語が話せたけれど、自分でも理解《りかい》できないことをどうやって伝えればいいのか、わからなかった。

知らない人だって教えておあげなさい。そう日記に書いていたとき、だれかがドアをノックした。「ちょっと待って」わたしは大声でいうと、書いていたページをすばやく消しゴムで消し、日記をもとの場所——枕《まくら》の下に押《お》しこんだ。

ドアを開けると、ママがいた。「変わったことはない？」ママはわたしの部屋を見まわした。すぐに部屋に入れなかったから、きっとなにか隠《かく》したんじゃないか、気になっているんだろう。

「話したいことがあるの」ママは、あとについて外へ出るよう、意味ありげに合図した。

中庭へ出て、おじいちゃんとおばあちゃんの家の前を通り、以前はミミおばさんのスイレンでいっぱいだった池へ向かう。いまでは緑色の藻《も》が膜《まく》をはり、ウシガエルがうじゃうじゃいた。石のベンチに並《なら》んですわると、ママはわたしの両手をとった。

「アニータ、ふつうじゃないことがつぎつぎ起こっているわよね」ママが口を開く。「あなたの頭のなかは、疑問《ぎもん》や不安でいっぱいでしょうね」この一カ月につみかさなった心配事のすべてを追いはらうように、ママはわたしの顔をやさしくなでた。

「急に、アニータも大きく……」

「わたしはもう十二歳《さい》よ、ママ！」わたしは目をむき、ため息をついた。最近、だれかに子どもあつかいされると頭にくる。だけど、もう小さな子どもじゃないって、自分でもはっきりわかっていたから、悲しくもあった。この混乱《こんらん》した気持ちを日記に書いたけれど、あまりにぐちゃぐちゃすぎて、書いてもちっとも頭が整理できない。

「ええ、アニータも、もう大人ね」ママが認《みと》める。「ルシンダやムンディーンと同じように、アニータにもちゃんと話さなければいけないわね。そうでしょう？」ママは、ためらいがちにいった。先に進もうかどうか、迷《まよ》っているみたい。

わたしは目を見開いた。「ママが思っているより、ずっとたくさんのこと、わたしは知っているんだから!」

「そうなの?」

わたしは迷《まよ》った。オスカルから聞いたこわい話や、離《はな》れ家《や》の窓《まど》にいるトニーおじさんを見たことを話してもいいかな? でも、わたしからなにかいったら、ママが話そうとしていることを二度と聞けないかもしれない。「まあ、大人になるのがどういうことかくらいは」

ママがとまどう。「もしかして……生理がきたの?」

わたしは首をふった。まえは、もし足のあいだから血が流れはじめたら、真っ先にママにいおうと思っていた。でもいまは、そういう特別なことをママに話したいかどうか、よくわからない。

「なにがあったかというとね、おじさんと仲間たちは政府《せいふ》に不満があって、ある計画を立てたの。だけど、秘密警察《ひみつけいさつ》に見つかってしまったの」ママの話は、ルシンダが教えてくれたことのくり返しだった。「仲間は、たくさん捕《つか》まったわ。カルロスおじさんのように、ドミニカを出た人もいる。殺された人も」

ママはいったん口を閉《と》じて、両目をぬぐった。それから、こぶしをにぎって、ひざの上に置いた。

「最初のうち、パパは、わたしたち家族を危険《きけん》にさらすのをいやがったわ。けれど、自由のない人生なんて、生きているとはいえない。そういうときもあるの」

わたしはこわくなった。なんだか、銃殺隊《じゅうさつたい》と向きあっている人が、撃《う》たれるまえにいうことみたいだった。「それなら、どうして親せきのみんなといっしょに、自由なニューヨークへいかないの？」そうたずねながら、わたしたちはとらわれの身じゃない、いきたいときはいつでもアメリカにいけるって、ママが安心させてくれることを祈《いの》っていた。

「そんなことはできないわ！」ママがこぶしをぎゅっとにぎる。「アメリカだって、もしジョージ・ワシントンが国を捨《す》てていたら、どうなっていたと思う？　エイブラハム・リンカーンが『もうたくさんだ』っていっていたら？　黒人はずっと奴隷《どれい》のままだったはずよ」

こわがったりして、わたしは自分がはずかしかった。パパが話してくれた、だれにでも――モンシートみたいに恵《めぐ》まれない子にも――成功するチャンスのある国について考えた。

「それにいつか……」ママが話をつづける。「この国も自由になる。そうしたら、おじさんやおばさん、いとこたちも帰ってきて、わたしたちにお礼をいうわ」ママは、でこぼこした地面、草がぼうぼうの茂《しげ》み、だれもいなくなった家を見まわした。ふっと悲しげな顔をする。「じつはね、通商禁止《つうしょうきんし》の効果《こうか》が出てきているの。ほかの国から監視《かんし》する人たちがきているから、政府《せいふ》は必死に公正なところを見せようとしているわ。おかげで、牢屋《ろうや》に入れられたトニーおじさんの仲間は、みんな釈放《しゃくほう》された。この国は変わろうとしているわ。でもその日がくるまで、わたしたちはじっとがまんして、いくらかの犠牲《ぎせい》を払《はら》わないといけないのよ」

ママは、いいにくい部分にさしかかろうとしていた。

「トニーおじさんは……隠《かく》れていたの」慎重《しんちょう》にことばを選んで説明する。「いまはおもてに出てきたわ。でも、秘密警察《ひみつけいさつ》は、望めばいつだっておじさんを連れていける。ウォッシュバーンさんたちがとなりに住んでいるから、この敷地《しきち》のなかはかなり安全よ。それでもアニータ、サミーもオスカルもよ、あそこにはもういかないでちょうだい」ママはあごをしゃくって、離《はな》れ家《や》を示《しめ》した。「それから、このことはだれにも話さないで。話すのなら、相手は枕《まくら》だけにして……」

わたしは、ちょうどいま、枕《まくら》の下に隠《かく》しているものを思いだして、うしろめたい顔をしていたにちがいない。ママは、わたしの心が読めるみたいだった。「もうひとつ、とても大切なお願いがあるの。しばらくのあいだ、日記は書かないで」

「そんなの、ずるい！」クリスマスに日記をくれたのはママなのに。その日記をやめさせるなんて、たったひとつのプレゼントを取りあげられるのといっしょじゃない。

「ずるいのはわかっているわ、アニータ」ママは、親指でわたしの涙《なみだ》をぬぐった。「当分のあいだ、わたしたちは、蝶《ちょう》になるまえの、まゆに包まれた、小さなさなぎでいなければならないの。すべてを閉《と》ざして、秘密《ひみつ》にしているのよ……その日がくるまで……」ママは両腕《りょううで》を羽のようにひろげた。

声をふるわせながらママにお願いされて、断《ことわ》るなんてできるわけがない。

わたしは部屋にもどると、これまで日記に書いたことをすべて消した。それからクローゼットを開け、カルラが置いていったものの横に日記をしまった。その日がくるまで。

第五章　スミスさん

　こうして敷地《しきち》のなかをうろうろできなくなったので、わたしは中庭でサミーとトランプばかりしていた。どうしてママがこんなに用心深くなっているのか、ちっともわからない。領事《りょうじ》がとなりに住んでいるから、アメリカの海兵隊が一日中、うちの敷地《しきち》を警備《けいび》しているのに。ときどき海兵隊の人が夜の見まわりをする足音で、わたしは目を覚ますことがあった。
　トランプのゲームは、カジノとカナスタと神経衰弱《しんけいすいじゃく》をした。同じように退屈《たいくつ》していたスージーとルシンダも加わった。やっと再開《さいかい》した学校以外、わたしたちはどこへもいかない。親たちは、とくに女の子の親たちは、すごく心配性《しんぱいしょう》になっていた。

「どうしてなの？」わたしはたずねた。中庭にすわって、トランプのカジノをしていたときだ。スージーは、持っているトランプをうちわにしてあおいだ。爪《つめ》は、巻《ま》き貝《がい》の内側みたいな淡《あわ》いピンクにぬってある。「スミスさんのせいよ」スージーは、意味ありげにルシンダに目くばせした。「スミスさんってだれ？」わたしとサミーが同時にきくと、ふたりともくすくす笑いだした。「スミスさんっていうのは、本当の名前じゃないの」スージーがひそひそといった。スージーでさえ、ある特定の話題をするときは、声をひそめる。「すごく力のある人よ。それで、女好きなの——若《わか》くて、かわいい女の子がね。だから親たちは、スミスさんの目に留《と》まらないように、公の場に娘《むすめ》を出さないのよ。だって、もし見かけて気に入れば、ほしいものは必ず手に入れる人だから」

わたしは身ぶるいしながら、ルシンダを見た。気が高ぶったせいで、ルシンダは首の湿《しっ》しんがひどくなり、手でかいている。

「ねえ、天才少年、だれが勝ってる？」スージーが、得点をつけているサミーにきいた。弟のサミーに、しょっちゅういやみないい方をする。

「わあ、ルシンダね。十五点とったなんて、ついてるじゃない！」

あと二週間で、スージーは十五歳《さい》になる。ルシンダから、ドミニカでは女の子の十五歳《さい》の誕生《たんじょう》日《び》がどんなに大切か、聞かされていた。結婚式《けっこんしき》かと思うほど、盛大《せいだい》な誕生日《たんじょうび》パーティーを開く親だっている。「なにかお祝いしなくちゃ！」ルシンダは強くいった。

「たとえば、どんなこと？　社交クラブにも、海岸にもいけないじゃない」スージーが文句《もんく》を並《なら》べる。きっとスージーはルシンダと同じで、しょっちゅうパパとママに文句《もんく》をいっているんじゃないかな。「退屈《たいくつ》すぎて、もううんざり。少しくらい、なにか起きないかな」スージーは、トランプに負けそうなときのスージーのママそっくりに、長いため息をついた。

「だったら、ここでパーティーを開けばいいんじゃない？」サミーがなにげなくいった。もういちど得点を計算しても、やっぱりびりはサミーだった。「ここって、社交クラブそのものだよ」

スージーとルシンダのふたりは、まるでサミーに羽が生えたかのように見つめた。

「だって、そうだろ」サミーが弁解《べんかい》するようにいった。

「サミー、それって名案！」スージーはサミーに身をよせ、ほおにキスした。サミーはといえば、アナコンダに巻《ま》きつかれたみたいな顔をして、あわててほおをぬぐった。

「わたしの弟は天才ね」今回はいやみぬきで、スージーはきっぱりいった。

最初のうち、スージーのパパとママは、十五歳《さい》の誕生日《たんじょうび》パーティーにあまりのり気じゃなかった。「ふたりとも、わたしが十六歳《さい》になるまで待たせるつもりだったのよ！」スージーは、わたしとルシンダにいった。わたしたちはスージーの部屋で、小型レコード・プレーヤーでチャビー・チェッカーっていう歌手の曲を聴《き》きながら、ツイストの踊《おど》り方《かた》を練習していた。サミーはボーイスカウトの集まりでいなかったから、ふたりがわたしも仲間に入れてくれた。ルシンダは友だちといっしょだと、わたしにさっさと出ていってという。でも最近は、まえよりもずっとやさしくなった。たぶん、わたしがただのおばかさんな妹じゃなくて、友だちになれるかもって気づいたんじゃないかな。友だちになれるっていうのは、ちょっと大げさかもしれないけど！

「『いいかい、スーザン……』」スージーは、自分のパパの真似《まね》をした。「『アメリカに帰ったら、〝すてきな十六歳《さい》〟の誕生日《たんじょうび》パーティーを盛大《せいだい》にしようじゃないか』ですって。信じられる？」

「なにそれ、ひどい」とルシンダ。

わたしもうなずいた。「わたしも、誕生日《たんじょうび》パーティーをひらいてもらえなかったの」

「かわいそうに」スージーは同情《どうじょう》してくれた。「だけどね、聞いてよ」スージーの目が輝《かがや》く。聞かなくても、想像《そうぞう》がついた。

「パパとママに、ドミニカでは十五歳《さい》に盛大《せいだい》なお祝いをするそうよって、伝えたわ。ふたりとも、いつも『郷《ごう》に入れば郷《ごう》に従《したが》え』って、いってるの。だからね、パーティーを開いてもいいって！ひと晩中《ばんじゅう》、ツイストをしまくるわ」スージーはチャビー・チェッカーの音量をあげ、三人そろってツイストでお祝いした。


スーザンの誕生日《たんじょうび》パーティーは、二月二十七日に決まった。ちょうどドミニカの独立《どくりつ》記念日で、うってつけの日だった。「ただで花火を打ちあげてもらえるわ」ルシンダがいった。

それからの二週間は、まるで敷地《しきち》内でだれかが結婚式《けっこんしき》をあげるみたいだった。ウォッシュバーンさんは庭師《にわし》をふたり雇《やと》い、庭の手入れをした。敷地《しきち》がだんだん、以前の、公園のように整った姿《すがた》を取りもどしていく。木から木へ、ちょうちんがさげられた。ミミおばさんのスイレンの池も掃除《そうじ》され、幸運を祈《いの》って投げられた硬貨《こうか》がまた見えるようになった。カナスタの集まりは毎日開かれ、パーティーのおみやげを作ったり、招待状《しょうたいじょう》を書く手伝いをしたりした。パーティーはまず軽い食べものや飲みものからはじまり、やがてダンスにうつる。スージーの友だちにはロックンロールをレコード・プレーヤーでかけて、大人たちには、ドミニカ人の楽団《がくだん》が「メレンゲ」や「チャチャチャ」を演奏《えんそう》する。スージーの十五歳《さい》を祝うパーティーは、アメリカ領事《りょうじ》が取りしきる、本格的《ほんかくてき》な会になった。「仕方がないんだよ」スージーのパパで、領事《りょうじ》のウォッシュバーンさんは説明した。通商禁止《つうしょうきんし》のせいで、ドミニカじゅうにとげとげしい空気が流れているから、ささいなことにも気をつかわないといけないんだって。

うちでは、ルシンダがよそいきのドレスを一つひとつ着ながら、ママに意見をきいていた。ふたりはえりの開き具合と、肩《かた》を出すかどうかで、いいあっている。結局、肩《かた》ひものないうすい黄色のドレスに落ちついた。独身《どくしん》時代にミス・コンテストで優勝《ゆうしょう》した、とびきりすてきなおばさんから譲《ゆず》りうけたものだ。ウエストが細くて、スカート部分がクリノリン・ペチコートで、バレリーナのチュチュみたいにひろがっている。ルシンダは、ショールをはおることに納得《なっとく》した。でも、控《ひか》えめにするためじゃなくて、なかなか治らない首の湿《しっ》しんを隠《かく》すためだった。「そのショールをはずしたらだめよ」ママに何度もいわれて、うんざりしたルシンダは、まわりに同じ年の友だちがいなかったから、かわりにわたしに目をむいてみせた。

「それから、アニータ」ママがわたしを見る。「今回は特別って、わかっているわよね」

もちろん、ふだんなら、男の子たちのいる夜のパーティーに、まだ十五歳《さい》になっていない女の子が出席することはないって、わたしにだってわかっている。だけど今回は、表向きはおとなりさんが開く〝家族の集い〟だ。サミーへの気持ちを、ママに話さないでおいてよかった。でなければ、わたしは家に残されて、エルヴィス・プレスリーが「おまえなんかただの猟犬《りょうけん》さ」とわめいたり、メレンゲのバンドが「相棒《あいぼう》ペドロ・ファン」や「昨夜きみを夢《ゆめ》に見た」を演奏《えんそう》したりするのを聴《き》きながら、必死に眠《ねむ》らなければならなかったろう。

（サミーと踊《おど》れなかったら、死んじゃう！）

トニーおじさんがもどってきた。毎晩《まいばん》、おじさんに会いに、お客さんがやってくる。おじさんたちは中庭にすわって、何時間も話しこんだ。ときどき、聞かれたくない話があるのか、おじさんの離《はな》れ家《や》へと向かう。ウォッシュバーンさんも、よく話に加わっていた。

ウォッシュバーンさんがいるとき、パパとトニーおじさんはいつも英語で話す。ふたりともアメリカの学校で勉強したから。パパはイェール大学へいったけれど、かわいそうに、ママの発音だと〝ジェイル（刑務所《けいむしょ》）〟って聞こえる。はじめてミセス・ウォッシュバーンに会ったとき、ママはパパが〝刑務所《けいむしょ》へいっていた〟と自慢《じまん》した。ミセス・ウォッシュバーンは顔を引きつらせながら微笑《ほほえ》み、「まあ、それはお気の毒でしたわね」ってこたえた。アメリカの名門家庭は、息子をこの大学で学ばせたがると思っていたから、ママはすっかりうろたえちゃったんだって。

トニーおじさんは、いつもわたしたちといっしょに食事をした。でも、あまり食べない。ときどきおじさんは、この数カ月間に起こったことを話してくれた。仲間との会合に秘密警察《ひみつけいさつ》が踏《ふ》みこんできて、おじさんはなんとか逃《に》げたけれど、家にもどって家族を危険《きけん》にさらすのはいやだったから、隠《かく》れることにしたんだって。隠《かく》れ家《が》を転々《てんてん》として、毎晩《まいばん》二、三時間しか眠《ねむ》らなかった。いまでも始終神経《しんけい》がぴりぴりしていて、ドアをたたく音がしたり、ロレーナが床《ゆか》に銀の食器を落としたりするたびに跳《と》びあがっている。どんな小さなことも見のがさず、ルシンダの首の湿《しっ》しんにも、ムンディーンの爪《つめ》をかむくせにも気づいた。この病《や》んだ国では、子どもが子どものままでいられない、そんなのひどいって、おじさんはやはりつめた様子でくり返した。

パパは小さく何度もうなずいた。よく車の窓《まど》についている、首がばねになったおもちゃの犬みたいだった。「民主主義《みんしゅしゅぎ》が必要だ」パパは口を開く。「だが、民主主義《みんしゅしゅぎ》ははじまりにすぎない。かぎになるのは、教育だ」

ママは、口をつぐむように、ふたりに目で合図を送った。気をつけないと、秘密警察《ひみつけいさつ》のスパイに盗《ぬす》み聞きされてしまう。ついこのあいだ、メイドのロレーナが、パパの書斎《しょさい》で机《つくえ》の引き出しを〝掃除《そうじ》〟しているところを見つかっていた。

パパもトニーおじさんも、本当に勇気がある。わたしも、天の声を聞いたという勇敢《ゆうかん》な少女、ジャンヌ・ダルクみたいになりたいと思う。でも、残念だけれど、ジャンヌとちがって、わたしはまだ〝声〟を聞いていない。苦しんでいるドミニカを、どうやって救えばいいのかわからない。

「おとなりで大きなパーティーがあるんだってね」ある夜、夕食のときにトニーおじさんがいった。

「いかないの、おじさん?」ルシンダはおどろいたみたいだった。ハンサムなトニーおじさんがパーティーにいかないなんて信じられない。ダンスがとびきり上手で、女の人にものすごく人気があるのに。

「ぼくは出しゃばらないほうがいいと思うよ」トニーおじさんが笑った。目立たないのがいちばんってことだ。それに、そもそもおじさんは招待《しょうたい》されていない。ウォッシュバーンさんは、なにか集まりを開くたびに、お客さんのリストをいちいち外務省《がいむしょう》に出さなければならない。政府《せいふ》から釈放《しゃくほう》されたばかりの人を招待《しょうたい》したら、アメリカ領事《りょうじ》としての印象が悪くなる。「いきたかったんだけどね」おじさんはいい、ルシンダにウインクした。「失恋《しつれん》した男たちの列を見たかったよ」

「もう、おじさん、やめてよ」ルシンダはうんざりしたふりをして、おじさんにいった。

「本当だよ」トニーおじさんがつづける。「ルシンダは、パーティーの女王になる」

わたしはルシンダをちらっと見て、あまりにもきれいなことにおどろいた。黒髪《くろかみ》をすっきりポニーテールに結び、にっこり笑うとえくぼができる。ウォッシュバーンさんの家で見たテレビ番組「ミッキーマウス・クラブ」に出ていた、年上の女の子たちに似《に》ている。「こんにちは、アネットよ！」女の子は、はきはきとしゃべった。

「おまけに、こっちのお嬢《じょう》さんだって、そう遅《おく》れをとっていないぞ」トニーおじさんがわたしにウインクした。家を空《あ》けていた数カ月間で、わたしがすっかり成長したと、おじさんはいった。実際《じっさい》は、まだ生理がきていないから、〝大人〟になってはいない。でも、わたしの体には変化が起きていた。胸《むね》は小さなつぼみみたいにふくらんできて、だれかとぶつかると痛《いた》い。それに、クリスマスから一センチも背《せ》が伸《の》びた。十分に食べられない、気の毒なモンシートとちがって、ずっと小さいままってことはなさそうだった。

心のなかでも、奇妙《きみょう》なことは起きていた。これまではサミーのことが百パーセント好きだった。ところがバレンタイン・デーに起きたことで、一パーセント、その気持ちがゆらいだ。ううん、ちがう、起きなかったことで、だ。サミーから、バレンタイン・カードはもらえなかった――まあ、わたしの知るかぎり、男子からカードをもらった女子はひとりもいないけれど。

トニーおじさんは、帰るまえにルシンダとわたしを引きよせた。「ぼくの二羽の蝶《ちょう》さんたち、おたがいに助けあうんだよ」やさしい声で、わたしたちの肩《かた》をぎゅっと抱《だ》きしめる。

「わかってるわ、おじさん」ルシンダは約束し、おじさんにキスした。それから、ルシンダは身をかがめて、わたしの前髪《まえがみ》をかきあげ、おでこにキスしたの！


ロレーナが休みの日、領事館《りょうじかん》の人がふたりやってきて、〝虫〟を探《さが》して、家のなかをくまなく調べた。〝虫〟といっても、昆虫《こんちゅう》のことじゃない。秘密警察《ひみつけいさつ》はよく、家のなかに小さな盗聴器《とうちょうき》を取りつけて、家族の会話を盗《ぬす》み聞きしようとする。うちには、のりこんできたときにつけたかもしれないし……そのあとに、だれかが取りつけたのかもしれない。

「それって、だれ?」わたしはルシンダにきいた。するとルシンダは、アルファベットでL・O《ロ》・R《レ》・E《ー》・N《ナ》・Aと指で書いた!

その日の午後、中庭で、ママがカナスタに集まった人たちに話すのを聞いてしまった。「うちがきれいになって、ありがたいわ!」

「あの女の子はどうなの?」だれかがたずねた。

チューチャを手伝うメイドがどうしても必要で、ママは、学校を出たばかりのロレーナを、身元の確認《かくにん》もしないまま雇《やと》った。「家政婦《かせいふ》アカデミーの修了書《しゅうりょうしょ》を見せてくれたわ」

「まあ、知らないの?」ミセス・マンシーニが、うしろをふり返りながら、声をひそめていった。

わたしは、ぎりぎりセーフで、家のなかに引っこんだ。「あの学校は、秘密警察《ひみつけいさつ》の息がかかっているのよ。貧《まず》しい家の女の子をスパイとして教育して、家庭に送りこんでいるわ」

ふいに、うしろから足音が聞こえた。わたしは跳《と》びあがった。でも、そこにいたのは、チューチャだった! チューチャは身をかがめると、お気に入りのことわざのひとつをささやいた。

「居眠《いねむ》りするエビは流れにさらわれますよ」

たぶん、スパイするなら、自分がされないように気をつけろってことだと思う――チューチャみたいに！

パーティーの夜になり、うちの敷地《しきち》は車の出入りが多くなった。となりの庭から聞こえる話し声は、ときおり街のあちこちであがる、独立《どくりつ》記念日をお祝いする爆竹《ばくちく》の音にかき消されていた。はやばやと、お客さんが到着《とうちゃく》しはじめている。

ルシンダは、スージーといっしょに支度《したく》しようと、ドレスを持ってウォッシュバーンさんの家へいった。ママは台所で、パステリートという揚《あ》げパンを作るのにてまどっていた。

「ねえ、いついけるの？」わたしは何度もきいた。しつこいってわかっていたけれど、早くおめかしして、サミーに見てもらいたかった。

「じっとがまんしていれば、ロバだってヤシの木にのぼれるものですよ」チューチャがたしなめる。

「あちらへもっていってちょうだい」最初のパステリートが揚《あ》がると、ママはロレーナにいった。

「わたしがいく」わたしは手をあげた。

でも、ママは首をふった。「いいかげんになさい、アニータ」

近道に通じる、ハイビスカスの茂《しげ》みの向こうにロレーナの姿《すがた》が見えなくなると、ママが声をあげた。「いまよ！」パパとムンディーンがさっと家を出て、トニーおじさんと話をするためにパーティーを抜《ぬ》けだした人たちに加わる。でも、その夜のわたしは、生まれてはじめて出席する大人のパーティーに夢中《むちゅう》で、なにが起きているのか、ママにたずねているひまはなかった。

ようやくパステリートを揚《あ》げおわった。わたしとママは急いで着がえた。ママは、歩きやすいように片側《かたがわ》にスリットの入った、黒のロングドレスを着ている。チューチャはこのドレスをはじめて見たとき、破《やぶ》れているから、お店にもどして縫《ぬ》ってもらうようにといった。

わたしは、ルシンダから借りた、水色のオーガンジーのドレス――もう小さくなったのに、わたしにくれようとしない――を着た。ママが口紅《くちべに》をぬってくれたけれど、ヘアスプレーはことわった。ヘアスプレーで固めた髪《かみ》は、宇宙《うちゅう》飛行士のヘルメットみたいだって、サミーがいっていたから。クリスマスにはいた、ルシンダのおさがりの、かかとの高いエナメル靴《ぐつ》は、もうあわなくなっていた。かわりに、カルラがはいていた、サテンの青いぺたんこ靴《ぐつ》を見つけた。ドレスにぴったりで、正直にいうと、このほうがずっと歩きやすい。

やっととなりへ向かう。ロレーナとチューチャはパステリートを盛《も》った大皿を持ち、ママは砂《さ》糖《とう》がけのアーモンドを入れた、白鳥の形のバスケットをトレーにのせている。カナスタの仲間たちで用意した、パーティーのおみやげだ。ハイビスカスの茂《しげ》みを通り過《す》ぎて、遠まわりして私道《しどう》を歩いていく。ピンヒールに細身のドレスという格好《かっこう》のママには、でこぼこの近道を歩くのは無理だった。

すぐ目の前を黒いフォルクスワーゲンが何台か、ゆっくりと敷地《しきち》に入ってきた。突然《とつぜん》、ママが立ち止まった。「あら、やだ、ショールを忘《わす》れちゃったわ」こわばった声をごまかそうとしている。「チューチャとロレーナは、先にいってちょうだい。さあ、このトレーを持っていって。すぐにいくから」「奥《おく》さま、あたしがショールをとってきましょうか」ロレーナが申しでた。「どこにあるか、わかっていますから」

ママとチューチャが、一瞬《いっしゅん》顔を見あわせた。「この大皿を、あたしひとりに運ばせる気かい！」チューチャがロレーナをしかりつけた。「ほら、ぐずぐずしないで、さっさといくよ。パステリートが冷めてしまう」

チューチャとロレーナが歩きだすと、ママはわたしの腕《うで》をつかみ、ハイビスカスの茂《しげ》みのうしろへ引っぱった。「アニータ、よく聞くのよ」低く、きびしい声でいう。「トニーおじさんの離《はな》れ家《や》にいって、パパたちに、スミスさんのお友だちがいらっしゃったって伝えてちょうだい。わかった？　スミスさんのお友だちよ。さあ、急いで！」ママは突《つ》きとばしそうな勢《いきお》いで、わたしの背中《せなか》を押《お》した。

ジャンヌ・ダルクが聞いたような声を、わたしはずっと聞いてみたかったけれど、いまやっとそのときがきた！　でこぼこ道をかけぬけ、トニーおじさんの離《はな》れ家《や》へ向かう。スミスさんのお友だちがいらっしゃった。スミスさんのお友だちがいらっしゃった。わたしは、何度も小声でつぶやいた。なにかのはずみで忘《わす》れてしまわないように。

わたしの足音が聞こえると、離《はな》れ家《や》にいた人たちがさっと立ちあがった。トニーおじさんはベルトの下にかくしていたものを抜《ぬ》き、パパはムンディーンを自分の背後《はいご》へ引っぱった。でも、わたしだとわかったとたん、パパは声をあげた。「うちの下の娘《むすめ》だよ」

「あのね、パパ」みんなをおどろかせたことを怒《おこ》られると思って、息を止めた。「ママから伝言で、『スミスさんのお友だちがいらっしゃった』って」わたしは、自分のいっていることの意味がよくわかっていなかった。もちろん、スージーとルシンダから聞いた、スミスさんはきれいな若《わか》い娘《むすめ》が好きだって話は覚えていたけれど。

わたしのことばに、パパたちはすぐに反応《はんのう》した。まるで、今日一日、ずっと鳴りひびいていた爆竹《ばくちく》が、突然《とつぜん》パパたちの真ん中に落ちてきたみたいだった。あれよあれよという間《ま》に、男の人たちは出ていった。トニーおじさんといっしょに敷地《しきち》の奥《おく》の暗やみへ消えた人もいるし、パパやムンディーンのあとについてかけ足でうちへ向かう人もいた。

中庭に着くと、パパはつかんでいたわたしの腕《うで》を放した。片手《かたて》をあげ、みんなに速度を落とすように合図する。これまでに聞いたことのないほど張《は》りつめた声でいう。「なに気ない、落ちついた様子で」

何事もなかったように、ゆっくりと歩きながら、わたしたちはパーティー真っ最中の、明かりに照らされたウォッシュバーン家の中庭へ向かった。優雅《ゆうが》な大使たちが、おしゃれした夫人とともに、銀のトレーから料理をとっている。蝶《ちょう》ネクタイをしめたオスカルとサミーは、飲みものをすすめる係になっていた。あっちにもこっちにも、正装用《せいそうよう》の軍服を着た軍人が立ち、空のかなたできらめく花火をながめていた。ルシンダとスージーは、友だちといっしょに、クリノリン・ペチコートを花びらのようにひろげて、ラウンジチェアにすわっている。そのまわりを若《わか》い男の人たちが取りかこみ、花の香《かお》りに引きよせられるかのように、どんどん近づいていく。

ビュッフェ・テーブルのそばの持ち場から、ママとミセス・マンシーニが心配そうにお客さんを見つめていた。庭からもどってきたわたしたちに気づくと、ほっとした顔をする。ママはわずかに首を動かし、パパに合図を送った。数カ月まえにうちに押《お》し入ってきた人たちに似《に》た、黒めがねの男たちが、中庭のすみの暗がりに潜《ひそ》んでいる。

秘密警察《ひみつけいさつ》がここでなにをしているんだろう？　ひょっとして身分の高い軍人のお客さんや、大使たちを警護《けいご》するためによばれたの？　オスカルになにか知らないかたずねようとしたとき、声があがった。「気をつけ！」

パーティーはしんと静まり返った。まるで神さまが近づいてくるみたいに、お客さんたちは脇《わき》によった。胸《むね》に勲章《くんしょう》を輝《かがや》かせ、おしろいで顔を白くぬりたくった、年とった男の人が、中庭にあらわれた。

「ボスよ、永遠《えいえん》なれ！」女の人が叫《さけ》んだ。

「ボスよ、永遠《えいえん》なれ」人々《ひとびと》の声がひびく。ドーン、ドーン、ドーン。花火があがり、空を明るく照らす。一瞬《いっしゅん》、夜が昼にかわった。スミスさんはしみのある小さな手をあげて、飽《あ》き飽《あ》きした様子でわたしたちに手をふった。

第六章　メイド作戦

パーティーが終わって家へ帰るときになっても、パパとママはまだぼう然としていた。

「信じられないわ」とママ。

「まさかくるなんて、だれも予想していなかった」パパもいう。「ウォッシュバーンさんは、直前になって電話を受けたんだ。ボスが、ちょっと顔を出して、娘《むすめ》さんを祝いたいといったそうだ。なんなんだ！　もちろん、ウォッシュバーンさんに断《ことわ》れるわけがない。話しあいをやめるように知らせにいかないと、そう思ったときにはもう、秘密警察《ひみつけいさつ》が玄関《げんかん》先にきていたんだそうだ。もし、このかわいいアニータが知らせにきてくれなかったら……」パパの伸《の》ばした手を、わたしは握《にぎ》った。

わたしは、自分がとても勇敢《ゆうかん》に思えて、誇《ほこ》らしかった。その夜のパーティーはがっかりだったけれど。サミーとは一度も踊《おど》れなかった。だれかがわたしに襲《おそ》いかかるかもしれないとばかりに、ずっとママのそばにいさせられたから。

「うっかり気をゆるめてしまったわ！」ママは、うちへもどる途中《とちゅう》の私道《しどう》でも話しつづけた。トニーおじさんとお客さんには、よそにいってもらわないといけないという。「だって、子どもたちを危険《きけん》に巻《ま》きこみたくないもの」

「だが、ほかにどこがある？」パパがいい返す。「おそらく、トニーにとって、いまいちばん安全な場所はここだ。わたしたち全員にとってもね」

ちょうどそのとき、背後《はいご》からもの音が聞こえた。ロレーナが両手いっぱいに大皿を抱《かか》えながら、ガチャガチャと音を立てて歩いてくる。ママはいつも、ロレーナは家政婦《かせいふ》アカデミーで、やかましい音を立てない方法を教わらなかった、とこぼしている。

「あの子にひまをやる口実を見つけなくちゃ」ママがパパにささやいた。簡単《かんたん》にはいかなさそうだ。ロレーナのあら探《さが》しをするわけにはいかない。腹《はら》いせに、秘密警察《ひみつけいさつ》が興味《きょうみ》を持ちそうなことをあれこれ告げ口されかねないもの。実際《じっさい》、ママは着なくなった服やチップをあげたり、余計《よけい》に休みをとらせたりして、ロレーナの機嫌《きげん》をとっていた。追いだすには、チューチャの助けを借りて、おびえさせるしかない。ロレーナがものすごく迷信《めいしん》深くてこわがりなのは、みんなが知っていた。金曜日には髪《かみ》を洗《あら》わないし、爪《つめ》も切らない。血を見るのが苦手。悪魔《あくま》に魂《たましい》をとられると信じているから、ぜったいに仰向《あおむ》けで寝《ね》ようとしない。死者に会うのを死ぬほどおそれていて、幽霊《ゆうれい》が近づいてこないように、ブラジャーにありとあらゆるお守りを縫《ぬ》いつけている。もちろん、魔女《まじょ》みたいなむらさき色の服を着て、棺《ひつぎ》のなかで眠《ねむ》るチューチャをこわがっていた。

前に目を向けると、チューチャが自分の部屋のドアの前に立ち、わたしたちが歩いてくる様子を見ていた。きっと先に家にもどって、道しるべになるように明かりをつけてくれたのだろう。長いガウンをまとい、逆光《ぎゃっこう》に照らされたチューチャの姿《すがた》を見ると、チューチャがそばにいてくれる限《かぎ》り、わたしたち家族になにも悪いことは起きないような気がした。少しまえに、チューチャは自分が見た夢《ゆめ》の話をしてくれた。最初にルシンダ、次にムンディーン、それからわたしとママに羽が生えて、空へ飛びたったという。

「パパはどうなの？」わたしは不安になった。

「みんながみんな、蝶《ちょう》にはなれないんですよ」チューチャはこたえた。

パーティーの翌朝《よくあさ》、官邸《かんてい》のナンバープレートをつけた黒いリムジンが一台、うちの車道に入ってきた。ドミニカの国旗の色と同じ、赤と白と青のリボンを結んだバラの花束を届《とど》けるために。小さなカードには、こう書いてあった。

祖国《そこく》の花、
美しいルシンダへ。
あなたを慕《した》う者より

「なんてことなの！」ママは、汚《けが》らわしそうにカードを床《ゆか》に投げすてた。「ショールはずっと肩《かた》にかけておきなさいっていったじゃない」ママはルシンダをしかった。気の毒なほど取《と》り乱《みだ》していて、だれかに当たらずにはいられないみたい。

バラの花束の送り主がボスだとわかったとたん、ルシンダはどっと泣きだした。これまで見たことがないほど、首が赤くはれあがっている。「ボスはわたしを連れ去ったりしないわよね、ママ？　お願い、わたしをいかせないで」ルシンダは、赤ちゃんみたいにおびえていた。夜になると、ときどきルシンダのベッドにもぐりこみにいく、わたしと同じくらいに。

ママがぎゅっと抱《だ》きしめると、ルシンダのヘアバンドが落ちた。いつもならルシンダは、こんなふうに強くママに抱《だ》きしめられるのをいやがる。でもいまは、ママの腕《うで》のなかでくずれそうになっていた。「もしあの男がわたしの娘《むすめ》に近づいたら……」ママがわたしをちらっと見た。「両手を切りおとしてやるわ」ママはきっぱりといった。

「みんなでルシンダを守るからね」わたしもいった。でも、小さな子どもみたいな声で、自分でもまぬけに感じた。ルシンダはまたはげしく泣きだした。わたしも泣きたい気持ちになった。

朝の十時を過《す》ぎた頃《ころ》、スージーとミセス・ウォッシュバーンが訪《たず》ねてきた。ふたりとも、官邸《かんてい》のリムジンがやってきたのを見て、なにがあったのかと思っていた。「どうかしているわ」カードを封筒《ふうとう》にもどしながら、ミセス・ウォッシュバーンがいった。「いやらしい！」

「大丈夫《だいじょうぶ》よ、ルシンダ」スージーがルシンダをなぐさめる。「うちのパパが、手出しさせないから」スージーのいう通りであることを願いながら、わたしはうなずいた。

「ショールをかけてるようにいったのに」ママはまた、ルシンダをしかりはじめた。

「カルメン、落ちついて。ショールなんて、あろうとなかろうと関係ないわ。隠《かく》そうとしたって、隠《かく》せるものではないもの。きっと、あのじいさんは――」そのとき、ミセス・ウォッシュバーンはわたしに気づいた。どうしてみんな、なにか意味ありげなことをいおうとするときにわたしを見るんだろう？ 「おしりにも目をつけているのよ」

「本当よね、ママ」スージーは同意するように大きく目を見開き、ルシンダを見た。でも、かわいそうなルシンダはおびえきっていて、スージーといっしょにいやがることもできなかった。

「サミーはどこですか？」わたしはきいた。ふいに、いつものようにいっしょにサミーがきていないと気づいた。

「サミー坊《ぼっ》ちゃんとオスカル坊《ぼっ》ちゃんは、二日酔《ふつかよ》いがひどくて寝《ね》ているわ。まったく、ねえ？」ミセス・ウォッシュバーンはいいながら、ママに向かってうなずいた。「昨夜、ラムを飲んだのよ。安っぽい勲章《くんしょう》をつけた将官《しょうかん》のひとりに、男なら酒を覚えろって、無理強いされたの。具合がよくなったらお仕置きするって、ウォッシュバーンは待ちかねているわ」

サミーはどんなお仕置きをされるんだろう。アメリカ人は、うちの親みたいに椅子《いす》にしばりつけたりするのかな？ わたしたちきょうだいは、そんなお仕置きはもう卒業した。というよりも、この数カ月で、お仕置きそのものから卒業した気がする。ママの打ちひしがれた顔や、パパの「ダメだ！」っていう、それ以上口ごたえやいい訳《わけ》を許《ゆる》さない、こわばった顔を見ると、いうことをきくしかなくなってしまう。

電話が鳴り、わたしたちは跳《と》びあがった。一回、二回、三回と鳴りつづけて、ロレーナが受話器をとった。すぐにルシンダの部屋の前に立った。「お嬢《じょう》さんにです」ロレーナはドア越《ご》しによびかけた。

「どなたから？」ママがたずねた。

「男の方です」ロレーナがこたえた。家政婦《かせいふ》アカデミーの卒業生なら、電話の相手には名前をたずねなければいけないと知っているはずだ。もちろん、名のらなくても、だれもがわかる相手なら別だけれど。

ルシンダは枕《まくら》に顔をうずめて、また泣きだした。

ママが立ちあがって電話を受けにいこうとしたとき、ミセス・ウォッシュバーンが助け船を出してくれた。「わたしが出るわ」ミセス・ウォッシュバーンはドアを開け、ロレーナについて廊《ろう》下《か》を歩いていった。「あいにくですが……」たどたどしいスペイン語で話す声が聞こえる。「そのような名前の者はおりませんの」

お昼になり、パパが仕事場からもどってくると、ママは午前中のできごとを話した。パパはものすごくうろたえて、昼ごはんをちっとも食べなかった。大好きなサンコチョ・スープと、パーティーの残りのパステリートだったのに。トニーおじさんと敷地《しきち》の奥《おく》へいき、しばらくすると、こんどはウォッシュバーンさんと相談しにとなりへいった。

そのあいだ、電話はずっと鳴りつづけていた。ママはわたしたちに、電話に出ないようにいった。ロレーナにじゃまされる心配はなかった。ママが、午後は休みをとらせたからだ。「このところ働かせすぎてしまって、悪かったわね」ママはロレーナのポケットにチップを押《お》しこみ、強引にドアから押《お》しだした。

パパはおとなりから、ウォッシュバーンさんが練った計画を持って帰ってきた。名づけて、「メイド作戦」。ワシントンD.C.にいる友だちがコロンビアに派遣《はけん》されることになり、子どもたちにスペイン語を教えてくれる人を探《さが》している。ルシンダはどうだろうか、というものだった。

ママはいやがった。「わたしの娘《むすめ》を、よその家で働かせるなんて――」

パパのことばがさえぎった。「だったら、スミスさんのかわいい愛人になるほうがいいのか?」

ママは、もうひとこともいわなかった。これで決まりだった。ウォッシュバーンさんが外務省《がいむしょう》に特別ビザを申請《しんせい》してルシンダをアメリカに送り、その友だちのところで働けるようにしてくれる。

けれどトニーおじさんは、この計画がうまくいくかどうか、少しうたがっていた。領事《りょうじ》の機嫌《きげん》をとるために、役人たちがスミスさんをがっかりさせるような真似《まね》をするはずがない。「いまこそ、スミスを倒《たお》すべきだ!」おじさんは強い口調でいった。中庭をうろうろ歩き、タバコに火をつけては、吸《す》いさしを近くの茂《しげ》みに投げすてる。

「ああ、王には死がふさわしい」パパがうなずく。

わたしはあぜんとした。ふたりは、ボスを殺すことを話している! いま耳にしたことを、考えるだけで体がふるえた。もし秘密警察《ひみつけいさつ》が人の心を読めたら、どうなるんだろう?

「あわてて決めるのはやめましょう」ママが注意する。「ボスはいろいろいわれているけれど、バカではないわ。領事《りょうじ》のたのみを断《ことわ》るとは思えないの。だって、どうにかしてアメリカと仲直りして、通商禁止《つうしょうきんし》をやめてもらいたいんだから」

「よく考えよう」パパは、なんとかママのことばを信じようとしていた。

その日の午後は、なにをしても集中できなかった。パパがいつもわたしたちにまちがっているといっていたことを、自分でやろうとしているのが、ただただ信じられない！　ひょっとして、「王には死がふさわしい」っていうのは、ブラウン先生がいつも話していた「比喩《ひゆ》」なのかな？　ものの例えで、本当ではないってこと？

わたしは廊下《ろうか》にいるムンディーンを捕《つか》まえ、なにが起きているのか教えてくれるようにたのんだ。「パパとトニーおじさんは、本当にボスを殺すつもり――」

ムンディーンはあわてて手でわたしの口をふさぎ、まわりをうかがった。「そんなこと、ぜったいだれにもいうなよ！」あまりのけんまくに、わたしはわっと泣きだした。ムンディーンはおどろかせてすまないと思ったのか、「なにもかも、うまくいくよ」といいそえた。わたしは必死にムンディーンのことばと、チューチャの夢《ゆめ》――ルシンダ、ムンディーン、わたしとママに羽が生える夢《ゆめ》――だけを考えようとした。夢《ゆめ》にパパがあらわれなかったのは、パパにとってアメリカは、まえにいったことのあるよく知っている国で、わたしたちが暮《く》らしていけるように準備《じゅんび》をしてくれているからだと思う。

ルシンダの部屋は、しっちゃかめっちゃかだった。組みあわせたブラウスとスカートが、ベッドの上いっぱいに広がっている。緊急事態《きんきゅうじたい》の真っ最中でも、ルシンダにはおしゃれが大切。結局、ミセス・ウォッシュバーンに手伝ってもらって、ママが小さなかばんに必要なものをつめこんだ。

わたしは、十一月にいとこのカルラが旅立ったときと同じ、ぼう然としながらそばに立っていた。あれからまだ四カ月も経《た》っていないのに、もうずっと昔のことに思える。まるで、あの頃《ころ》は十一歳《さい》だったのに、いまはすっかり歳《とし》をとって、うちのおじいちゃんとおばあちゃんくらい、六十代になってしまった気分だ。ルシンダはときどきわたしにきつくあたるけれど、アメリカへいってしまうと思うと、悲しくてたえられない。サミーに恋《こい》していることさえ、なんのなぐさめにもならなかった。ひと晩《ばん》で、男の人みんなが（パパとトニーおじさんとムンディーンはのぞいて）、すっかり嫌《いや》になった。いやらしいじいさんが、お姉ちゃんのルシンダにいいよってるんだから。オスカルとサミーは二日酔《ふつかよ》いで、吐《は》いている。もしわたしがジャンヌ・ダルクになれたとしても、髪《かみ》の毛を切って、念のため、男の子みたいな格好《かっこう》をする。それよりもっといいのは、十三歳《さい》にならずに、十一歳《さい》にもどること！

最後の夜になるかもしれないからと、ルシンダは部屋でいっしょに寝《ね》ようと誘《さそ》ってくれた。わたしは、ルシンダの髪《かみ》を巻《ま》くのを手伝った。きっちり巻《ま》けなかったけれど、ルシンダはなにもいわなかった。それに、にきび用クリームをわたしの顔にぬってくれた——本当は、わたしもルシンダも、そんなクリームは必要なかったけれど。

ルシンダは、明かりを消すと、すぐに眠《ねむ》ってしまったみたいだった。わたしも、なんとか眠《ねむ》ろうとした。でも、暗やみのなかで横になっていると、おぞましい血の海に横たわるボスの遺体《いたい》と、そばにパパとトニーおじさんが立っている光景が浮《う》かんできて、胃がむかむかした。そのとき、すすり泣く声が聞こえた。最初は自分かと思ったけれど、ルシンダが泣いているって気づいた。

わたしは手を伸《の》ばし、ルシンダの肩《かた》にふれた。お姉さんのルシンダをなぐさめるなんて、へんな感じがする。このときルシンダは、わたしの面倒《めんどう》を見るってトニーおじさんに約束していたことを教えてくれた！

「これだけはいわせて」ルシンダが泣きじゃくる。「いままでいろいろと、意地悪なことをして……ご……ごめんね」

もうがまんできなかった。わたしも、大声で泣きだした。ルシンダがこっちを向くと、わたしたちは抱《だ》きあって、涙《なみだ》が枯《か》れるまで泣いた。「明日は、ふたりともひどい顔でしょうね」ルシンダが泣き笑いしながらいった。でも、わたしは気にしない。わたしに会いにくる人はいないから。だけどルシンダは、アメリカでたくさんの人と出会って、いい印象を持たれないといけない。

まっ暗ななかで、わたしたちはおしゃべりした。ルシンダは好きな男の子の話や、何回キスしたかを話してくれた。はじめてキスしたとき、青いオーガンジーのドレスを着ていたことも。だからドレスが小さくなっても、わたしにくれなかったのだ。ルシンダは意地悪なんじゃなくて、思い出にひたっていただけだとわかって、うれしかった。こんなにわかりあえたとたんに、ルシンダがいなくなるのは、悲しすぎる。そうしているうちに、わたしたちは眠《ねむ》りに落ちた。

次の朝、めざめると、ネグリジェと太もものあたりが湿《しめ》っぽい感じがした。えっ、うそっ!? おもらししちゃった！　せっかくルシンダが同い年の友だちみたいにあつかってくれたのに。上《うわ》掛《が》けを持ちあげて、わたしは息をのんだ。ネグリジェとベッドが血で汚《よご》れている！

とっさに、殴《なぐ》られたのかと思った。でも、どこも痛《いた》くないのに、そんなことってある？　それとも、ルシンダがおそろしい目にあったの？　夜中に秘密警察《ひみつけいさつ》がうちに忍《しの》びこんで、スミスさんからの電話に出なかった罰《ばつ》として、ルシンダを刺《さ》したとか？

「ルシンダ」わたしはルシンダを揺《ゆ》りおこした。「血が……」

「まだ寝《ね》てなさいよ」ルシンダはねむそうにこたえた。でもすぐに、わたしのことばにはっとしたようで、はっきり目を覚まして体を起こした。「どこ?」

わたしが上掛《うわが》けを持ちあげると、ルシンダはいぶかしげにのぞきこんだ。それから、心得顔でにっこりと笑った。「おめでとう」顔を近づけて、わたしにキスする。「わたしの妹も、とうとう大人になったのね」

わたしは、大人になったような気がしなかった。それよりも、おしめをぬらした赤ちゃんの気分。それに、ボスにいいよられるくらいなら、大人になんかなりたくない。

「さあ、きれいにしましょ」ルシンダはベッドから出て、引き出しのなかをさぐった。予備《よび》の生理用ベルトを取りだし、ナプキンのつけ方を教えてくれた。

「お願い、ママにいわないで」わたしはたのんだ。ママはきっとパパに話すだろうから。いまは、わたしに生理がきたことを、男の人に知られるのはなによりいやだった。

「それじゃ、シーツはどうするつもり?」ルシンダはベッドのほうをあごでしゃくってみせた。

ひとりだけ、秘密《ひみつ》を守ってくれる人がいる。着がえるとすぐに、わたしは白い布《ぬの》のかたまりを抱《かか》え、ナプキンの感触《かんしょく》を気にしないようにしながら、廊下《ろうか》をこっそりと歩いた。足のあいだにこんなおかしなものをはさんで歩くのに、女の子はどうやって慣《な》れていくんだろう？

パパの書斎《しょさい》の前を通りすぎるとき、声が聞こえた。パパとママが、ウォッシュバーンさんと話している。ウォッシュバーンさんは、なにか知らせがあって、朝いちばんにきたのだろう。台所と食品庫にはだれもいなかった。ロレーナは昨日外出してから、まだもどっていない。その奥《おく》の、メイドたちの住む別館へつながる渡《わた》り廊下《ろうか》で、チューチャはふとんを日に干《ほ》していた。わたしが抱《かか》えている白いかたまりをひと目見て、チューチャはなにが起きたのか理解《りかい》した。

「そろそろだと思っていました」チューチャはいった。そしてシーツを広げて、血の染《し》みを見てから、こうつけ加えた。「これで間《ま》にあうでしょう」

「なにが？」わたしはきいた。わたしたち三人が生まれたとき、へその緒《お》をとっておいて裏庭《うらにわ》に埋《う》めるよう、チューチャがママにいったのは知っている。はじめて生理がきたときの血も、なにかするつもりなのかな？

「守るべきは、わたしの秘密《ひみつ》と、あなたの沈黙《ちんもく》ですよ」チューチャはいつものようにこたえた。

わたしはチューチャの秘密《ひみつ》を守っていたけれど、いまはじめて、その見返りを求めた。「ママにはいわないで。お願い、チューチャ」

チューチャはしばらくわたしをじっと見て、それから、かくしておきたい気持ちもわかるというようにうなずいた。「なにもかも、うまくいきますよ」　昨日の夜、ムンディーンがいったのと同じことばで、断言《だんげん》した。「すでに、ウォッシュバーンさまが、よい知らせを持ってきてくださいました。ルシンダさんは、今日旅立ちます。お友だちのスージーさんもいっしょです」

ルシンダは大丈夫《だいじょうぶ》と聞いて、わたしはほっとした。そのかわり、遠くへいかなければならない。まるで、命を救うために、自分の体の大切な部分を切りとられる手術《しゅじゅつ》みたいだ。

「近いうちに、あなたも飛びますよ」チューチャがまたいった。「でもいま、この家から追いださなければいけないのは、別の人間です」チューチャは肩越《かたご》しに、ロレーナの部屋のドアをちらっと見た。「いっしょにきてください」

チューチャは、わたしを自分の部屋に招《まね》き入れた。窓《まど》にはむらさき色の布《ぬの》がかかり、薬草の甘《あま》い香《かお》りがただよっている。わたしたちは、聖人《せいじん》の絵の前で立ち止まった。絵の前には、炎《ほのお》がゆらめくろうそくがささげられている。聖人《せいじん》は、自分の眼球《がんきゅう》を転がせた皿を持っていなかったから、聖《せい》ルチアじゃない。かんむりをかぶっていないし、背後《はいご》には塔《とう》もないから、聖《せい》バルバラでもない。この聖人《せいじん》は髪《かみ》の毛が長くて、赤い祭服《さいふく》に、赤いサンダルをはき、大きな剣《けん》をふりあげて、小さな人面を持つひどく不気味なドラゴンと戦っている。「聖《せい》ミゲルよ」チューチャはお祈《いの》りをはじめた。「この家を、あらゆる敵《てき》からお守りください。悪を追いだしてください。ここに暮《く》らす者すべてに、安全をもたらしてください。アーメン」

わたしもいっしょに祈《いの》った。それから、神の御業《みわざ》——じつはいつも人間によっておこなわれていると、チューチャはいう——がはじまった。ふたりで棺《ひつぎ》を押《お》したり引いたりして狭《せま》いドアから出し、ひっくり返したりまわしたりしながら、となりのロレーナの部屋へ持っていった。きちんと整えられたベッドの前に置き、ふたを開けて、血で汚《よご》れたシーツを脇《わき》からたらした。まるで、血のこびりついたシーツを残したまま、ついさっき死人が這《は》いでたばかりみたいだった。

こんな企《たくら》みをするなんて、意地悪だと思う——でも自分たちの命が危険《きけん》にさらされていることもわかっていた。ロレーナが告げ口すれば、わたしたちは消されてしまうかもしれない。自分の命を守るためには、うしろめたいこともしなければいけない、そんな国でくらさなければならないなんて、ひどすぎる。人殺しは悪いとわかっていながら、スミスさんを暗殺しようと計画するパパとトニーおじさんも同じ。でも、国のリーダーが邪悪《じゃあく》な心の持ち主で、若《わか》い女の子を無理やり連れさったり、無実の人を山ほど殺したりして、蝶《ちょう》すら生きられないような国にしてしまっていたら、ほかになにができるだろう？　こんなことを考えていたら、またわたしは気持ちが悪くなってきた。

準備《じゅんび》がすむと、チューチャは部屋に閉《と》じこもって、また聖《せい》ミゲルに祈《いの》りはじめた。わたしは家にもどろうとして、途中《とちゅう》でばったり、パパの書斎《しょさい》から出てきたウォッシュバーンさんに出会った。わたしは顔をそむけ、目をあわせないようにした。生理になってから、はじめて会う男の人。わたしの下着が透《す》けて、ウォッシュバーンさんには、ベルトとナプキンを見られているような気がする。

「いい知らせがあるんだよ、アニータ」ウォッシュバーンさんはいった。「お姉さんのビザがとれたんだ」

顔をあげると、ウォッシュバーンさんの青い目は、サミーの目とそっくりだった。もやもやした気持ちは消えていった。ウォッシュバーンさんは危険《きけん》を冒《おか》して、うちの家族と、苦しんでいるドミニカを助けようとしてくれている。パパとムンディーンとトニーおじさんといっしょに、ウォッシュバーンさんも信頼《しんらい》できる男の人リストに入れよう。

ルシンダの部屋にもどると、結局観光ビザしかとれなかったので、よその家で働く必要はなくなったと、ママがルシンダに説明していた。新しい計画では、ルシンダはスージーといっしょに、ワシントンD.C.にいる、スージーのおばあさんを訪《たず》ねることになっていた。いったん無事にドミニカから出られたら、あとはウォッシュバーンさんがアメリカにずっといられる方法を考えてくれるだろう。

「ところで……」ママが、ベッドをちらっと見た。「このベッド、どうしたの？」

「今朝、チューチャがシーツをとったの」ルシンダがこたえ、わたしを見た。「今日わたしが出発するのがわかっているからって」

「さすが、チューチャね」ママはにっこりしながら、首をふった。チューチャはいつだって、すべてお見通しだ、と。

ちょうどそのとき、家の裏手《うらて》から叫《さけ》び声がした。ルシンダとママが、心配そうに顔を見あわせる。いったいなにがあったのだろう？

事情《じじょう》がわかるのに、それほど時間はかからなかった。数分後、チューチャが部屋にやってきた。ロレーナが荷物をまとめて出ていくという知らせを持って。

第七章　横たわる警《けい》察《さつ》官《かん》

パパが廊《ろう》下《か》から、「もう時間だ」と知らせる口笛を吹《ふ》いた。わたしとムンディーンとサミーを、車で学校へ送ってくれるのだ。わたしはルシンダの部屋でぐずぐずしていて、ルシンダが小さなスーツケースに荷物をつめては取りだし、またつめなおす様子を見ていた。なんだかアメリカにいって、スーツケースのつめ方の試験を受けるみたい。

ママがわたしをよびにきた。「パパが待っているわよ」

「ルシンダが出発するまで、ここにいたい」本当は、学校になんかちっともいきたくなかった！　泣いたせいで目がまっ赤だし、お腹《なか》も痛《いた》い。

でも、ママはゆずらなかった。「アニータ、できるだけふだん通りにしていないといけないのよ。ママだって、ウォッシュバーンさんたちといっしょに空港にいけないいんだから」ママがくり返した。「ほら、いらっしゃい。遅《おく》れるわよ」

わたしはルシンダに顔を向け、ふたりで泣きながら抱《だ》きあった。やがて、ルシンダはき然とした態度《たいど》で、わたしを離《はな》した。「忘《わす》れないでね」ルシンダはいった。

わたしはうなずいた。けれど、正直にいうと、なにを忘《わす》れたらいけないのか、わからなかった。

今日は、なにもかもが少しへんだ。うちのすぐ先で、警察《けいさつ》が一台の車を止めていた。のっていた人たちが、両手をあげながらおりてきた。パパの顔がこわばる。わたしは、首からかけていた十字架《じゅうじか》のネックレスをそっと口にもっていった――特別な幸運を祈《いの》りたいときには、こうする。

街じゅうの道路に、スピードを落とさせるためのでこぼこがあったので、パパはしょっちゅうスピードをゆるめていた。みんなはそれを、「横たわる警察官《けいさつかん》」ってよんでいた。なんだか、死んだ警察官《けいさつかん》が通りに埋《う》められている様子が思いうかぶ。きっと信じられないことばかり起きたせいで、へんな想像《そうぞう》をしてしまうんだろう。

わたしにとっていちばんおそろしいのは、わたしがいったことや、したことのせいで、家族が殺されてしまうこと。わたしが毎晩《まいばん》日記を消しては枕《まくら》の下に隠《かく》していたって、ロレーナが秘密警《ひみつけい》察《さつ》に話したら、どうなるんだろう？　きっとあやしまれる。どうかお願いです、守ってください。わたしは小さな十字架《じゅうじか》のペンダントをくわえて祈《いの》った。

まず高校によって、ムンディーンをおろした。わたしがひどく落ちこんでいるって、わかっているみたい。助手席からふり返って、小さいときによくしていたみたいに、わたしの髪《かみ》の毛をくしゃくしゃにした。「あとでさ、ドライブしようか？」ムンディーンは、敷地《しきち》内でなら、トニーおじさんの改造車《かいぞうしゃ》を運転する許可《きょか》をもらっていた。

ムンディーンがあまりにやさしくて、わたしは泣きたくなった。わっと泣きだしてしまいそうで、口を開けられない。

「アニータがいかないなら、ぼくがいくよ」サミーがかん高い声でいった。学校に着くまでずっと、サミーは、いばりんぼのお姉ちゃんがいなくなるから、これからは自分の天下だって話していた。サミーの気持ちがわたしとあまりにちがうので、よけいに悲しくなる。でもそのとき、よく考えてみれば、いつもこうだったと気づいた。

「みなさんに悲しいお知らせがあります」ブラウン先生は、教室に入るなりこういった。わたしはすっかり心が麻痺《まひ》していて、もうこれ以上悲しくはなれないと思った。だけど、このアメリカン・スクールがしばらく閉校《へいこう》になると聞いたとき、チューチャがよくいう、我慢《がまん》の限界《げんかい》を超《こ》えてしまった。学校の文句《もんく》はいっていたけれど、いまの生活でただひとつ残っていたふつうのものが、本当になくなってほしいわけじゃなかった。わたしは、机《つくえ》に顔をうずめた。

「アニータ、具合が悪いの?」ブラウン先生がそばにきた。「どうしたらいいかしら。お願い、こたえてちょうだい」先生がなだめるように、やさしい声できく。先生は、わたしのとなりに身をかがめた。

顔をあげる力も残っていない気がして、わたしはただ「大丈夫《だいじょうぶ》です」といった。

「保健師《ほけんし》さんに見てもらいましょうか」先生はわたしの手をとった。

わたしは抵抗《ていこう》しなかった。立ちあがり、先生といっしょに歩く。みんなの前を横切ったとき、チャーリー・プライスがサミーに向かって、指でくるりと円を描《えが》いてみせた。その通りとばかりに、サミーもにんまりした。

わたしの頭は、おかしくなんかない！　叫《さけ》びだしたい気分だった。けれど、その叫《さけ》びをぐっとのみこんだ。すると、ふっと心が静まった。

保健師《ほけんし》さんがうちに電話すると、ママがトニーおじさんの改造車《かいぞうしゃ》で迎《むか》えにきた。もう一台の車はパパが使っていた。ママはすてきだった。頭にスカーフをかぶり、映画《えいが》スターみたいに濃《こ》いサングラスをかけている。サングラスをとると、ママの目はまっ赤だった。きっとルシンダが空港に向かったあと、泣いていたんだろう。

「アニータ、いったいどうしたの？」ママがたずねる。

ママに正直に話したかった。はじめての生理がきて、ルシンダがいないのがもう寂《さび》しくなっていて、たとえわたしたちを自由にするためでも、パパが人殺しをするのはどうしてもいやで、これからわたしたちがどうなるかを考えるとこわくてたまらないのだと。でも、ことばはすべて、わたしの頭のなかから出ていってしまったみたい。やっとひと言だけ、思いだした。「なんでもない」わたしはいった。

「なんでもない、ですって？　本当に？」ママがわたしの顔をのぞきこむ。「顔色が悪いわ」ママは保健師《ほけんし》さんにいった。「家に連れて帰って、寝《ね》かせます」

車にのりこむと、ママはわたしを見た。顔がおびえている。「ルシンダのこと、なにも話してないわよね？」

わたしはうなずいた。わたしが、だれにもなにもいわないって、ママはわからないのかな？


その日は、家に帰ると、ずっとベッドで過《す》ごした。チューチャは、気持ちを落ちつかせて、生《せい》理痛《りつう》をやわらげるミントの葉で、お茶をいれてくれた。あとから、ムンディーンも顔を出した。高校も閉校《へいこう》になるんだって。明日、わたしの具合がよくなったら、敷地《しきち》内をドライブできるかもしれない。話しているあいだ、ムンディーンはずっと爪《つめ》をかんでいた。気持ちはわかる。わたしの場合は、爪《つめ》をかんだり、ルシンダみたいに湿《しっ》しんができたりするかわりに、ことばを忘《わす》れてしまうみたい。

なにかいおうとすると、いきなり頭がまっ白になって、ことばが出てこなくなる。「恩赦《おんしゃ》」とか「共産主義《きょうさんしゅぎ》」みたいな、重くて硬《かた》いことばだけじゃなくて、「塩」「バター」「空」「星」みたいな、かんたんなことばさえ思いだせない。だから、いっそうこわかった。

もしかしたら、チャーリーのいう通り、わたしは頭がおかしくなったのかな？

どうかお願いです、守ってください。わたしは祈《いの》った。しょっちゅう十字架《じゅうじか》のペンダントをくわえているから、イエスさまの小さな顔がはげはじめている。

パパは家に帰るなり、わたしの部屋にきて、ベッドのはしにすわった。ママとちがって、あれこれきいてこない。やさしく微笑《ほほえ》み、わたしの髪《かみ》の毛をなでる。パパの目は、世界でいちばん悲しそうだった。

「いつか……そう遠くない未来に……」パパは、眠《ねむ》るときのおとぎ話みたいに話しだした。「アニータはいまのことを思い返して、自分は強くて、勇敢《ゆうかん》な女の子だったと思うだろう」

わたしは首をふった。わたしはたいして強くないし、勇敢《ゆうかん》でもない。そういいたかった。

「そんなことはない。パパにはわかっているよ」パパには、わたしの心がわかるみたい。わたしのあごを軽くつまんで、顔を上に向ける。わたしは、まっすぐパパを見た。催眠術《さいみんじゅつ》をかけられている感じがする。「なにがあっても、子どもたちには自由になってほしい。羽を広げて飛びたつと、パパに約束してくれるね」

パパ、いったいなんの話？　パパがチューチャみたいなことをいうなんて、気味が悪い！　だけど、わたしは、ことばを頭のなかからのどへ押《お》しだして、くちびるまで運ぶことができない。

ママが部屋の入り口から顔をのぞかせた。「アニータは、どう？」まるでわたしがここにいないみたいに、パパにたずねる。ママはベッドまでくると、手の甲《こう》でわたしのおでこに触《ふ》れた。

「おたふくかぜが流行《はや》っているから、うつったのかしら」

パパが首をふる。「おたふくかぜじゃないな」パパはわたしのほうを向いた。わたしからの返事を待っていたけれど、わたしはまだこたえる準備《じゅんび》ができていなかった。


いまでは毎晩《まいばん》、うちの裏手《うらて》の中庭に男の人たちが集まる。これ以上ないほど警戒《けいかい》していて、ずっと暗号を使って話しているけれど、ひとつだけ、小さなことを忘《わす》れていた。中庭は、家のまわりをゆるやかに曲がり、人目につかない秘密《ひみつ》の場所へつながっている。男の人たちは、そこにすわって話すのが好きだった。その場所は、わたしの部屋の窓《まど》のすぐ横にあった。毎晩《まいばん》、わたしはベッドのなかで、その人たちがひそひそ話す声を聞いていた――自分は声が出ないのに。

トニーおじさんはいつもいた。それからパパと、ときどきはウォッシュバーンさんがウィンピーさんを連れてきた。マンシーニさんは、こなくなっていた。万が一のときの隠《かく》れ家《が》を用意しておきたいから、という理由だった。わたしには、どういう意味かわからなかった。ただ、アメリカン・スクールが正式に閉校《へいこう》になって、わたしとムンディーンとサミーがマンシーニさんの家で勉強するようになったのも、たぶんそのためだろう。ママとミセス・ウォッシュバーンとミセス・マンシーニは――というより、カナスタの集まりにきていた人みんなが――独裁政権《どくさいせいけん》だからといって、子どもたちをろくでなしにするつもりはなかった。結局、学年はまちまちな十二人の子が集まり、足し算や代数、メキシコの古い曲「シエリト・リンド」や「きらきら星」を習った。

いつもわたしとムンディーンは、サミーといっしょに領事館《りょうじかん》の車にのせてもらった。このほうが「横たわる警察官《けいさつかん》」の先にある番兵所で止められにくいから。いまでは、ありとあらゆる種類の検問所《けんもんじょ》があり、外出禁止令《きんしれい》が出ている。ある日、マンシーニさんの家へいく途中《とちゅう》、通りにいる人も、車にのっている人も、ひとり残らず黒い服を着ていたことがあった。サミーがどういうことかときくと、ムンディーンはみんなで無言の抗議《こうぎ》をしているんだとこたえた。ときどき、わたしのことばが出なくなったのも、無言の抗議《こうぎ》をするためかもしれないと考えることがある。

逮捕《たいほ》される人が、どんどん増《ふ》えていく。ある夜、男の人たちがこんな話をしているのが聞こえた。ある薬局では、秘密警察《ひみつけいさつ》に捕《つか》まったときのための薬を売ってくれるという。飲むと即死《そくし》する薬だから、拷問《ごうもん》にかけられたり、仲間の名前をもらしたりしないですむ、と。チューチャを手伝って洗濯《せんたく》するたびに、わたしは、パパとトニーおじさんが薬を入れたままにしていないか、服のポケットをすべて調べた。もし見つけたら、自分用にひとつだけ残して、あとはトイレに流してしまおう。万が一秘密警察《ひみつけいさつ》に連れていかれたら、薬を口に放り、それから十字架《じゅうじか》を飲みこむ。殺されないようにするための自殺なら、神さまも許《ゆる》してくれるかな？

ジャンヌ・ダルクみたいに強くて勇敢《ゆうかん》でいるなんて、もう無理！

「もう、こんなこと、終わりにしないといけない！」トニーおじさんがいった。かれこれ何週間も、おじさんたちは「ピクニックの材料」とよぶなにかが届《とど》くのを待っていた。今夜も、いつもの夜とさして変わらなかったけれど、話し声はだんだん焦《あせ》ってきているみたいだった。

「アメリカ人にもてあそばれているのが、わからないのか？」トニーおじさんがつづける。パパに話しているんだろう。ルシンダを助けもらって以来、パパは心からウォッシュバーンさんを信《しん》頼《らい》していた。

「ウォッシュバーンさんのことじゃない、ワシントンD.C.でぐずぐずしているやつらのことだ」別のだれかがいった。

「ウォッシュバーンさんも、気の毒だ」パパも認《みと》めた。「もうすぐここの任務《にんむ》をとかれる」

それじゃ、ウォッシュバーン一家はドミニカを去って、ワシントンD.C.にいるスージーのところへいくんだ！　ルシンダは、いまはニューヨークのおじいちゃんとおばあちゃん、いとこたちといっしょにいる。ものすごく高いビルが写ったポストカードを送ってくれて、チューチャさえもおどろいて口がきけなくなっていた。カードには、大好きなふたりの女優《じょゆう》、マリリン・モンローとエリザベス・テイラーの名前を借りて、「マリリン・テイラー」とサインしていた。ママによると、ビザの期限《きげん》が切れてももどってこない人と連絡《れんらく》をとったら、わたしたちが困《こま》ったことになるって、ルシンダにはわかっているんだって。

ドアがわずかに開き、短剣《たんけん》みたいに細い光が暗やみにさしこむ。ママが、わたしの様子を見にきた。ふだんは男の人たちがいなくなるまで待っているのに、わたしが眠《ねむ》るまえに話したかったのかな。「アニータ、起きてる?」ママがたずねた。寝《ね》ていたって、これでは起きてしまう。わたしは、ママを招《まね》き入れるように、サルが三匹《びき》ついた電気スタンドをつけた。

ママは、わたしのベッドのはしっこにすわった。へんてこなスタンドに目をとめ、くすくす笑う。ヤシの木の下に並《なら》んだ三匹《びき》のサルは、一匹《ぴき》が両手で目をふさぎ、二匹目《ひきめ》が耳をふさぎ、三匹《びき》目《め》は口をふさいでいた。緑色のかさが電球をおおっている。カルラたちがドミニカを出たときに、置いていったものだ。いつだったか、おばさんのひとりがくれたのだけれど、そのおばさんは趣《しゅ》味《み》が悪くて、わたしとカルラはこのみっともない電気スタンドをいつも笑いの種にしていた。ある日、ロレーナが掃除《そうじ》中に、わたしのベッドわきのスタンドを壊《こわ》してしまい、ママがクローゼットの奥《おく》からこれを持ってきた。

三匹《びき》のサルを見ながら、ママは首をふった。「ルシンダのスタンドを持ってきましょうか」ずっとわたしは、わざとらしいしぐさで、この電気スタンドが嫌《きら》いなふりをしてきた。だけど、本当は、カルラといつも笑いの種にしていたこのスタンドがそばにあると落ちつけた。

「どうする?」この頃《ごろ》ママは、わたしがあまり話さないと、すがるような目でわたしを見つめる。「ねえ、アニータ、いったいどうしたのか、話してちょうだい。そんなにやせて、悲しそうで、ママのオウムちゃんとは思えないほど、おとなしいんだもの」

ママが心配して、わたしをまたオウムちゃんってよびだして、五歳《さい》の子どもみたいにあつかうのは、たえられない。

「ルシンダがいなくて寂《さび》しいのよね？　それでね、悪い知らせではないんだけれど、ちょっとした変化があるの」

「ウォッシュバーン一家がいなくなるんでしょ」わたしの声はかすれていた。たぶん、あまり使っていなかったからだろう。

「どうしてわかったの？」ママが、信じられないという顔をする。「サミーですら、知らないのよ」ママはわたしの顔をじっと見つめ、わたしの気持ちを探《さぐ》ろうとした。目には涙《なみだ》がこみあげている。「もしかしたら、いろいろと話しすぎてしまったのかしら？　あなたを、早く大人にしてしまった？」

「ママ、やめて……」泣かないで、ということばが思いだせない。わたしは、小さな十字架《じゅうじか》を口にあてた。なにかしぐさをすると、いいたいことばが思いうかぶときがあった。

「ごめんなさいね」ママはすすり泣いていた。わたしに腕《うで》をまわし、ぎゅっと抱《だ》きしめる。ボスからバラが届《とど》いた日に、ママがルシンダを抱《だ》きしめたことがよみがえる。「子どもらしく過《す》ごさせてあげたかったのに」ママは鼻をすすり、涙《なみだ》をぬぐった。

どっちにしても、わたしの子ども時代は終わったと、ママに話して安心させたほうがいいのかな。もう生理がきたって。でも、そのとき、窓《まど》の外が騒《さわ》がしくなった。ウォッシュバーンさんとウィンピーさんがあらわれたのだ。

「悪い知らせだ」ウォッシュバーンさんが話しだす。「これ以上、ピクニックの材料は送られてこない」

「ほら、ぼくがいったじゃないか。彼《かれ》らはわれわれを見すてるだろうって」トニーおじさんが、仲間にあてこする。

「申《もう》し訳《わけ》ない」ウォッシュバーンさんの声は、本当に悲しそうだ。「手もとにあるものは、二、三日のうちに、いつもの場所に届《とど》ける」

「あの、いつものところだ」ウィンピーさんが念を押《お》した。

ママは両手を口にあてて、まるで電気スタンドのサルみたいだった。いま聞いたばかりの知らせにおどろいているのか、わたしが何カ月もおじさんたちの秘密《ひみつ》の話しあいを聞いていたと知っておどろいているのか、わからない。ベッドから身をのりだし、ガラス板の窓《まど》を開けた。「みなさん」ママが大声でいった。「この部屋に、全部聞こえていますよ」

話し声はぴたりと止んだ。パパが窓《まど》まで歩いてきて、部屋をのぞきこむ。ママの肩《かた》ごしに、ベッドにすわっているわたしを見た。

「どうりで……」パパがいったのは、これだけだった。


トニーおじさんやパパたちは、以前のようにトニーおじさんの離《はな》れ家《や》に集まるようになった。でも、中庭のようにパパの書斎《しょさい》に近くなかったので、ラジオのスワン放送を聴《き》けないのが不便だった。オスカルによると、スワンは新しくできた放送局で、亡命《ぼうめい》したドミニカ人たちが、この国を自由にするために重要な知らせを放送しているという。法律《ほうりつ》で禁《きん》じられているけれど、国じゅうのみんなが聞いている。放送では、反体制派《はんたいせいは》はどこにでもいるって、いっていた――軍隊、警察《けいさつ》、国会議員のなかにさえ。そして、いまかいまかと、ボスを倒《たお》す合図を待っている、と。

あるとき、自由になったという知らせが聞けないかと思って、わたしはラジオをつけてみた。でも、どれが音量のつまみかもわからなくて、しばらくラジオから耳障《みみざわ》りな音が流れただけだった。ママが飛んできた。「なにをしているの、アニータ？　いっしょにきて、トランプのテーブルを出すのを手伝ってちょうだい」

ママは、マンシーニさんの家にいくとき以外は、いつもわたしをそばに置きたがった。メイドはチューチャしかいなくなったので、カナスタの集まりがあるときは、わたしも灰皿《はいざら》を掃除《そうじ》したり、レモネードのグラスを洗《あら》ったり、ちょっとした手伝いをするようになった。

「こんにちは、アニータ」ある日の午後、ミセス・ウォッシュバーンがわたしをそばによびよせた。テーブルにトランプをふせる。「うちのサミーがいなくなったら、思いだしてくれるかしら？」ウォッシュバーンさんがアメリカに帰るのは六月の終わり頃《ごろ》だけれど、ミセス・ウォッシュバーンとサミーは、もっと早くスージーのところへいくことを決めた。いまは四月で、サミーはもうだいぶ学校にいきそこねてしまっていたし、気の毒なことに、ウォッシュバーン家のおじいさんとおばあさんは、スージーをもてあましているようだった。

ミセス・ウォッシュバーンはわたしの肩《かた》に両腕《りょううで》をまわし、ぎゅっと抱《だ》きしめた。「どうして最近は遊びにこないの？　サミーと口げんかでもしたの？」ママにウインクする。きっと、ふたりでわたしのうわさをしていたんだろう。「ワシントンへ遊びにいらっしゃいね？」

失礼だってわかっていたけれど、わたしはことばが出てこなくてこたえられなかった。

「ときどき会いにきてくれるかしら？」ミセス・ウォッシュバーンがまたきく。

返事をのどの奥《おく》から引っぱり出そうとするみたいに、ママがわたしをじっと見ている。わたしも、なんとか出そうとした。でも、出てこない。だから、首をふるしかなかった。

「お嬢《じょう》さん」ママがとがめる。いくらわたしのことを心配していても、無礼な態度《たいど》は許《ゆる》せないのだ。「お誘《さそ》いを断《ことわ》るなんて、失礼にもほどがあるわ」

でも、ミセス・ウォッシュバーンは手をふって、怒《おこ》っているママをなだめた。それから、もう一度わたしをぎゅっと抱《だ》きしめた。わたしがもう小さい子どもじゃないって、わからないのかな？　強く抱《だ》きしめられると、胸《むね》が痛《いた》いのに。

「ありがとうございます、ミセス・ウォッシュバーン」ママがお手本を見せる。

「ありがとうございます」わたしは礼儀《れいぎ》正しく、小さな声でくり返した。


サミーはまだうちにくるけれど、もうわたしに会うためじゃない。ムンディーンといっしょに、トニーおじさんの改造車《かいぞうしゃ》のボンネットを開けて、エンジンを直している。トニーおじさんはムンディーンに、十六歳《さい》になって免許《めんきょ》をとったら、この車をあげると約束していた。それにしても、いつも修理《しゅうり》が必要な車のどこがいいんだろう？

ちょっとまえまでサミーにいだいていた特別な気持ちは、すっかり消えていた。いまはもう、ごくふつうの男の子にしか見えない。ただ髪《かみ》の毛が、漂白剤《ひょうはくざい》の入ったバケツにひと晩《ばん》つけたかと思うほど淡《あわ》い金髪《きんぱつ》で、目はくすんだ青色なだけ。いつもムンディーンと車について話している。チューチャと車庫のそばを通るたびに、「キャブレター」「ブレーキパッド」「ポイントスイッチ」「プラグ」といったことばが聞こえてくる。わたしも、心のなかで、このことばをくり返してみた。お兄ちゃんのムンディーンと、ついこのあいだまで好きだったサミーのことが、すこしは理《り》解《かい》できるかもしれないと思って。

ムンディーンとサミーが外で車をいじっていて、ママはお友だちと中庭でカナスタをしていると、なにもかもがもとにもどったような気がしてくる。ふと、チューチャに話したいことが浮《う》かんでくる。たとえば、ミセス・ウォッシュバーンの雑誌《ざっし》「ライフ」で見たものとか、大人っぽく見せるにはどんな髪型《かみがた》がいいか、とかだ。でもそのうち、わたしたちが危険《きけん》にさらされていることを思いだして、またことばが逃《に》げていってしまう。

木曜日の朝、わたしとサミーとムンディーンは、オスカルの家へ向かっていた。運転手が休みの日で、ウォッシュバーンさんが自分で運転してくれた。街の中心にある、ウィンピーさんのお店によっていかなければならないという。

このところ、ウィンピーさんはウォッシュバーンさんの家によくきている。じつはウィンピーさんはアメリカの覆面捜査官《ふくめんそうさかん》だって、サミーがムンディーンに話しているのを聞いてしまった。だからウォッシュバーンさんは、うちでの秘密《ひみつ》の集まりにウィンピーさんを連れてきていたのだ。

今日は、道路が混《こ》んでいた。きっとボスの車が大通りを走ることになっているんだろう。そのときは、ボスの一行が通りすぎるまで、ほかの車は停まっていないといけない。車はのろのろと進む。うしろの席で、わたしのとなりにすわっていたサミーが、体をもじもじさせはじめた。

突然《とつぜん》、前の車がブレーキをかけた。ウォッシュバーンさんもブレーキをかける。うしろの車が追突《ついとつ》してきて、うちの車のトランクがいきおいよく開いた。

すぐにウォッシュバーンさんが外に飛びだした。番兵所で事故《じこ》を見ていたふたりの警察官《けいさつかん》が、通りの向こうからやってくる。機関銃《きかんじゅう》を手にした警察官《けいさつかん》が近づいてくるのを見て、サミーは青くなった。ドアを開け、ムンディーンとウォッシュバーンさんにかけよる。すぐうしろから、わたしもつづいた。

「気にしないでください」ウォッシュバーンさんは、追突《ついとつ》してきた車の運転手にいった。「こんな渋滞《じゅうたい》では、しかたありません」ものすごい早口で、まるでウォッシュバーンさんのほうがぶつけたみたいだった。開いたトランクを、必死に手で押《お》さえつけようとしている。けれどへこみができてしまって、うまく閉《し》まらない。

「わたしがお手伝いしましょう」警察官《けいさつかん》のひとりがいいだし、機関銃《きかんじゅう》を背中《せなか》にくくりつけると、袖《そで》をまくりあげた。

「いえ、とんでもない、けっこうです」ウォッシュバーンさんは手をふってことわり、警察官《けいさつかん》をトランクに近づけないようにした。「ロープがあれば、大丈夫《だいじょうぶ》ですから」

うしろの車の運転手が、自分の車にあるロープを取りにいってくれた。そのあいだ、警察官《けいさつかん》のひとりは、報告書《ほうこくしょ》を書きに番兵所にもどっていった。

「袖《そで》が汚《よご》れてしまいますよ！」残った警察官《けいさつかん》がトランクを閉《と》じるのを手伝おうとするのを、ウォッシュバーンさんはまだ止めようとしていた。でも、警察官《けいさつかん》もあきらめない。前に進みでて、へこみ具合を調べようと、トランクのふたを持ちあげた。

そこで見たものについて、わたしはうまく説明できない。記憶《きおく》から、ことばがこぼれ落ちてしまっている。実際《じっさい》のところ、だれもなにもいわなかった。わたしたちはじっと立ちつくしたまま、トランクのなかを見つめていた。ロープを手にもどってきた運転手も、ちらっと見たとたん、おどろいて目を見開いた。

サトウキビ袋《ぶくろ》から銃身《じゅうしん》が飛びだし、〝ピクニック〟の材料がトランクの底一面にちらばっていた。子どもを学校に送るふりをしながら、銃《じゅう》を〝いつもの場所〟へ運んでいたのだ。

警察官《けいさつかん》にもわかったはず。でも、おどろいている運転手からロープを受けとると、警察官《けいさつかん》は一方のはしをトランクのふたに結びつけ、もう一方をバンパーに通してからきつくしばった。

「あとで修理《しゅうり》したほうがいいですね」作業を終えると、静かにウォッシュバーンさんにいった。

「問題はないか？」番兵所から、仲間の警察官《けいさつかん》が声をかけた。

「ああ、大丈夫《だいじょうぶ》だ」警察官《けいさつかん》はうそをつき、わたしたちに出発するよう、手で合図した。

車にもどると、ウォッシュバーンさんの手はひどくふるえていて、なかなかエンジンがかけられなかった。だれかがおもらししたみたいで、おしっこのにおいがする。心臓《しんぞう》がばくばくしている。わたしはネックレスを取りだし、小さな十字架《じゅうじか》をくわえた。ただ感謝《かんしゃ》の祈《いの》りをささげたかったのに、なにもことばが思いつかなかった。

第八章　もう少しで自由

「きた！」オスカルが、教室のかわりにしている子ども部屋から叫《さけ》んだ。わたしとオスカルは、オスカルの三人の妹といっしょに、マンシーニ家のなかでかくれんぼをしていた。オスカルが鬼《おに》だったから、隠《かく》れている人が出てくるように、だまそうとしているのかと思った。「急がないと、ボスを見のがすぞ！」

廊下《ろうか》の時計を見ると、やっぱり五時十五分だった。この時間、ボスはお母さんの住む邸宅《ていたく》を出て、イタリア大使館のとなりにあるオスカルの家の前を通り、海沿《うみぞ》いの道を歩いていく。いつも同じ。オスカルによると、ボスは予定をきびしく守り、きっちり時間通りに動く。ほんのわずか

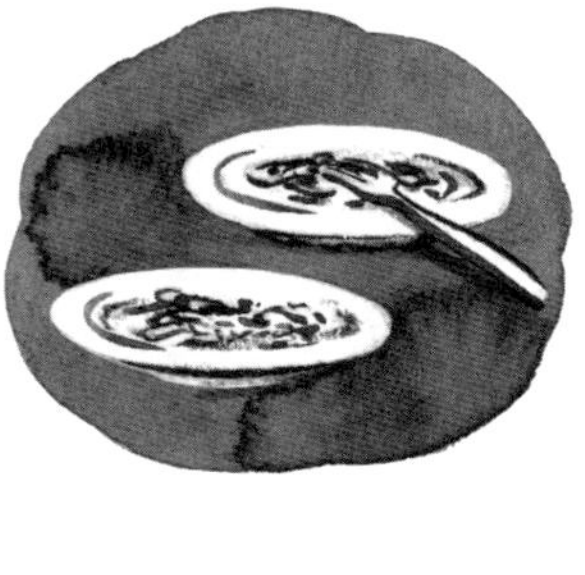

遅《おく》れても、早すぎてもいけない。迷信《めいしん》深くて、もし一分でも遅《おく》れたら、なにかおそろしいことが起きると信じている。

わたしは廊下《ろうか》をかけぬけて、たくさんの護衛《ごえい》や、政府《せいふ》のえらい人たちに囲まれているボスをひと目見ようとした。はじめてこの夕方の行進を見たときは、おどろいた。ボスを囲む人たちのなかに、毎晩《まいばん》うちに集まって、ボスを倒《たお》そうと話している人たちが、何人もいたから。

オスカルには、いわなかった。この頃《ごろ》は、みんなで勉強しているときも、わたしはあまり話さない。オスカルの妹たちの相手をしてかくれんぼをするときも、「みんな出てこーい！」と聞こえても、隠《かく》れ場所から出ていかないのはしょっちゅうだった。だけどパパと同じように、オスカルにはわたしがおとなしい理由がわかっているみたい。変わらずに、話しかけてきた。

「今日のボスは、宝石《ほうせき》をつけてないね」三人の妹のなかで、いちばん上のマリア・エウヘニアが、上げ下げ窓《まど》の前にいたわたしたちのところへきた。

「宝石《ほうせき》じゃなくて、勲章《くんしょう》だよ」オスカルがいい直す。

「宝石《ほうせき》と同じじゃない」マリア・エウヘニアが文句《もんく》をいう。「金《きん》なんだから」

「兵隊が二十人いる」マリア・ロサがかん高い声をあげた。数字を教わりはじめたばかりで、見たものを片《かた》っぱしから数える。いちばん下の妹だ。三人とも、名前に「マリア」が入っている。母さんはマリアさまがものすごく好きだから、とオスカルは話していた。なんと、息子のオスカルの名前にまで入っている。オスカル・M・マンシーニ。学校では、ミドル・ネームのMがなんの略《りゃく》か、いつもいうのをいやがった。

「どうしてあんなにたくさん兵隊がいるの?」真ん中の妹、マリア・ホセフィーナがたずねる。妹たちは三人とも、窓《まど》の前に集まった。

「そりゃ、決まってるだろ」

「なにが?」

三人そろって興味《きょうみ》しんしんだ。

「しーっ、聞かれるぞ!」オスカルが注意する。三人はだまった。もしスパイだと思われて捕《つか》まったら、通りに引きだされて銃《じゅう》で撃《う》たれると、オスカルから聞かされていたから。

「でも、へんだな。今日はカーキ色の服を着ている」オスカルがいった。ボスは、いつも白い制《せい》服《ふく》を着ている。カーキ色の服を着て、夜に郊外《こうがい》の家へいく水曜日以外は。でも、今日はまだ火曜日だった。

「きっと新しい彼女《かのじょ》ができたんだよ」オスカルが見当をつける。ボスは彼女《かのじょ》を何人も、郊外《こうがい》の家に住まわせている。奥《おく》さんはぜったいにそこへいかない。そうじゃなきゃ、彼女《かのじょ》たちは皆殺《みなごろ》しにされてしまうだろう。

わたしは身震《みぶる》いした。スージーのパーティーで、ボスがルシンダに目を留《と》め、バラを贈《おく》っていよってきたことを思いだしたから。急いで、窓《まど》から顔を引っこめる。ボスが上を見あげて、秘《ひ》密警察《みつけいさつ》にわたしを連れてくるように命じたらどうしよう？「ほう、きみがぜったいに泣かない娘《むすめ》さんだね？」ボスはこんなふうに声をかけてくるだろう。

いいえ、ちがいます。わたしは返事を練習しておく。わたしは、もうほとんど話さなくなった娘《むすめ》です。

ボスが通りすぎたあと、しばらくのあいだ、わたしは窓辺《まどべ》に立ったまま、空にきらめく銀色のものを見ていた。毎日アメリカに向かって飛びたつ、パン・アメリカン航空の飛行機だった。カルラたち、おじいちゃんとおばあちゃん、おじさんやおばさんたち、それからルシンダ、そして数日まえにはサミーとミセス・ウォッシュバーンも、あの飛行機にのった。

オスカルがとなりにきた。妹たちは、お風呂《ふろ》によばれていた。だから、わたしたちは子ども部屋でふたりきりだった。「サミーがいなくなって、悲しい、アニータ?」

オスカルはやさしく、気づかってくれる。だけど、サミーとはそれほどいっしょにいなかったことを、どう説明すればいいのかわからない。最後にふたりきりで会ったのは、サミーがお別れをいいにきたときだった。「アメリカに帰れるなんて、ものすごくわくわくする」そればかり話していた。プレゼントに自由の女神像《めがみぞう》のペーパーウェイトをくれたけれど、きっと選んだのはミセス・ウォッシュバーンだろう。

「ありがとう」わたしはなんとか声に出していった。本当はもっとなにかいいたかった。だって、やっぱり、サミーはわたしの初恋《はつこい》だから。サミーがうちに向かってやってくるのを見ただけで、胸《むね》が高鳴るときもあった。でも、そういう気持ちは完全にしぼんでしまった。チャーリーがわたしを笑いの種にしたとき、サミーもにやにやしていた。どうしてかばってくれなかったんだろう? わたしの味方をする勇気がなかっただけなの? ただの意地悪よりも、勇気がなかったって考えるほうがいい。

「残される側にいるのって、こわいよね」オスカルがいった。

いつのまにか、わたしは両手をぎゅっと握《にぎ》りしめていた。オスカルもこわがっている。そうわかって、ふいにわたしはほっとした。自分だけがおかしいと思わなくて、いいんだ。

「うちの父さんはこういう」ふたりで秘密《ひみつ》の場所に隠《かく》れているみたいに、オスカルはとても静かにいった。「こわさを知らない者は、勇敢《ゆうかん》にはなれない、って」

その通りだと思う！　オスカルは、ブラウン先生を質問攻《しつもんぜ》めにしていたときよりも、ずっと大人っぽく、かしこく見えた。わたしはオスカルに向かって、にっこり笑った。

オスカルが体を近づけてきたので、一瞬《いっしゅん》、なにか本当に秘密《ひみつ》をささやくのかと思った。でも、ちがった。わたしのほおに、オスカルの唇《くちびる》がふれた。こんなときに、はじめてのキスをされるなんて！

そのあとすぐに、パパが迎《むか》えにきた。クラクションを鳴らして、早く出てくるようにせかす。いつもなら、車からおりてきて、ミセス・マンシーニのお母さん、マダム・マーゴットにあいさつするのに。そのあいだに、ムンディーンと、オスカルのお姉さんのマリア・デ・ロス・サントスは、遊んでいたパーチージというゲームを片《かた》づける。マダム・マーゴットは、マンシーニ一家といっしょに暮《く》らしていて、マリア・デ・ロス・サントスのところに男の子が訪《たず》ねてくると、お目つけ役になる。なにごとも起きないようにと、マリア・デ・ロス・サントスのそばにはりついて、揺《ゆ》り椅子《いす》にすわってゆらゆらと揺《ゆ》れながら、しばらくすると眠《ねむ》ってしまう。十五歳《さい》になったばかりのムンディーンは、ひとつ年上のマリア・デ・ロス・サントスに夢中《むちゅう》だった。マリア・デ・ロス・サントスは、髪《かみ》の毛を一本の長い三つ編《あ》みにして背中《せなか》にたらし、不安になると、その三つ編《あ》みをほどいてはまた編《あ》む癖《くせ》があった。まあ、爪《つめ》はかじったあともなく、きれいだったけれど。

マダム・マーゴットがバルコニーに立ち、パパに入ってくるように手をふった。

パパが手をふり返す。「すみません、マダム・マーゴット。今日は約束があるんです」たぶん、夕食のあとに、トニーおじさんや仲間たちが集まるんだろう。

わたしは荷物をまとめ、車まで走った。ふだんはムンディーンよりも早くいって、パパのとなりの助手席にすわりたがった。でも今日は、オスカルから離《はな》れるためだった。キスされていやだったわけじゃない。ただ戸惑《とまど》ったのと、うれしかったのとが入りまじって、複雑《ふくざつ》な気持ちだった。

助手席にすわりながら、きっとパパは男の子にキスされたって、気づくだろうと思った。ところがパパは心ここにあらずで、ラジオをつけたり消したり、ムンディーンがドアから出てくるまで何回もクラクションを鳴らした。バルコニーから、マリア・デ・ロス・サントスが、車にのりこむムンディーンに向かって、ものうげに手をふる。

帰り道のパパは、「横たわる警察官《けいさつかん》」のところで、何度も速度を落とすのを忘《わす》れた。「パパ、今夜出かけるの？」

いつもとちがって、パパはすぐにはこたえない。この頃《ごろ》わたしはめったに話さないから、いざ話すと、みんなかならず注目するのに。

「ねえ、パパ？」もう一度、わたしはきいた。

パパがこちらを向いた。まるで〝人も殺せそうな目つき〟だ。でも、わたしに気づいたとたん、表情《ひょうじょう》が変わって、にっこりした。「アニータ、なんだい？」

わたしはもう一度いおうとしたけれど、頭からことばがすりぬけてしまった。

「今夜出かけるのかって、きいてたよ」うしろの席からムンディーンがいった。ちょうど先週の水曜日、パパとトニーおじさんの仲間はうちに集まり、興奮《こうふん》気味になにかひそひそと話していた。それから、全員車にのりこみ、どこかへ立ちさった。その夜遅《よるおそ》く、うちの車がもどってきて、ドアが閉《し》まる音がした。パパとトニーおじさんが、ムンディーンとママに、スミスさんはピクニック場にあらわれなかったとかなんとか、話していた。

「出かけるかって？　ああ、うん、今夜は出かけるよ」パパが、うわの空でこたえる。

「今日はカーキ色の服を着ていたそうだね」ムンディーンがいった。

パパは、バックミラーを見ながら、うなずいた。


門を通ってうちの敷地《しきち》に入り、からっぽの番兵所とだれもいないカルラの家を通りすぎる。数日前、アメリカ本国からウォッシュバーンさんに、敷地《しきち》から立ち退《の》き、この先、反体制派《はんたいせいは》の人たちとは関わらないようにという指示《しじ》があった。ウォッシュバーンさんは、街なかにある領事館《りょうじかん》に引《ひ》っ越《こ》し、アメリカにもどる六月後半まで、そこで暮《く》らすそうだ。

うちの私道《しどう》には、何台もの車が、あわててかけつけたみたいに、あちこち向いて停まっていた。ちょうど玄関《げんかん》に入ったとき、だれかがボスの肖像画《しょうぞうが》を裏返《うらがえ》して壁《かべ》に向けていた。トニーおじさんと仲間たちは、居間《いま》にいて、興奮《こうふん》したように話していた。ママが、おびえたように目を見開きながら、玄関《げんかん》まであわてて飛びだしてきた。なにかをパパにささやくと、パパは車のなかでムンディーンにしたときと同じようにうなずいた。

わたしに気づくと、ママはふだん通りの顔をしようとした。「今日はどうだった？」ママはたずねたけれど、わたしの顔が赤くなったのに気づかず、答えを待ってもいなかった。おじさんの仲間のひとりが、重そうな袋《ふくろ》を抱《かか》えて車からもどってきた。「ここではやめて」ママはぴしゃりといい、首をふって、パパの書斎《しょさい》へいくように示《しめ》した。わたしの前で、袋《ふくろ》を開けてほしくないのだろう。

ママは、いまでもいろんなことを隠《かく》そうとする。わたしがやせて、口数が減《へ》ったのを心配しているのだろう。だけどこの何週間か、なにか大きなことが起きようとしているのを、わたしは感じていた。おかげでママが細かい小言をいわなくなったのは、ありがたかったけれど。

オスカルの家から帰ってくると、ママはよくパパの書斎《しょさい》で、タイプライターを打っていた。なにを打っているのかきくと、「ちょっとした、パパの仕事の書類よ」という返事だった。あるとき、ママがごみを庭で燃《も》やすまえに、くちゃくちゃに丸めた書類を一枚《まい》見つけた。広げてみると、「すべての国民へ」というよびかけではじまる、スペイン語版《ばん》の独立宣言《どくりつせんげん》みたいなもので、これからドミニカで自由にできるようになることが、いくつも書いてあった。「すべての国民は自由に意見を述《の》べ、自らの選ぶ候補《こうほ》に投票し、教育を受けることができ……」なんだかジョージ・ワシントンが書いたものを読んでいるような気がした。ちがいは、手書きじゃなくて、タイプしてあるってこと。それに、白いかつらをかぶった植民地時代の男の人たちじゃなくて、パパと仲間たちが考えたものだっていうこと。

ママは、ムンディーンのこともすごく心配していた。もう十五歳《さい》だから、もし秘密警察《ひみつけいさつ》が人々《ひとびと》を検挙《けんきょ》しはじめたら、未成年としてはあつかわれない。ママは、ムンディーンをおじいちゃんとおばあちゃんのいるニューヨークへ送りたがって、パパと何回か話しあった。けれど、ビザの切れたルシンダがもどってこないのに、ムンディーンに出国の許可《きょか》がおりるわけがないと、パパはいった。おまけにそんな申請《しんせい》を出したら、なにか大変なことが起きるのではないかと秘密警察《ひみつけいさつ》に怪《あや》しまれるだろう、とも。

「子どもたち、今夜は早い夕ごはんよ」ママは、十二歳《さい》と十五歳《さい》じゃなくて、六歳《さい》と九歳《さい》の子どもに話しているみたいだった。「それから、部屋にいきなさいね」

「ぼくも、父さんといくよ」ムンディーンが、まるで十五歳《さい》じゃなくて二十一歳《さい》になったみたいに、すっくと立ちあがった。

「あなた、なにをいっているの？」ママがいった。怒《おこ》ったときはいつも、かたくるしく「あなた」とよぶ。

「ムンド！」ママは、先に居間《いま》にいって、仲間たちにあいさつしているパパをよんだ。パパがもどってくると、ママはムンディーンのいったことを伝えた。

パパはムンディーンの肩《かた》に手を置き、ひと言だけいった。「もしわたしになにかあったら……」

そういわれたとたん、ムンディーンは素直《すなお》にしたがった。

スパゲティの夕食――だれも食べられなかったけれど――が終わり、ママとムンディーンとわたしは、パパとママの寝室《しんしつ》へいき、ラジオを聴《き》いて待った。政府《せいふ》が管理している放送局、カリブ放送では、詩の暗唱コンテストをしていた。でも、ほとんどの詩はボスについてだったので、ママはラジオを消した。去年、カルラは暗唱コンテストの子ども部門で優勝《ゆうしょう》して、ドミニカの形をした消しゴムをもらったんだっけ。だけど、カルラがどんな詩を暗唱したのかは思いだせない。たぶん、ボスについてだった気がする。

数分ごとに、ママとムンディーンは窓《まど》のところへいき、車がもどってきていないか確《たし》かめる。わたしは山ほどききたいことがあったけれど、ことばが見つからなかった。それに、あれこれきいて、これ以上ママをぴりぴりさせたくなかった。

大きなベッドに腰《こし》かけ、ミセス・ウォッシュバーンが引《ひ》っ越《こ》すまえに置いていってくれた雑誌《ざっし》

「ライフ」をめくる。ハンサムなケネディ大統領《だいとうりょう》と、美しいジャクリーン夫人の写真がたくさんのっている。夫人は、ミス・コンテストで優勝《ゆうしょう》したおばさんに少し似《に》ていた。おばさんより色白で、お化粧《けしょう》をうすくした感じ。アメリカが宇宙《うちゅう》に送りだした宇宙《うちゅう》飛行士の写真もあった。カプセルのなかで、胎児《たいじ》みたいに丸くなっている。カプセルの脇《わき》には、「フリーダム・セブン」と大きく名前が書いてあった。わたしは、カプセルから外に出て、旋回《せんかい》しながら地球からどんどん遠ざかっていく宇宙《うちゅう》飛行士を想像《そうぞう》してみた。わたしの心の奥底《おくそこ》と同じように、ひとりぼっちで、おびえている。

だれかがドアをノックして、わたしたち三人は跳《と》びあがった。チューチャだった。「おふたりのベッドをこちらに持ってきましょうか」ときかれて、ママはぼんやりとうなずいた。

「わたし、手伝う」この部屋の緊張《きんちょう》した空気からのがれたかった。わたしはムンディーンのベッドカバーをたたみながら、宇宙《うちゅう》へ飛びたった宇宙《うちゅう》飛行士のことを話した。

チューチャは、目を細めた。遠くにあったものが、だんだん近づいてきたというように。

「準備《じゅんび》なさいませ」低い声で、チューチャはいった。

「なにを?」わたしは、おどろいて息をのんだ。こんなに不安なときに、もったいぶった話し方はやめてほしい!

チューチャは両腕《りょううで》を広げ、上下に動かした。むらさきの袖《そで》がうねる。「羽ばたき、自由に飛ぶのです」チューチャが、わたしに語りかける。

なんのことか、もちろん覚えている。チューチャの夢《ゆめ》だ。まずルシンダ、つぎにムンディーン、それからわたしとママが、空を飛んでいる。わたしは、みんなが天使みたいに背中《せなか》に翼《つばさ》をつけて、アメリカへ飛びたつ様子を思い描《えが》いていた。だけどいまは、宇宙船《うちゅうせん》のカプセルに押《お》しこめられて、行き先のわからないどこかへ向かっていくような気がする。

ちょうどそのとき、クラクションをやかましく鳴らしながら、車が私道《しどう》に入ってくる音が聞こえた。ドアがいきおいよく開き、家の前に興奮《こうふん》した声がひびく。ママとムンディーンが廊下《ろうか》にとびだし、玄関《げんかん》へかけつけると、パパたちが銃《じゅう》をふりかざしながらぞろぞろと入ってきた。「蝶《ちょう》たちよ、永遠《えいえん》なれ！」わたしたちに笑顔でこたえる。パパはママを抱《かか》えてぐるぐるまわり、ママをおろすと、わたしにも同じことをした。

「本当なの？　本当に、本当？」ママはパパの顔をじっと見つめて、本当に喜んでも大丈夫《だいじょうぶ》かどうか、何度も確《たし》かめている。

パパは顔をまっ赤にして、うれしそうだった。「本当だよ、カルメン。本当に、本当に、本当なんだ。三十一年かかって、わたしたちはまた自由になった！」

だれかに電話をかけにいっていたトニーおじさんが、またもどってきた。顔つきがけわしい。

「プーポがどこにもいない」おじさんは、パパたちに告げた。

「プーポがいないって、どういう意味だ？」そういったとたん、パパは電話にとんでいき、だれかにかけはじめた。

プーポってだれ？　わたしはききたかった。まわりの男の人たちは、追いつめられたような顔をしている。きっとプーポは、どうしても見つけださなければならない、とても重要な人なんだろう。

「もしあの野郎《やろう》が裏切《うらぎ》ったら……」ひとりが毒づいたけれど、ほかの人にとめられた。みんなは、だまってパパのことばを聞いた。

「どこへいくとか、いつもどるとか、いっていましたか？」パパの声は落ちつきはらっていて、ただ友だちと話したくて連絡《れんらく》したという、なにげない感じだった。けれど、指には電話のコードをぐるぐると巻《ま》きつけて、血が止まりそうなほどだった。「いえ、たいした用ではありません。またお電話します」

電話を切ったとき、パパの顔は、トニーおじさんと同じくらいけわしかった。パパは、みんなに指示《しじ》を出しはじめた。まず、何人かをマンシーニ家へ向かわせた。それから、だれがなにをしろとか、どこへいってだれになにを伝えてくれとか。でも、ちゃんと思いだせない！　みんなが声を張《は》りあげ、走りまわり、おまけにわたしの心臓《しんぞう》はばくばく鳴っていたから。鼓動《こどう》がおさまるように胸《むね》に手を当てると、わたしはパパを見た。こっちを見て、ウインクしながら、なにもかも大丈夫《だいじょうぶ》だといってほしい。でもパパは、出かけようとしている人たちに、〝事実〟を確《たし》かめるには、プーポを見つけて、ここに連れてくることが大切だと念を押《お》していた。だれだかわからないけれど、このプーポという人だけが、みんなをひとつにできるみたい。

ママの顔は、床《ゆか》に落ちて砕《くだ》けた陶器《とうき》のカップみたいに、ぐしゃぐしゃだった。「もしプーポが見つからなかったら、どうなるの？」

パパは、ボスの肖像画《しょうぞうが》にちらっと目をやった。夕方、壁《かべ》に向けたはずなのに、たくさん人が出入りしているうちにだれかがぶつかったらしく、ひっくり返ってもとにもどっていた。「もしプーポが見つからなければ、それぞれが自分で自分の身を守ることになる」パパは仲間の顔をひとりずつ見ながら、そういった。みんな、パパのいっている意味がわかっている様子だ。

寝室《しんしつ》へ向かうパパに、ママは泣きながらしがみついていた。わたしは、ふたりがまた出てくるまで待った。パパがシャツのポケットを軽くたたきながら出てきたとき、ベルトの下から銃《じゅう》のグリップが顔を出していた。玄関《げんかん》で、パパはママにキスをし、それからわたしにキスしたけれど、目をあわせようとはしなかった。まるで、本当はものすごく心配でたまらないのを、わたしたちに知られたくないみたいだった。

わたしはパパに、いってらっしゃいといいたかった。でも、さるぐつわをはめられて話せないみたいに、ことばが口につまったままだった。玄関《げんかん》から、パパたちの車が走りだすのを見送る。こわれたサーチライトみたいに、車のライトがばらばらな方向をめざしていく。私道《しどう》の向こうの、カルラたちの家はまっ暗だった。となりにだれかが住んでいて、いますぐ助けにきてくれたら！親せきとウォッシユバーン一家がいなくなってからはじめて、わたしはみんなに置き去りにされたことに腹《はら》が立った。

突然《とつぜん》、ママがふり返り、気も狂《くる》わんばかりにあたりを見まわした。「ムンディーンはどこ？」わたしが、ムンディーンをずっと見はっていたみたいなきき方だ。「ムンディーン！」ママは大声をあげた。はり裂《さ》けそうな声が、からっぽの家に響《ひび》きわたる。「ムンディーン、どこなの！」

チューチャは車庫に鍵《かぎ》をかけ、車窓《しゃそう》にホースで水をまいていた。ふつうなら、こんな夜遅《よるおそ》くにはしない。ママの声を聞くと、チューチャは水を止めて家に入ってきた。

「ムンディーンはどこ？」ママがチューチャにきく。

「いちばん前の車にのるのを見ましたよ」チューチャはこたえた。

「なんてことなの！」ママは泣き叫《さけ》んだ。電話にかけよったけれど、あまりに取《と》り乱《みだ》していて、何度も番号をまちがえてから、やっと相手につながった。「マダム・マーゴットですか？」ママが大声でよびかける。「ムンディーンは、そちらにおじゃましていませんか？」

ママの顔がやわらいだ。願っていた通りの答えが返ってきたんだろう。「なにがあっても、ムンディーンをマダムの目の届《とど》かないところへやらないでください！」

電話を切ると、ママは腹立《はらだ》たしそうな顔をした。「これがすべて終わったら、あの子には一生お仕置きをしてやるわ」

チューチャはゆっくりと首をふった。「無理でございますよ、カルメン奥《おく》さま。もう遅《おそ》すぎます。ムンディーンぼっちゃんはもう大人ですから！　巣から旅立たれたんです」

わたしは玄関《げんかん》のドア越《ご》しに、外の暗い私道《しどう》を見た。うちの一族はみんな逃《に》げた。残されたのは、わたしとママとチューチャだけだった。

第九章　夜の逃亡《とうぼう》

それから、ひと晩中《ばんじゅう》ずっと、パパの帰りを待った。チューチャは部屋にもどり、ろうそくを灯《とも》して聖《せい》ミゲルに祈《いの》りをささげている。わたしもお祈《いの》りしようと、ママの横でひざまずいたけれど、秘密警察《ひみつけいさつ》が家にやってきたらどうやって逃《に》げようか、そのことばかりが頭に浮《う》かんだ。わたしは、自殺用の薬を持っていない！　パパとチューチャがいったように、空を飛んで逃《に》げなくちゃ。自由になりたい！

ここから逃《に》げるには、敷地《しきち》の裏手《うらて》へ走り、トニーおじさんの離《はな》れ家《や》を通りすぎて、人の多い市場へ、裏道《うらみち》をいくのがいちばんよさそうだ。きっとだれかに、領事館《りょうじかん》にいるウォッシュバーンさ

んへの伝言をたのめる。そうだ、モンシートがいる！　ママが金庫のお金を全部あげたら、わたしたちを助けてくれるかな？　自分たちがだれかにすがるようになるなんて、思ってもみなかった。お金のかわりに、命を落とさなくてすむように助けてほしいって、たのむなんて。

命を落とす！　このことばに、わたしは心臓《しんぞう》が締《し》めつけられた。秘密警察《ひみつけいさつ》は、本当にわたしたちを殺すつもりなの？　もしなにも話さなかったら、わたしは拷問《ごうもん》にかけられるの？　わざと話さないわけじゃなくて、だれとも話せないんだってこと、どうやって説明したらいい？　がんばっても、ことばを思いだせないって、どうしたらわかってもらえるの？

ママを見る。なにもかも大丈夫《だいじょうぶ》よって、いってほしい。けれどママの手はぶるぶるふるえていて、ロザリオの珠《たま》にふれることすらできない。ママもこわがっている！　オスカルは、いっていた。「こわさを知らないものは、勇敢《ゆうかん》になれない」って。わたしは、こわさの先に一歩だけ、進まないといけない。ほんの小さな一歩なら、わたしにもできるかな。

そういえば、オスカルはいまどこにいるんだろう？　やっぱりまだ起きていて、こわがりながら、でも勇気を出そうとしているかな？　ほっぺたの、オスカルにキスされたところをさわる。革命《かくめい》のためにジャンヌ・ダルクになったあと、またふつうの女の子にもどって、オスカルと恋《こい》をするなんてこと、できるかな？

結局、わたしとママは、少し眠《ねむ》ることにした。いまは自分たちの寝室《しんしつ》よりも、わたしの部屋のほうが安全に思えるのか、ママはわたしのベッドで、わたしのとなりに寝《ね》た。ムンディーンのトランジスター・ラジオを公共放送にあわせて、プーポがなにか発表することを願いながら。でも、ラジオからはオルガンの音楽が流れるばかりだった。わたしは大聖堂《だいせいどう》での大きなミサを思いだした。そして、ミサのときと同じように、眠《ねむ》ってしまった。

サイレンの音で、わたしは目を覚ました。「なんでもないわ」ママは安心させるようにいったけれど、わたしの背中《せなか》をさする手は氷のように冷たかった。

暗やみのなか、わたしはママのほうを向いた。その夜ずっと、わたしの心を占《し》めていたことばが、ひょっこりと出た。「ママ、わたしたち、これから大丈夫《だいじょうぶ》なの？」

長いあいだ、ママはなにもいわなかった。眠《ねむ》ってしまったのか、それとも、わたしみたいにことばを忘《わす》れてしまったのか。やがて、ママはこたえた。「チューチャがいうように、わたしたちの運命は神の手にゆだねられたのよ」

「プーポって、だれ？」わたしはきいた。パパたちの話からすると、わたしたちの運命は、神の手じゃなくて、プーポって人の手にゆだねられているように思える。

「プーポは将軍《しょうぐん》よ。国民に解放《かいほう》を宣言《せんげん》するはずだったの。でも、どうやらわたしたちを裏切《うらぎ》ったようね」

だけど、助けてくれる人は、ほかにもたくさんいるんじゃない？　わたしは、ききたかった。車のトランクに銃《じゅう》を見つけても、ウォッシュバーンさんを逮捕《たいほ》しなかった警察官《けいさつかん》が頭に浮《う》かぶ。〝蝶《ちょう》〟たちのおかげで、何千という人たちが勇気を出すようになったと、トニーおじさんはいっていた。けれど、また、ことばはわたしの記憶《きおく》の底へ沈《しず》んでいった。

「軍が味方につかないと、わたしたちは負けなのよ」ママはさめざめと泣きだした。「もう少しで自由だと思ったのに」

わたしは手を伸《の》ばして、ママの背中《せなか》をさすった。さっきママがしてくれたように。

ラジオからはオルガンの音楽が流れつづけ、まるで終わりのないお葬式《そうしき》みたいだった。

それから朝まで、うとうとしたり、はっと目を覚ましたりをくり返した。さまざまなものがつぎつぎにあらわれて、夢《ゆめ》なのか現実《げんじつ》なのか、わからない。カルラたちが雪の降《ふ》るなか、送ってくれた写真のなかのセントラル・パークという場所に立っていた。ドミニカの形をした消しゴム。サミーはトランポリンで跳《と》びはねたままおりてこなくて、そのうち宇宙《うちゅう》飛行士になって宇宙《うちゅう》へ飛んでいってしまった。窓辺《まどべ》にならんだオスカルの妹たちの頭は、つやつや光る、三つの黒いおわんそっくりだった。オスカルが近づいてくる。でも、キスのかわりに、ウィンピーさんのワシのタトゥーをわたしのほおに押《お》しつけた。チューチャが、ロレーナの部屋へ棺《ひつぎ》を引きずっていく。ルシンダのシーツについた血の染《し》みは、今夜チューチャがホースで水をまいて洗《あら》い流そうとしていた、私道《しどう》についた血痕《けっこん》に変わった。そして、また車の音がした。タイヤのきしむ音、ドアを乱暴《らんぼう》に閉《し》める音、あちこちであがる叫《さけ》び声、おびえたようなささやき声、あわただしく歩きまわる足音、トニーおじさんの声、パパとママの話し声。やがて、いつまでもつづく静けさのなかに、わたしは、どこまでも、どこまでも落ちていった——。

チューチャが、わたしを揺《ゆ》りおこした。ガラスのよろい窓《まど》から光がさしこんでいる。なにがあったのかをきく間《ま》もなく、黒いサングラスをかけた男の人たちが部屋になだれこんできた。クローゼットのすみやベッドの下など、あちこちに銃《じゅう》をつっこみ、だれかを探《さが》している。

チューチャとわたしはぎゅっと抱《だ》きあって、男の人たちが引き出しを開け、服を床《ゆか》に放り投げるのを見ていた。すぐに別の男たちが、ネグリジェ姿《すがた》のママを押《お》しながら、部屋に入ってきた。

「裏切《うらぎ》り者だ！」その人たちは叫《さけ》んだ。

ママがかけよってきて、息もできないほどきつく、わたしを抱《だ》きしめた。ママの心臓《しんぞう》がばくばく鳴っているのが、頭にひびく。わたしはおそろしくて、泣くことさえできなかった。

その人たちは部屋を調べおえると、銃《じゅう》の先でわたしたちをつついて、居間《いま》へいくように命じた。背《せ》が高くやせていて、細く口ひげをはやした男の人が、パパの椅子《いす》にすわり、指示《しじ》を出している。男たちが、忙《いそが》しく出たり入ったりしながら、報告《ほうこく》している。口ひげの男は、ナバヒータとよばれていた。「小さなカミソリの刃《は》」という意味だ。どうしてそんなあだ名がついたのか、考えたくもなかった。

「すわりたまえ」ナバヒータはいった。まるでここが、わたしたちのではなくて、この人の家みたい。ナバヒータは、ゴムバンドみたいにくちびるを横に広げ、歯を見せた。それが微笑《ほほえ》んでいるって気づくまで、すこし時間がかかった。

わたしたちは腰《こし》をおろして、待った。ナバヒータの手下たちは、家や庭をさがしまわっている。

ガラスが割《わ》れ、ものがこわれる音がするたびに、わたしたちは身をすくませた。

「ボスを見つけました！」秘密警察《ひみつけいさつ》のひとりが、大声をあげて部屋に入ってきた。ナバヒータは、おしりにバネがついているのかと思うほど、勢《いきお》いよく立ちあがった。横顔が、カミソリの刃《は》みたいにとがっている。「車のトランクのなかです」捜査官《そうさかん》が説明する。「車庫には、鍵《かぎ》がかけられていました」

「やつらを連れていけ」ナバヒータが命令する。捜査官《そうさかん》はすぐに外に出て、大声で命令を伝えた。

上げ下げ窓《まど》から、何台もの黒いフォルクスワーゲンが、エンジンをかけはじめるのが見えた。

パパとトニーおじさんが、両手をうしろでしばられ、そのうちの一台のほうへ歩かされている。

ママが窓《まど》にかけよった。「ムンド！」ママが叫《さけ》ぶ。

パパはふり向こうとしたけれど、そのまえに車へ押《お》しこまれてしまった。

「どこへ連れていくの？」ママがむせび泣く。

「やつらがボスを連れていった場所だ」ナバヒータはきびしい声でこたえた。

敷地《しきち》を捜《さが》しまわっていたほかの秘密警察《ひみつけいさつ》の捜査官《そうさかん》たちも車にのりこみ、あわただしく走り去った。花はぐしゃぐしゃに折れ、どろだらけのタイヤの跡《あと》が残った。わたしは、パパかトニーおじさんの頭か横顔が、ちらっとでも見えないかと思って目でおった。少しでも記憶《きおく》にとどめておきたい。けれど、どの車にのったかもあやふやで、目的地――そこでなにがパパたちをまちうけているのか、想像《そうぞう》したくもない――へ向けて出発したかどうかもわからなかった。

秘密警察《ひみつけいさつ》がいなくなったとたん、だれか助けてくれる人を見つけようと、ママは電話をかけはじめた。でも、みんな逃《に》げてしまったみたいだった。ラジオからは、葬式《そうしき》の音楽が不気味に流れつづけている。プーポはまだ見つからなくて、ボスが死んだという発表もされていない。かわりに、秘密警察《ひみつけいさつ》と、ボスの息子や兄弟たちが実権《じっけん》をにぎり、国じゅうの人たちにボスを殺したつぐないをさせるつもりらしかった。

わたしとママとチューチャはこのめちゃくちゃにされた家で身をよせあい、どうしていいのかわからずにいた。引き出しや棚《たな》に入っていたもののすべてが、壊《こわ》されて床《ゆか》にちらばっていた。ママの宝石《ほうせき》、わたしのお守りのブレスレット、食堂にあったビロードの箱入りの銀の食器。パパの車は取りあげられて、「国の資産《しさん》」になった。庭の池の底にたまった、願いをかけたコインまですくいあげられた。まえに秘密警察《ひみつけいさつ》が押《お》しかけてきたときは、今日にくらべれば、ずっと礼儀《れいぎ》正しかった。いまのわたしたちは、本当にきびしい立場にたたされているのだろう。

ママとチューチャと三人で掃除《そうじ》をはじめたけれど、ママがその場にわっと泣きくずれた。「こんなことをして、なんになるの？」ママはすすり泣く。わたしはそのままチューチャの手伝いをつづけながら、こわがるよりも一歩先にいようとした。けれど、心のなかではあわてふためいていた。恐怖《きょうふ》から生まれた大きな黒い蛾《が》が、外に出られずに、わたしの胸《むね》のなかで飛びまわっている。その蛾《が》を追いだす方法が、床《ゆか》をはき、ほこりを払《はら》うことのように、とにかく必死で掃除《そうじ》をした。

ようやくマンシーニさんと連絡《れんらく》がとれた。すぐにとんできたマンシーニさんは、秘密警察《ひみつけいさつ》にめちゃくちゃにされた家を見ながら、信じられないというように首をふった。

ママは気持ちを抑《おさ》えようとしていたけれど、パパのハンカチでずっと目を押《お》さえていた。鼻をかむたびに、ハンカチの模様《もよう》を見ては、また泣きだす。「なんとかしなくては。お願い、ぺーぺ、なにかしなければ」

マンシーニさんはうつむいた。まるで、顔じゅうに書いてある悪い知らせをママに読まれたくないみたいだった。

「ねえ、ぺーぺ。わたしたちは、皆殺《みなごろ》しにされるわ。ああ、どうしたらいいの」ママは抑《おさ》えきれずに、はげしく泣く。

ママを椅子《いす》へすわらせると、マンシーニさんはハンカチを差しだした。パパのハンカチはもうぐしょぐしょで、丸まっていた。「落ちついて、カルメン」

「お願い、ぺーぺ、お願いよ。ウォッシュバーンさんを見つけなくちゃ」

「まずは、あなたたちをどこか安全な場所へうつさなければならない。かならず秘密警察《ひみつけいさつ》はもどってくる。もし思うように自白させられなければ、妻《つま》や子どもを連れにくる。すでに男の子が逮捕《たいほ》された家族もある」

「ムンディーン！」ママはのどに手をやった。

「ムンディーンは無事だ」マンシーニさんが安心させる。「さあ、カルメン、アニータ。大急ぎで、身のまわりのものをまとめて。わたしといっしょにくるんだ」マンシーニさんは、すぐそばで話をじっと聞いていたチューチャに目を留《と》めた。

「チューチャ、きみはこの家の戸締《とじ》まりをしたら、家族のもとへ帰るといい」

「この方たちが、わたしの家族です」チューチャはこたえ、腕《うで》を組んだ。

「アニータ」ママがいった。「チューチャといっしょにいって、必要なものをまとめなさい」

「それと、ムンディーンのものも持ってきてくれ、チューチャ」マンシーニさんがつけ加えて、ママに小さくうなずいた。

チューチャがとなりの部屋でムンディーンのものをつめているあいだ、わたしは自分の服をまとめようとしたけれど、部屋はあまりにもめちゃめちゃで、左右そろった靴下《くつした》一足見つけられない。床《ゆか》には服の大きな山があって、制服《せいふく》、ワンピース、やぶれたブラウスが、下着や靴《くつ》といっしょに放りだされていた。あちこちに紙がちらばり、通学用のかばんからは教科書もえんぴつも飛びだしていた。何カ月もまえに棚《たな》にかくした日記さえ、ドアのそばに落ちている。わたしのものが全部ごみのように投《な》げ捨《す》てられているのを見たら、なにもかもあきらめたくなった。わたしは自分にいいきかせた。勇気を持って、強くいよう。でも、電気スタンドが割《わ》られて、スニーカーのなかから、あのおかしな小さなサルの手がのぞいているのに気づくと、わたしはその場にうずくまって、思いきり泣きだした。

「いくぞ！」マンシーニさんが、玄関《げんかん》から叫《さけ》んだ。

立とうとしても、体が動かない。声が出なくなったように、足までまひしてしまったみたい。

チューチャがあわてて部屋に入ってきた。わたしをひと目見ると、洗《せん》たくものを入れる袋《ふくろ》に服をつめはじめた。袋《ふくろ》はずっとドアのうしろにかかっていて、ぬいぐるみの顔と体でできていた。チューチャは支度《したく》を終えると、わたしを引きあげて立たせ、腕《うで》をまわしてわたしを抱《だ》きしめた。まるでわたしに、チューチャの勇気を注いでくれているみたいだった。

「さあ！　さあ！」そのときがきた。羽ばたき、自由に飛ぶときが！　チューチャは洗《せん》たく袋《ぶくろ》をぐいと持ちあげると、最後に日記を拾いあげ、袋《ふくろ》に入れた。わたしを押《お》すようにして、ドアへと急ぐ。チューチャにせき立てられるうちに、わたしの足にはどんどん力がみなぎり、家のなかをぬけ、外で待つ車まで飛ぶようにかけぬけた。

アニータの日記

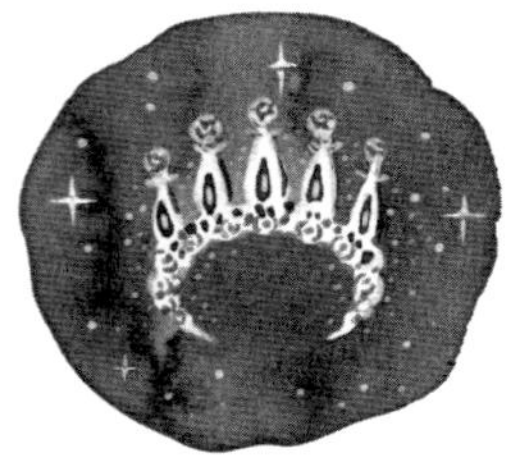

一九六一年六月三日　土曜日、時間、よくわからず

やっと落ちついた。ママは「いいわよ、日記にいくらでも好きなことを書きなさい」といった。もうやっかいごとのまっただなかにいるのだし、記録を残せば、わたしたちと同じように隠《かく》れている人たちの、なにかの役に立つかもしれないからって。

ママは、とりとめもなく、しゃべりまくる。わたしはただ日記をつけたいだけで、世界を救いたいわけじゃないって、ママにいった。

「アニータ、ママはね、ここでは新しいものはいらないの。ああ、もう少しで手にするはずだったのに。いまは、一日に四錠《じょう》の精神安定剤《せいしんあんていざい》があれば十分。つまり、千六百ミリグラムね。ああ、たえられないわ」

ほら、これで、どうしてわたしが日記を書かなきゃいられないか、わかったでしょ。

一九六一年六月五日　月曜日の朝――ママは、となりの浴室でシャワーを浴びている

ここではほとんどひとりの時間がなくって、一度にほんの少ししか書けない。わたしとママは、マンシーニさんの家の寝室《しんしつ》にある、ウォークイン・クローゼットのなかにいる。マンシーニさんたちが寝室《しんしつ》のドアにかぎをかけたときは、わたしたちは寝室《しんしつ》に出ていったり、シャワーを浴びたりできる。それ以外は、クローゼットのなかにいなければならない。

昨日の夜中、ミセス・マンシーニに揺《ゆ》りおこされて、小声でいわれた。「どちらかわからないけれど、この家にいるあいだはいびきをかかせてあげられないわ。ごめんなさいね」

わたしたちは、マンシーニ家のたてるもの音にあわせなくちゃいけない。

一九六一年六月六日　火曜日、たぶん朝早く――浴室の窓《まど》から日《ひ》が差しこんでいたから

ミセス・マンシーニは、いっていた。ひとりになりたいときに寝室《しんしつ》のかぎをかける習慣《しゅうかん》があってよかったって。おまけにお手伝いさんは五人の子どもの世話で手一杯《ていっぱい》だったから、寝室《しんしつ》はいつも自分で掃除《そうじ》していた。そうでなくても、家政婦《かせいふ》アカデミーでスパイ教育をしていると知って以来、ミセス・マンシーニは他人を信用していなかった。だから、いま、マンシーニ家の寝室《しんしつ》は、どこの家よりも安全な隠《かく》れ場所だった。

マンシーニさんの家はちょっと変わっていて、集合住宅《じゅうたく》みたいな造《つく》りだった。一階は、大きな車庫、洗《せん》たく室、台所だ。マンシーニさんたちは、すずしい二階で暮《く》らしている。部屋のうしろ一面にバルコニーが広がり、庭へおりる階段《かいだん》がついている。

寝室《しんしつ》の窓《まど》から、イタリア大使館の庭が見わたせる。だけど、わたしは鳥のように自由には飛べない……自分の空想のなかをのぞいては。

同じ日の夜

マンシーニさんによると、たくさんの人が逮捕《たいほ》されているそうだ。モカ市《し》では、街じゅうの人が牢屋《ろうや》に入れられた。計画に関わった者が、ひとりいたっていうだけで！　ボスの息子、トルヒーヨ二世は、父親の暗殺に関わった男、女、子ども、ひとり残らず処罰《しょばつ》するといっている。実《じっ》際《さい》には、人々《ひとびと》はひそかに「正義《せいぎ》をもたらした」といっているって、マンシーニさんが教えてくれた。たくさんの人を残酷《ざんこく》に殺してきた報《むく》いだって。

わたしも、パパやトニーおじさんは、だれかを~~暗殺~~ ~~殺した~~傷《きず》つけたんじゃない、正義《せいぎ》をもたらしたんだって考えると、だいぶ気分がよくなった。それでもやっぱり……わたしのパパが、と思うだけで――。

隠《かく》れなくちゃ。寝室《しんしつ》のドアのところで、小さなマリアのひとりの声がする。

一九六一年六月七日　水曜日の午後、くもり、もうすぐ雨が降《ふ》りそう

マンシーニさんの家族が出かけると、わたしたちはクローゼットでおとなしくしていないといけない。動きまわったり、トイレにいったりはできない（おまるはあった。でも、おしっこの音ってびっくりするほどうるさくて、おまけに暗やみだとすごく汚《よご》れてしまう）。

この家にわたしたちがいるのを知っているのは、ペーペおじさんとマリおばさんのふたりきりだった（マンシーニさんとミセス・マンシーニのことだけれど、ふたりにこうよんでほしいっ

て、たのまれた）。あとは、小さなヨークシャテリア二匹《ひき》だけ。ありがたいことに、モホもマハも、わたしとママを覚えていて、ほえなかった。わたしは勉強しにきていたし、ママはカナスタの集まりでときどききていたから。ほかには、だれも知らない。マリおばさんは、「うちの家族はそろって好奇心《こうきしん》が強いから、秘密《ひみつ》を守り通すのはたいへんだわ」っていっていた。だけど、いまは、わたしたちがここにいることを、ほかのだれかに知らせるのは危険《きけん》すぎた。

オスカルとひとつ屋根の下にいるのに、むこうはなにも知らないなんて、へんな感じ！　マリおばさんやぺーぺおじさんがオスカルの名前を口にするたびに、わたしは顔がかっと赤くなるのがわかった。ふたりとも、わたしの特別な気持ちに気づいているかな？

緊急事態《きんきゅうじたい》になったときの段取《だんど》りは決まっている。もし秘密警察《ひみつけいさつ》が捜索《そうさく》をはじめたら、（マンシーニ家以外の）だれかが寝室《しんしつ》に入ってきたら、わたしとママはそっと浴室に隠《かく》れる。浴室には小さなクローゼットがふたつあるから、一方にママが、もう一方にわたしが、いちばん奥《おく》の狭《せま》い空間まで進む。そこで、見つからないように祈《いの》りながら、じっと待つ。

一九六一年六月八日　木曜日、夕食のすぐあと、寝室《しんしつ》で

夕食のとき、マリおばさんはラジオのカリブ放送をつけて、やかましいくらいの音量にした。そのあいだにペーペおじさんは、いまでも法律《ほうりつ》で禁止《きんし》されているスワン放送に短波受信機をあわせ、ごく小さな音で流した。ペーペおじさんもママもマリおばさんも、身をのりだして、〝ほんものの〟ニュースにじっと耳をかたむけた。ふたつの放送局が流すニュースは、まるで昼と夜くらいちがっていた。

カリブ放送…米州機構《べいしゅうきこう》がドミニカへきた目的は、秘密警察《ひみつけいさつ》に協力し国の安定を保《たも》つためです。
スワン放送…米州機構《べいしゅうきこう》がドミニカへきた目的は、人権《じんけん》の侵害《しんがい》について調査《ちょうさ》するためです。

カリブ放送…囚人《しゅうじん》たちは、自分たちはきちんとしたあつかいを受けていると調査団《ちょうさだん》にのべました。
スワン放送…囚人《しゅうじん》たちは、自分たちはひどいあつかいを受けていると調査団《ちょうさだん》にうったえました。

カリブ放送…ウォッシュバーン領事《りょうじ》は解任《かいにん》されました。

スワン放送…ウォッシュバーン領事《りょうじ》は命の危険《きけん》にさらされているため、ヘリコプターで移送《いそう》されました。

どっちの放送局もひとつだけ、同じことをいっていた――計画はうまくいかなかった。将軍《しょうぐん》のプーポはラジオで自由を宣言《せんげん》せず、かわりにボスの息子が支配《しはい》することになり、あちこちで多くの人が殺された。秘密警察《ひみつけいさつ》は、家を一軒《けん》一軒《けん》調べている。共謀《きょうぼう》した人の家族をふくめ、五千人以上が逮捕《たいほ》された。

こんなこと、聞きたくない！　耳をふさぎたい！

こんなとき、わたしは日記を書きはじめる。別の声に、耳をかたむけられるから。日記は、わたしの心に波長をあわせた、三つ目のラジオだった。

だから日記を持って、浴室にこっそり入った。すぐにママによばれて、「ひとりでどこかにいくなんて失礼よ。もどって、みんなと過《す》ごしなさい」としかられた。けれど、マリおばさんは、わたしの好きにさせるようにママにいった。書くのはいいことだし、日記をつけるようになってから、わたしはまえよりずっと話すようになったのだから、と。

そういわれて、たしかにおばさんのいう通りだと気づいた。ことばがもどってきた。書くことで、忘《わす》れていたことばを、ひとつずつ思いだしているみたいだった。

一九六一年六月九日　金曜日、夜

ペーペおじさんがママに話していた。ウォッシュバーンさんがワシントンD.C.にもどり、米《べい》州機構《しゅうきこう》が面会を望む囚人《しゅうじん》のリストに、パパとトニーおじさんを加えるよう、働きかけてくれているそうだ。そうなれば、ふたりの命の危険《きけん》はかなり減《へ》るだろう。いったん米州機構《べいしゅうきこう》が名前を登録したら、秘密警察《ひみつけいさつ》がその人を消すのはかなりむずかしくなるから。

ママとマリおばさんは、毎晩《まいばん》マリアさまにロザリオの祈《いの》りをささげるようになった。すべての囚人《しゅうじん》、なかでもとくにパパとトニーおじさんを守ってくれるように祈《いの》った。

わたしは、いつもふたりといっしょにひざまずいて、お祈《いの》りした。ただ、また話せるようになったのに、「主の祈《いの》り」や「アベマリア」のことばは、どうしてか思いだせなかった。

一九六一年六月十日　土曜日、夜遅《よるおそ》く

しょっちゅう停電がある。マリおばさんが、わたしとママのために、小さな懐中《かいちゅう》電灯を買ってくれた。今夜もまた、ずっと停電していた。だから、この小さな懐中《かいちゅう》電灯のわずかな明かりをたよりに書いている。

もう、はっきりとした時間がわからない——正午と、外出禁止《きんし》になる六時にサイレンが鳴るとき以外は。電池で動く時計は、なぜかちゃんと時間を表示《ひょうじ》してくれないとかで、マンシーニ家の寝室《しんしつ》にはなかった。手巻《てま》きの時計だと、針《はり》の音がうるさすぎて、マリおばさんはいらいらしてしまう。なんだか、だれかに自分の人生を刻《きざ》まれている感じがするんだって。

なんていうか、こんなふうに閉《と》じこもって暮《く》らしていると、人がふだんはぜったいに見せないような姿《すがた》も、目に入ってしまう——たとえば、ぺーぺおじさんは白い靴下《くつした》をはかないと眠《ねむ》れないとか、マリおばさんは鼻の下のうぶ毛を毛抜《けぬ》きで抜《ぬ》くとか。

わたしについて、ふたりはどんなことに気づいただろう？　こわかったり、寂《さび》しかったりすると、左のほおのほくろをつつくくせとか？

一九六一年六月十一日　夕食後、隠《かく》れはじめてから、二度目の日曜日

日曜日はとくにつらい。いつも親せきのみんなで集まっていたから。だけど、うちとガルシア家だけになり、それからうちだけが残り、次にルシンダもいなくなって、いまはわたしとママだけ、核家族《かくかぞく》以下になった。まるで、爆撃《ばくげき》のあとに、たまたま生き残った家族みたいだった。

わたしは毎日、パパとトニーおじさんのことをママにきいた。日曜日になると、日に何度もきいていたみたい。（ママが「数えきれないほど」って怒《おこ》ったけれど、それはないと思う！）

だから今日は、一回もきかないでおこうと心に決めた。でも、夜になる頃《ころ》には、がまんできなくなっていた。「ママ、ふたりが無事かどうかだけ教えて」っていった。

ママはためらった。「ふたりは生きているわ」そういうと、ママは泣きだした。

マリおばさんがママを浴室へつれていき、わたしはぺーぺおじさんと寝室《しんしつ》に取り残された。ふたりともなにも話さなかったけれど、しばらくするとおじさんがいった。「アニータ、人は前向きに考えなければならない。そうやって、過去《かこ》の偉大《いだい》な人たちは、悲劇《ひげき》を生きのびてきたんだよ」

わたしは偉大《いだい》な人じゃないって、ぺーぺおじさんにいおうかと思った。でも、とても頭のいいおじさんがくれた助言だもの、ためす価値《かち》はあるかも？

目を閉《と》じて、前向きに考えてみる……。そのうち、パパとトニーおじさんとわたしが、いっしょに海岸を歩く光景がふっと浮《う》かんできた。わたしはとても小さい。ふたりは両側からわたしを抱《かか》え、波の上で大きくゆらしている。まるで海に放りこむみたいに。わたしはキャッキャッとはしゃぎ、ふたりも笑っていた。パパはいった。ほーら、アニータ、飛んでいけ、小さな凧《たこ》のように飛んで、風にのるんだ！

それから、誕生日《たんじょうび》のときのように、願いごとをした。パパとトニーおじさんができるだけ早く自由になって、また家族みんながいっしょになれますように。

一九六一年六月十二日　月曜日の夜、寝室《しんしつ》で、十時頃《ごろ》

ときどき、いまわたしたちが隠《かく》れている生活は、じつは映画《えいが》で、三時間で終わるんじゃないかって考えてみる。そのほうがママのいらいらにがまんするのが、ずっと楽になるから！

そして、これが、毎晩《まいばん》、明かりが消えたあと、わたしが日記を書きたがっている場面。

設定《せってい》…まっ暗なクローゼットのなか。母親はマットの上。最高に寝心地《ねごこち》のいいベッドとはいえないけれど、牢屋《ろうや》や棺《ひつぎ》のなかで眠《ねむ》るよりは、はるかにまし！

展開《てんかい》…少女は手探《てさぐ》りで、枕《まくら》の下にある日記と懐中《かいちゅう》電灯を探《さが》しだす。もの音ひとつ立てずに、クローゼットから抜《ぬ》けだそうとする。

母親…（ささやき声だが、クローゼットの外の寝室《しんしつ》で眠《ねむ》っている夫婦《ふうふ》が目を覚ますには十分な大きさの声）ふたりとも寝《ね》ているのを忘《わす》れないでよ！

少女…わかっている。（暗やみのなかで、目をむいて、うんざりした顔をする。もちろん母親には見えない。少女は浴室にいき、便器のうしろに懐中《かいちゅう》電灯を立てかけ、書きはじめる。スクリーンがぼやけ、次の場面では少女の書いている内容《ないよう》が観客に明らかになる！）

日記にもどって――。

ペーペおじさんが、わたしたちを救いだしにうちへきてくれた夜の出来事を、全部書きとめておきたい。忘《わす》れそうだからというわけじゃない。あれほどこわい思いをしたことはないもの！

わたしとママは体を丸めて、ペーペおじさんの車の後部座席《ざせき》にのりこみ、見えないように上から袋《ふくろ》をかぶせられた。運のいいことに、通りは戦車がゆっくり走っているだけだった。イタリア大使館に着くと、そこにはムンディーンがいた。ママはこっぴどくお仕置きするといっていたのに、ムンディーンが無事で、爪《つめ》をかんでいるのを見ると、ものすごく喜んだ。ムンディーンを抱《だ》きしめ、顔や髪《かみ》の毛をずっとさわっていた。でも、かわいそうなムンディーン。パパとトニーおじさんが連れ去られたというおそろしい知らせを聞いたとたん、ぼんやりして、十五歳《さい》からいきなり五十歳《さい》になったみたいだった。

そうしているあいだに、ペーペおじさんとイタリア大使が計画を考えだした。

男の子のムンディーンは、いちばん危険《きけん》にさらされているから、大使館に置いてもらう。秘密《ひみつ》警察《けいさつ》も、もしもまだ法律《ほうりつ》を守っているとしたら、ここには入ってこられない。だけど大使館には助けを求めて避難《ひなん》してきた人たちがたくさんいて、わたしたち全員はいられない。だから、ママとわたしは大使館ほど安全ではないけれど、となりのマンシーニ家にうつる。(個人《こじん》の家には、外国の領土《りょうど》あつかいされる特権《とっけん》はなかった)手段《しゅだん》が見つかり次第、三人でドミニカから脱出《だっしゅつ》する予定だ。それまでは、秘密警察《ひみつけいさつ》がすぐそばで家を一軒《けん》一軒《けん》調べているから、わたしたちは身を潜《ひそ》めて、人目につかないようにしなければならない。

最初の夜、マンシーニ夫妻《ふさい》の寝室《しんしつ》にいくと、マリおばさんが〝設備《せつび》〟を案内してくれた。「これ

〈マンシーニ家の2階〉

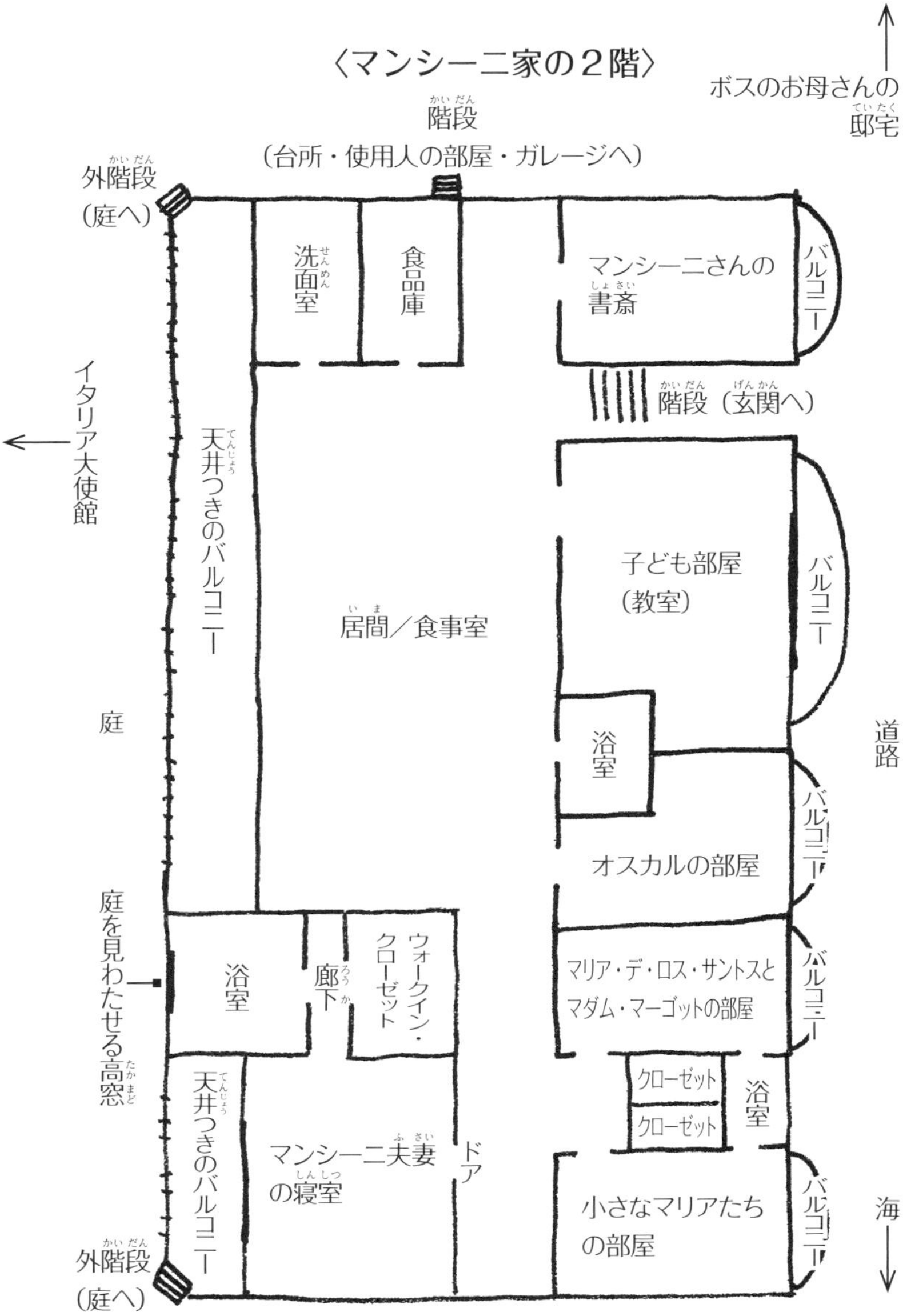
ボスのお母さんの邸宅《ていたく》
階段《かいだん》
（台所・使用人の部屋・ガレージへ）
外階段《かいだん》（庭へ）
洗面室《せんめん》
食品庫
マンシーニさんの書斎《しょさい》
バルコニー
階段《かいだん》（玄関《げんかん》へ）
イタリア大使館
天井《てんじょう》つきのバルコニー
居間《いま》／食事室
子ども部屋（教室）
バルコニー
庭
浴室
道路
バルコニー
オスカルの部屋
庭を見わたせる高窓《たかまど》
浴室
廊下《ろうか》
ウォークイン・クローゼット
マリア・デ・ロス・サントスとマダム・マーゴットの部屋
バルコニー
クローゼット
浴室
クローゼット
天井《てんじょう》つきのバルコニー
マンシーニ夫妻《ふさい》の寝室《しんしつ》
ドア
小さなマリアたちの部屋
バルコニー
海
外階段《かいだん》（庭へ）

が食堂」とおばさんは雑誌《ざっし》の置いてあるベッド横のテーブルを指した。「寝室《しんしつ》はここよ」とウォークイン・クローゼットを見せてくれた。それから細い廊下《ろうか》をぬけると、「ここが浴室で、居間《いま》で、中庭よ」といった。おばさんは、わたしたちを笑わせようと気をつかってくれていた。

荷物を出しはじめると、日記が出てきたから、びっくりした！　そのとき、チューチャが日記をつかんで、わたしの洗《せん》たく袋《ぶくろ》に入れたのを思いだした。

ああ、チューチャにとっても会いたい！

一九六一年六月十三日　火曜日の夜

今日、ぺーぺおじさんがうちの前を車で通ったら、秘密警察《ひみつけいさつ》がうじゃうじゃいたんだって。ベンバ放送――これは人々《ひとびと》のうわさ話のこと。おしゃべり放送ともいう――によると、いま、うちの敷地《しきち》は、秘密警察《ひみつけいさつ》の取り調べ施設《しせつ》になっているらしい。わたしの部屋でなにが起きているか、考えただけでぞっとする。

チューチャはどうしていますか？　わたしはきいた。チューチャになにかあったらと思うと……。

チューチャは元気だよ！　ぺーぺおじさんはきっぱりといった。わたしたちがおじさんに連れられて避難《ひなん》した翌日《よくじつ》、チューチャも家を出たそうだ。街まで歩き、ウィンピーさんのお店へいって、掃《は》き掃除《そうじ》の仕事をもらったんだって。なんだか信じられない。だけど、ウィンピーさんは、ペーぺおじさんが連絡《れんらく》を取りあっているうちのひとりだから、そこにいればわたしたち家族のそばにいるような気がするのかもしれない。そう思わない？

チューチャがウィンピーさんのお店にいるって考えただけで、わたしはにっこりしてしまう。

一九六一年六月十四日　水曜日の朝、朝食のあと

マリおばさんがいちばん大変なのは、三度の食事の心配をしなければならないこと！

朝食は、料理人がくるまえに、まずペーぺおじさんの分を用意して、寝室《しんしつ》に持ってくる。だから、朝食で困《こま》ったことはない。パン、マーマレード、チーズ、ポットに入ったコーヒー、牛乳《ぎゅうにゅう》、新鮮《しんせん》なくだものを少し余分《よぶん》に運べばいい。おばさんがドアにかぎをかけたら、わたしとママはさっとクローゼットから出て、朝食を食べる。ふたつあるカップは、ひとつはわたしとママ、もうひとつはマリおばさんとペーぺおじさんがいっしょに使う。

夕食はこれまで、マリおばさんとペーぺおじさんは食堂で食べていた。けれどいまは、ニュースを静かに聞きたいといって寝室《しんしつ》に運び、ふたり分の食事を四人で食べる。

問題は、お昼の食事だった。いつも家族そろってきちんと食事をするから。そこでマリおばさんは、ひざに置いたテーブルナプキンの下に、ビニール袋《ぶくろ》をしのばせた。たくさん料理をとっては、ゆっくりと食べる。オスカルも、オスカルの妹三人も、マリア・デ・ロス・サントスも、マリおばさんよりもずっと早く食べおえて、席を立つ。するとおばさんは、わたしたちのために、お皿の上の食べものをすばやくビニール袋《ぶくろ》にかき入れた。ビニール袋《ぶくろ》にごちゃまぜに入った食べものなんて、あまり食欲《しょくよく》がわかない。でも、パパやトニーおじさんや、牢屋《ろうや》に入れられているほかの人たちがなにを食べているかを考えると――考えたくないけれど――、ありがたく感じて、マリおばさんが食べ残しの始末に困《こま》らないように、食べなくちゃって思う（モホとマハだって、そんなには食べられないから）。

ぺーぺおじさんは、マリおばさんをよくからかった。ビニール袋《ぶくろ》のあつかいがかなりうまくなったから、もし仕事が必要になったら、きっと秘密警察《ひみつけいさつ》が雇《やと》ってくれるよって！

一九六一年六月十五日　木曜日の夜、隠《かく》れてからもう二週間!!!

お昼すぎに浴室で日記を書いていたら、小さなマリア三人が庭で遊ぶ声が聞こえた。青空の下で暖《あたた》かい日《ひ》ざしをあびている三人が、ねたましくてたまらない。

それから、考えはじめた。パパとトニーおじさんは、ちらりと空を見ることも、新鮮《しんせん》な空気を吸《す》うこともできないかもしれない。食事も、ひと口も食べていないかもしれない。前向きな考えがみんな、窓《まど》から逃《に》げていった。ほおをたたいても、ぜんぜん止められない。涙《なみだ》がどっとあふれる。ぜったいに泣かない女の子なんて、もう無理。

泣いているわたしを、ママがしかりだした。「いったいどうしたの、アニータ。がまんしなくちゃだめでしょう。お願い、もう大きいんだから」

それを聞いて、わたしはもっと泣いた。

マリおばさんがわたしを浴室へ引っぱっていき、ドアを閉《し》めると、小声でいった。「アニータ、お母さんはたいへんな心労を抱《かか》えているの。だから、わかってあげなくてはだめよ。そして、日記は書きつづけてね。手を止めてはだめ。心を落ちつけて。マリアさまに祈《いの》るのよ」

「わたしの、勇敢《ゆうかん》で美しい、めいっ子なんだから」マリおばさんはそういいそえると、わたしを抱《だ》きしめた。

一九六一年六月十六日　金曜日、夕食のあと

もうびっくり、手紙がくるなんて！

ムンディーンが短い手紙を書いて大使にわたすと、大使がぺーぺおじさんにわたしてくれるの。わたしたちからの返事は、その逆《ぎゃく》。おとなり同士なのに、手紙でやりとりしなくちゃならないなんて、ものすごくへんな感じ！　万が一ほかの人に見られたら困《こま》るから、ムンディーンは隠《かく》れ場所をはっきりと書かない。パパとトニーおじさんのことがとても心配だけれど、自分は元気だって。今日のは、わたしだけに宛《あ》てた手紙だった。たぶん隠《かく》れ場所からだと思うけれど、ムンディーンはマリア・デ・ロス・サントスがベランダでどこかの若《わか》い男の人とすわっているのを見かけたんだって。それでわたしに、なにか知らないか教えてほしかったみたい。

こんなときに、彼女《かのじょ》のことを考えているなんて、信じられない！

だけど、そういうわたしも……オスカルのことをしょっちゅう思いだしていた。チューチャがよくいっていた。猫背《ねこぜ》の人が、ラクダのこぶを笑うようなものだって。

今夜、夕食のとき、マリア・デ・ロス・サントスに彼氏《かれし》がいるのか、おじさんとおばさんにそ

れとなくきいてみよう。

モホとマハがひざによじのぼったり、ペンをかんだりしてじゃますするから、日記が書きにくい。二匹《ひき》とも、頭のてっぺんの毛をおさげにして、ピンクと青のリボンを結んでいる。なんだか女の人が背中《せなか》に髪《かみ》を長くたらしている姿《すがた》と似《に》ていた。

「いい子にしていて」と二匹《ひき》にいう。書きつづけなくちゃ、と自分にいいきかせる。

一九六一年六月十七日　土曜日の夜

わたしの潜伏《せんぷく》生活についての映画《えいが》から、もうひと場面。

設定《せってい》…娘《むすめ》と母親は、ふたりをかくまう夫婦《ふうふ》といっしょに、寝室《しんしつ》にすわっている。聴《き》いていたラジオを消す。

少女…（いたって無邪気《むじゃき》に）マリア・デ・ロス・サントスは元気ですか？

妻《つま》……ええ、とても元気よ。マリアさまのご加護《かご》のおかげね。

少女…マリア・デ・ロス・サントスって、つきあっている人はいるんですか？

妻《つま》……（首をふりながら）あの子に彼氏《かれし》がいなかったときなんて、あったかしら？

夫……（短波放送を聴《き》いていたが、はっと顔をあげて）なんだって？　きみは、娘《むすめ》のところに男が訪《たず》ねてくるのを許《ゆる》していたのか？

妻《つま》……（両手を腰《こし》に当てて）許《ゆる》す、ですって？　ああしろこうしろといわれて、あの子が聞くと思っているの？　あなたも、気づかないなんて、どこにいたのかしら？　となり町の中国人だって、知っているわ。

（すぐにふたりは本気でいいあらそいをはじめ、母親と少女はそっとクローゼットにもどった。母親は娘《むすめ》に向きなおった）

母親…アニータ、あなたのせいよ、わかっているの。ふたりとも、本当にいい人たちで、こんなにお世話になっているのに。

（少女はかたく口を閉《と》じていた——だれかがこの場の平和を守らなくては！）

一九六一年六月十八日　日曜日、午後遅《おそ》く、太陽がさんさんと輝《かがや》いている

いちばん好きじゃない曜日だけれど……今日は、マリおばさんがカナスタの仲間をバーベキューに招《まね》いてくれたおかげで、がまんできた。もちろん、わたしたちが隠《かく》れていることは、だれも知らない。だけど、ママがあまりに落ちこんでいるから、窓《まど》から昔なじみの仲間をこっそり見るだけでも、気持ちが明るくなるんじゃないかって、おばさんは考えたみたい。じつは、カナスタに集まっていた全員が、あの計画を支持《しじ》する人たちの奥《おく》さんだった。

「それなら、どうしてわたしたちみたいに隠《かく》れていないの？」わたしはママにきいた。

「あの人たちのご主人は、直接《ちょくせつ》関わっていないからよ」とママはいった。「それに、うちの家族はいちばんきびしい立場におかれているの。だって、ボスの遺体《いたい》は、パパの車のトランクで発見されたんだから」

ふいに、わたしは気づいた。まるひと晩《ばん》、わたしたちは車庫に死体を置いたまま、過《す》ごしたんだってことに！　すごく不気味。同時に、ばかじゃないのって思う。なぜパパとトニーおじさんは、ボスの遺体《いたい》をうちに置いておいたの？　秘密警察《ひみつけいさつ》が調べにきたら、見つかるに決まっているでしょ？

いつもだったら、わたしがあれこれたずねると、ママは泣きだすか、かんしゃくを起こすかする。でも今日は、隠《かく》れはじめてから、これまで見たことがないほど落ちついていた。わたしたちは交代で便器の上にのって、高窓《たかまど》から外をのぞいた。ママは、目に入ったことをみんな教えてくれる。まあ、かわいそうに、イーサはひどくやせてしまったわ。あら、マリクーサは髪《かみ》を切ったのね。アニーはおなかにふたごがいるみたい。

わたしの番になると、ひとりの少年に目が引きよせられた。離《はな》れたところで、ひとりで本を読んでいる。それから、はっと気づいた。オスカルだ！　何週間も会っていないせいかもしれないけれど、まえよりずっと大人っぽくなって、おまけにとてもハンサムだった。わたしは自分の番がくるたびに、オスカルを見つめた。

わたしも、もっと本が読みたい。ここにきてそろそろ三週間がたつけれど、これまでにやったことといえば、マリおばさんの雑誌《ざっし》をぱらぱらとめくり、ママとトランプ・ゲームをして、ラジオを聴《き》き、日記を書いただけ。本を読めば、時間はあっという間に過《す》ぎて、パパやトニーおじさんやわたしたちにこれからなにが起きるのかを考えて、気がめいることもなくなるかもしれない。

それで、子ども部屋から本を持ってきてもらえないか、マリおばさんにたのんでみた。

どの本がいいの？　とおばさんはきいた。

わたしは肩《かた》をすくめ、わたしが好きそうな本を選んできてほしいとこたえた。

一九六一年六月十九日　月曜日の夜

今夜、マリおばさんはこういった。いやだわ、アニータに本を持ってくるのをまた忘《わす》れたわ。まずは、この本でどうかしら。おばさんは、マリアさまの人生についての本を渡《わた》してくれた。

わたしは読んでみようとしたけれど、あまりおもしろくなかった。

だからかわりに、鏡の前で新しい髪型《かみがた》をためしてみた。髪《かみ》の毛をうしろにひとつにまとめてポニーテールにした女の子を、オスカルはどう思うかな。

一九六一年六月二十日　火曜日、夜遅《よるおそ》く

ぺーぺおじさんに、もっと本が読みたくてたまらないと伝えると、すばらしい思いつきだといわれた。おじさんは、刑務所《けいむしょ》や地下牢《ちかろう》に入れられても、偉業《いぎょう》をなしとげた人たちの話をくわしく話してくれた。はるか昔の植民地時代、ある修道女《しゅうどうじょ》は、頭のなかで山ほど詩を作ったんだって。マルキ・ド・サドは投獄《とうごく》されているあいだに小説を書き、ほかのだれかは辞書をまとめあげ、別の人は新しい印刷機を考えだした。わくわくする話ばかりだったけれど、わたしには無理。わたしはひたすら本を読んで、日記をつけることになりそう。

この有名になった人たちはみんな、投獄《とうごく》されているときにあることに気づいたって、おじさんはいった。それは、頭がおかしくならないようにするには、日課をきちんとこなすのが大切だってこと。すぐに、チャーリー・プライスに頭がおかしいっていわれたことを思いだした。わたしも予定表を作って、毎日きちんと過《す》ごすことに決めた。

隠《かく》れ家《が》での、アニータ・デ・ラ・トルレの予定表

朝／起床《きしょう》…ママを起こさないようにそっと布団《ふとん》から出て、前屈《ぜんくつ》（二十回）、腰《こし》まわりをしめる体操《たいそう》（二十五回）、それからルシンダに教わった胸《むね》を大きくする体操《たいそう》（五十回）をする。

シャワーと着がえ…チューチャのように歯がなくなったらいやだから、最低一分は歯をみがく。シャンプーは週に二回。一日中パジャマやムームーのままでいるのは厳禁《げんきん》！　ぺーぺおじさんによると、マルキ・ド・サドは投獄《とうごく》されているあいだ、身だしなみに気をつけて、髪《かみ》に粉をふりかけたかつらをかぶり、礼服を着ていたんだって。それにイギリスの貴族《きぞく》は、ジャングルのなかでも白い麻《あさ》のシャツを着て、自分たちが長く世界を牛耳《ぎゅうじ》ってきたことを見せつけていた。ボスも着るものにはひどくうるさくて、とほうもない権力《けんりょく》を持っていたと、ペーペおじさんにいおうとしたけれど……やっぱりだまっていたほうがいいと思った。

朝食のあいだ…ペーペおじさんから、新しいことをひとつ教わるようにする。おじさんはまちがいなく天才で、なんでも知っているし、五カ国語をかんぺきに話せる。

朝食のあと…ためになる本を読む（マリおばさんが忘《わす》れずに持ってきてくれたら）。日記を書く。たいくつした気分にならないようにする。ペーペおじさんは、たいくつは心が貧《まず》しくなったしるしだって、いっていた――ぜったいに、それはいや!!!

正午／昼食…マリおばさんが昼食の入った袋《ふくろ》をこっそり持ってきてくれるまで、お腹《なか》がごろごろ鳴らないように気をつける。ナスが、ごはんや豆や残ったチキン（いつも、もも肉。わたしは好きじゃない）とぐちゃぐちゃになっていても、いやな顔をしないようにする。だって、もの乞《ご》いする人は、すりつぶした料理用バナナにタマネギをそえてくださいなんてたのめないのよって、ママもいっていた（わたしはすりつぶした料理用バナナにタマネギなんて、きらいだけれど！）。それになにより、ママにやさしくする。

午後／自由時間…日記を書く。昔の楽しかった頃《ころ》について、ママと話す。マリおばさんは、ママを元気づけるには、それがなによりよっていう。ひっきりなしに外から聞こえてくる、通りを走る戦車の音や、宮殿《きゅうでん》の方角からの銃声《じゅうせい》、そして六時になって外出禁止《きんし》を知らせるサイレンが鳴ったとたんの静けさについては、考えないようにする。

夜／夕食を食べる…たいてい、いちばんいい食事。ぺーぺおじさんは一日に一回はパスタを食べなくちゃだめっていう人で、わたしもパスタは大好き。おじさんは、わたしにはイタリア人の血が流れているにちがいないっていう。すると、案《あん》の定《じょう》、ママとマリおばさんは家《か》系図《けいず》をつくりはじめた。

夕食後…スワン放送を聴《き》く。七千人が逮捕《たいほ》され、遺体《いたい》は崖《がけ》から海へ投げすてられてサメのえさになり、戦車にのった軍の司令官たちは、人が隠《かく》れていそうな場所を手当たり次第に撃《う》ちまくっている。そんなニュースに落ちこまないようにして、そのかわりに……前向きに考える！　おじさんたちと話して、とにかく前向きに考える！　日記を書き、マリおばさんの雑誌《ざっし》をながめ、いやな考えはなんとか追いはらって、気がおかしくならないようにする。

就寝《しゅうしん》…十時頃《ごろ》に明かりは消すけれど、わたしは浴室で本を読んだり、日記をつけたりして起きている。ただし、おじさんやおばさんのじゃまにならないよう、もの音を立てないこと。お説教好きなママに、そういわれた。毎晩《まいばん》このお説教がはじまるたびに、わたしは目をむいたり、うんざりした顔をしたりしないように気をつけながら、おとなしく耳をかたむける。

眠《ねむ》りにつくまえ…パパとトニーおじさんといっしょに海岸にいるところを思い描《えが》く。海に投げこまれる遺体《いたい》のことは考えないようにして、前向きに考える。砂浜《すなはま》があって、風が髪《かみ》をなでるのを想像《そうぞう》する。すると、パパがいう。飛びたて。トニーおじさんは笑っている。ふたりは、わたしを空へと大きく放りあげる。

×××××
××××

(日記をつけそこなった日は、×印をつける!)

一九六一年六月三十日　金曜日、浴室にて、とても暑い夜

わかっている、わかっている。九日間、ひと文字も書かなかった。

予定表を書きあげた夜にこわい思いをしてから、どうしても日記をつけられなかった。

本当におそろしいことが起こったの!!!　浴室からクローゼットにもどって寝《ね》ようとしたとき、

だれかが庭で動いているような音が聞こえた。夜警《やけい》は十時頃《ごろ》見まわりをすませて、そのときはもう十一時を過《す》ぎていた。

それで、ママを起こした。ママはよく「一睡《いっすい》もしていない」というけれど、わたしが寝《ね》にもどるといつもぐっすり眠《ねむ》っている。それから、ぺーぺおじさんとマリおばさんを起こした。ふたりはモホとマハをベランダに放った。二匹《ひき》はかけだし、階段《かいだん》をおりて庭へ出て、吠《ほ》えたり、うなったりした。それから、銃声《じゅうせい》が聞こえた。ベランダからマリおばさんが叫《さけ》んでいる。モホ！ マハ！ でも、返事はない。ぺーぺおじさんが、おばさんを引っぱり、家のなかへ入れようとする。そうしているうちに、一階の玄関《げんかん》でだれかがドアを叩《たた》く音がして、おじさんは急いでガウンを着た。

わたしたちは、緊急事態《きんきゅうじたい》になったときの段取《だんど》りにうつった——わたしとママは、浴室にあるクローゼットにすばやく潜《もぐ》りこみ、奥《おく》のせまい空間に入る。板の一枚《まい》ががたついていて、ミシッ！ と、ぎょっとするような音をたてた。わたしはもう死ぬんじゃないかと思うほど、こわかった！ 待ったのは二十分くらいのはずだけれど、永遠《えいえん》かと思うほど長く感じた。わたしの心臓《しんぞう》はばくばく鳴っていたから、きっと家じゅうに聞こえていたと思う。それから、とんでもないことを思いだした。ママを起こしにクローゼットへ急いだから、日記をトイレのうしろに置いてきちゃったの！　まさかこっそり出てとってくるわけにはいかないし、ママにもいえない。だって、ヒステリーの発作を起こして、その場で死んじゃうかもしれないもの。

少しして、ペーペおじさんがもどってくると、わたしたち四人はクローゼットの床《ゆか》にすわった。

ペーペおじさんが、なにが起きたかを話してくれた。

秘密警察《ひみつけいさつ》が玄関《げんかん》にあらわれ、大使館から敷地《しきち》内に侵入者《しんにゅうしゃ》がいるという通報《つうほう》を受けたといった。

（うそっぱち！）ところが、その秘密警察《ひみつけいさつ》の指揮官《しきかん》が、ペーペおじさんと知りあいだってことに気づいた。おじさんの義理《ぎり》の弟がお医者さんで、その指揮官《しきかん》の娘《むすめ》の虫垂炎《ちゅうすいえん》を治療《ちりょう》して、命を救ったんだって。ペーペおじさんがなかに入って捜索《そうさく》してくださいというと、恩《おん》を感じていた指揮官《しきかん》は、その必要はありませんってこたえた。そして、しばらく玄関《げんかん》でおじさんと話してから、秘密《ひみつ》警察《けいさつ》は去った。

ペーペおじさんが話しているあいだ、マリおばさんはじっと黙《だま》っていたけれど、またモホとマハのことで泣きはじめた。

次の朝、夜警《やけい》が、二匹《ひき》の犬の死体を見つけたと報告《ほうこく》した。

かわいそうなマリおばさんは、泣き通しだった。こんなことになったのはわたしたちのせいだから、ママもわたしもつらくてたまらなかった。おまけに、わたしは日記を開いたまま置きっぱなしにしちゃったから、よけいに落ちこんでいた。もし秘密警察《ひみつけいさつ》が入ってきて、日記を見つけていたら、どうなっていただろう？　わたしの不注意のせいで、ふたりそろって殺されていたかもしれない。

何日間も、わたしは日記にひと文字も書けなかった。三つ目のラジオは消してしまった。でも、それから考え直した。ここであきらめたら、向こうの勝ちって決まってしまう。わたしたちはなにもかも、わたしたちになにが起きているか語ることさえ、取りあげられてしまう。

だから、今夜、わたしはペンをとった。手がふるえようと、わたしの心を書きしるす。

一九六一年七月一日　土曜日の朝

新しい月になって、ふたつ決心した。
一、なんでもいいから、毎日、日記をつける！
二、いつどんなときでも、日記は隠《かく》しておく!!!　夜はわたしのマットレスの下、昼はマットレスを丸めるから、マリおばさんの毛皮のコートのポケットに入れる。日記はすっかりわたしの分身だから、日記が見つかるのは、わたしが見つかるようなもの。だから、しっかり隠《かく》しておかなければならない。

日記を書いていると、背中《せなか》に羽が生えたような気分になる。空を飛んで、上から自分の人生をながめながら、アニータ、自分で思うほどあなたの人生って悪くないよって、考える。

一九六一年七月二日　日曜日の午後

パパのことを心配して、また憂《ゆう》うつな日曜日だった。最後に会ってから、一カ月以上経《た》つ。ときどき、パパがどんな姿《すがた》をしていたか忘《わす》れそうになって、落ちこむ。だって忘《わす》れてしまったら、わたしのなかからパパが永遠《えいえん》にいなくなってしまうもの。

こんなふうになると、予定表通りにするのも、日記を書くのも、オスカルのことを思うのも、どうでもよくなってしまう。ただ、クローゼットのなかで、マットレスに寝《ね》ていたい。ママは、こんなわたしを見て、うろたえる。

おやめなさい、アニータ、とママがしかる。一日中寝《ね》っころがっているなんて、とんでもないわ。いったい、なにさまのつもり？　シバの女王さま？

いってみれば、ウォークイン・クローゼットの女王ってところかな。

一九六一年七月三日　月曜日の夜

今日は、小さなマリアたちのおかげで、本当にこわい思いをした。マリおばさんが、ウィンピーさんのお店に食料を買いだしにいくとき、いつも通りに寝室《しんしつ》のかぎをかけたつもりで、じつはかかっていなかった。わたしとママはウォークイン・クローゼットにいて、空気を入れかえて光を取りこむために、クローゼットのドアを開けていた。トランプで神経衰弱《しんけいすいじゃく》をしていて、静かにしていたけれど、とくに気をつけてはいなかった。そのとき、ふいに三人が寝室《しんしつ》に入ってきた。

「ママに怒《おこ》られるよ」とひとりがいった――どのマリアか、わたしにはわからなかった。

「大丈夫《だいじょうぶ》だもん！」もうひとりがこたえる。「ママは知らないから」

それから、引き出しを開ける音と、くすくす笑う声が聞こえた。「ぬりすぎだよ」ひとりがいう。三人は化粧台《けしょうだい》の前で、口紅《くちべに》や香水《こうすい》をつけているらしい。わたしも、ママの寝室《しんしつ》でよくやったっけ。

「なにやってんの！　こぼれちゃったじゃない」

すると、ひとりがいった。「ママのクマを見にいこうよ」それって、このクローゼットにかかっている、マリおばさんの毛皮のコートのことだ。

わたしとママは凍《こお》りついた。床《ゆか》には、トランプが広がっている。ひろいあつめる時間も、浴室のクローゼットへいく時間もない。わたしたちは、かかっている服のあいだに入って、奥《おく》までいくしかなかった。

突然《とつぜん》、だれかが部屋に入ってくる音がした。「おまえたち、なにしているんだよ？　寝室《しんしつ》に入ったらだめっていわれてるだろ」オスカルの声だ！　もうずっと聞いていなかった。まえよりも低くなって、男の子っていうより、男の人の声みたい。

マリアたち三人はあわてて逃《に》げたけれど、好奇心《こうきしん》の強いオスカルはそのまま残り、あたりを見まわした。すぐに角を曲がって狭《せま》い廊下《ろうか》を歩く足音が聞こえた。それから、ウォークイン・クローゼットに入ってきた。かかっているスーツやドレスにふれていたけれど、ふいに動きを止めた。なにかを目にしたみたい。オスカルはだまったまま、静かにあとずさりしてクローゼットから出ると、ドアを閉《し》めた。

わたしとママは、帰ってきたマリおばさんの声が聞こえるまで、そのまま隠《かく》れていた。「まあ、なんてことかしら！」おばさんが叫《さけ》んだ。「ドアのかぎをかけずに出かけちゃったのね」

クローゼットの床《ゆか》には、神経衰弱《しんけいすいじゃく》のトランプがひろげっぱなしになっていた――中央のカードは全部ふせたままで、数字が見えない。でも一枚《まい》だけ、めくってあった。ハートの女王だった！

一九六一年七月四日　火曜日の早朝

朝食のまえ、浴室の窓《まど》に小石が当たるような音が聞こえた。もう一回。万が一のことがあるから、外を見る気にはなれなかった。だけど、三回目にコツン！と音がすると、わたしは好奇心《こうきしん》をおさえきれなくなって、高い窓《まど》からちらっとのぞいてみた――。

庭にオスカルがいて、こちらを見あげていた。わたしは、見つかるまえに、さっと首を引っこめた。

そのあと、オスカルはわたしに気づいたかな？　って、ずっと考えていた。

それで、たったいま、トランプのハートの女王を、窓《まど》のすき間《ま》から外へ飛ばしてみた。カードは、下の庭に落ちた。

一九六一年七月五日　水曜日、昼寝《ひるね》のあと

昨日はアメリカの独立《どくりつ》記念日を祝って、ウィンピーさんはお店の裏《うら》でバーベキューをしたらしい。マンシーニ家も招《まね》かれた。ペーペおじさんによると、ウィンピーさんはわたしたちがどこにいるかを知っていて、わたしたちの安全を確保《かくほ》するために、あらゆる手をつくしてくれているんだって。具体的にどういうことなのか、よくわからなかったけれど。

「チューチャはいましたか？」わたしは、マリおばさんにたずねた。

そうしたら、いたって！　オスカルと、ずっと話していたみたい。

わたしは、ほおの、オスカルにキスされたところに手を置いて、心を落ちつけようとした。だけど、どんどん想像《そうぞう》がふくらんでしまう。ふたりが話していたのは……わたしのこと？

オスカルは、今朝早くに、また外からこっちを見あげていた！

一九六一年七月六日　木曜日、夜のニュース

今夜、ちょっとうれしいことがあった。マリおばさんが『アラビアン・ナイト』を持ってきてくれた。この本は、わたしが小さい頃《ころ》からのお気に入り。わたしの笑顔を見て、マリおばさんは、「あの子のいう通りだったわ」っていった。

きいてみると、今朝、オスカルに同い年くらいの子におすすめの本をたずねたら、『アラビア

ン・ナイト』を引っぱりだしてきたんだって。

本を開くと、しおりが入っていた――トランプのハートの女王が！

一九六一年七月七日　金曜日の夜

オスカルと秘《ひそ》かにやりとりをしているのかもしれないって気づいただけで、毎日が輝《かがや》きだした。浴室ですごす時間がぐっと増《ふ》え、新しい髪型《かみがた》をためしてみる。

午後、髪《かみ》のことでぶつぶついうわたしを見て、ママはいった。まったく、ここでいったいだれに見てもらうつもりなの、アニータ？

わたしはかっと赤くなった。たしかに、ママのいう通り。それでも、ペーペおじさんがいっていた、マルキ・ド・サドについて話した。ママは、チューチャがよくいっていたことわざを返してきた――絹《きぬ》を着ようと、サルはサルのまま！

夕食のあいだ、ペーペおじさんは、人間は本来持っている能力《のうりょく》のうち、ほんのわずかしか使っていないという話をずっとしていた。この皿を脳《のう》みそ全体だとすると、われわれが使っているのは、この米ひと粒《つぶ》分だけ、とおじさんはいった。アインシュタインは、たぶんこのアボカドひと切れくらいだ。ガリレオですら、キャッサバのパティほどのものだろう。

(わたしは、髪《かみ》の毛をとかしたり、自分がちゃんとかわいいかどうか悩《なや》んだりして、どのくらい能力《のうりょく》を無駄《むだ》にしているんだろう!)

能力《のうりょく》を最大限《さいだいげん》に使っているって、どうやってわかるの? とわたしはおじさんにきいた。でも、おじさんが口を開くまえに、マリおばさんがいった。「いつ、脳《のう》みそをしっかり使うか、わたしが教えてあげるわ——夕食が冷めるまえに食べようって、気がつくときよ」すると、ペーペおじさんはにっこりして、夕食を食べはじめた。

一九六一年七月八日　土曜日の夜

『アラビアン・ナイト』を読み返すうちに、わたしは考えはじめた……この物語に出てくるようなことって、本当にあるのかな? ある娘《むすめ》が、冷酷《れいこく》な王に殺されないために、たくさんのお話を語るなんてこと。たとえば、ルシンダを望んだみたいに、ボスがわたしを寝室《しんしつ》に連れていくとしたら、どうしよう? わたしは、ボスの邪悪《じゃあく》な心が変わるような話ができる? それとも根っからの悪人だと、なにがあっても動じないで、だれにも心を開かないのかな?

ペーペおじさんにきいてみると、それに答えられたら百万ドルもらえるような質問《しつもん》だっていわれた。ニーチェ（?）やハイデガー（?）とか、たくさんの偉大《いだい》な思想家が一生懸命《いっしょうけんめい》考えたけれど、納得《なっとく》いく答えにたどりつけなかったんだって（もちろん、その人たちは、わたしよりもずっとたくさん脳《のう》みそを使っていたんだろう）。

マリおばさんは、またオスカルにおすすめの本をたずねてみるって、約束してくれた。

一九六一年七月九日　日曜日、夕方近く

マンシーニ家が友だちを訪《たず》ねて海岸へいったから、一日中ママとふたりきりだった。家は戸締《とじ》まりされ、メイドはみんな一日休みをもらった。家のなかは、不気味なほど静かだった。だからほんの少しでももの音がすると、わたしたちはびくっとした。

ママとわたしはしばらくトランプをして、それから浴室へいった。ママがわたしの髪《かみ》の毛をバレリーナみたいなおだんごに結って、口紅《くちべに》とほお紅《べに》ですこしお化粧《けしょう》してくれた。

できあがった姿《すがた》を鏡でじっと見ながら、わたしはママにきいた。「ママ、わたしって、ほんのちょっとだけ、オードリー・ヘップバーンに似《に》ていると思わない?」

「もっと、ずっと美人よ」とママ。

ママが、こんなにやさしいことをいってくれるなんて！　ずっといらいらし通しで、ちっともほめてくれなかったんだもの。わたしはふり返って、骨《ほね》が砕《くだ》けそうなくらい、ママにぎゅっと抱《だ》きついた。

「ほら、ケガなんかしないでちょうだい」とママは笑った。「いまはお医者さんへいくわけにいかないんだから」

日曜日の夜遅《よるおそ》く

海岸から帰ったマリおばさんは、オスカルと小さなマリアたちが集めた貝がらを持ってきてくれた。

わたしはひとつ選び、クローゼットにもどった。茶色の小さな斑点《はんてん》がついた、つやつやした巻《ま》き貝《がい》。だけど、女の子が貝がらを手もとに置いておくと、死ぬまでお嫁《よめ》にいけないって、チューチャがよくいっていたのを思いだした。それで、マリおばさんに返して、わたしが結婚《けっこん》するまで預《あず》かっておいてくださいって、お願いした。

おばさんは、ちょっとおどろいたみたい。

ちょうどそのとき、ぺーぺおじさんがとなりの大使館から、とってもうれしい知らせを持って帰ってきた。もうすぐ、ムンディーンがドミニカを出られるんだって！　港に、マイアミに向かうイタリアの巡航船《じゅんこうせん》が停泊《ていはく》しているらしい。大使は、わたしたち三人全員をのせたかったみたいだけれど、身元不明の乗客はひとりしか受けいれられないって、船長はいった。どの港でも、秘密警察《ひみつけいさつ》が出国する船を厳重《げんじゅう》に監視《かんし》しているから、人数が増《ふ》えるほど危険《きけん》も大きくなる。

ママはムンディーンを心配して、うまく脱出《だっしゅつ》できるかどうか気をもんでいるうちに、パパとトニーおじさんの心配をはじめた。もう精神安定剤《せいしんあんていざい》がなくなって、ママはよく眠《ねむ》れていない。マリおばさんが、どこの薬局でも売り切れだっていっていた。国じゅうの人が、精神安定剤《せいしんあんていざい》を飲んでいるのかも。

一九六一年七月十一日　火曜日の夜

昨日の夜、クローゼットのマットレスの上に寝《ね》ていたとき、ママが砂糖《さとう》きび農園で育った頃《ころ》の話をしてくれた。そこには、おじいちゃんが住みこみ医師《いし》として働いていた。なんだか、ママととても仲がよかった昔にもどったみたいだった。

いちばんおもしろかったのは、ママが十五歳《さい》になったときの話だった。おじいちゃんとおばあちゃんは、豪華《ごうか》な誕生日《たんじょうび》パーティーを開いてくれた。ママは花嫁《はなよめ》みたいな白いドレスを着て、農園で働くお菓子職人《かししょくにん》が特別に作ってくれた砂糖菓子《さとうがし》のティアラをつけた。

パーティーが終わると、本当はティアラをとっておきたかったのに、弟のエディベルトおじさんが見つけて、砂糖《さとう》でできたバラ飾《かざ》りをしゃぶりはじめたんだって。それで、残ったのは、針金《はりがね》の枠《わく》だけ！

これを聞いたら、みんな笑うでしょう？　ママも笑った。でも、わたしは、自分の心臓《しんぞう》が食べられたみたいに泣いてしまった。

「そうそう、女王のこと、覚えているかしら」とママがいった。「もう六年も前のことだけれど、ボスの娘《むすめ》がアンへリータ女王一世になったの。アニータはまだ小さくて、新聞で八万ドルもする、シルクのばかげたドレスを着た女王を見て、こうきいたのよ。ママ、これがわたしたちの女王さま？　メイドがまわりにいたから、ママはなんてこたえればいいのかわからなかったわ。それで、こうこたえたの。本当はドミニカに王室はないけれど、お父さんがアンへリータを女王にしてあげたんでしょうね。それからしばらくアニータは、誕生日《たんじょうび》やクリスマス、ベレンおばあさんの日や公現祭《こうげんさい》になにがほしいかきかれると、自分もパパに女王にしてもらいたいってこたえていたわ。それで、次の年の誕生日《たんじょうび》のこと、覚えている？　パパがマシュマロでかんむりを作ってくれたのよ。アニータはお日さまの下で一日中かぶっていて、とろうとしなかったから、マシュマロがとけだして髪《かみ》の毛についちゃったっけ。洗《あら》い流すのに時間がかかったわね」

パパのことを考えて、わたしもママもだまりこんでしまった。クローゼットの暗やみのなかで寝《ね》転《ころ》がりながら、パパとトニーおじさんといっしょに海岸を歩いたことを思いだす。砂浜《すなはま》に風がそよぎ、トニーおじさんがアニータを海に放りこめって冗談《じょうだん》をとばし、パパは笑いながらぎゅっとわたしをつかみ――。

わたしがママの手をにぎろうとして手をのばした、ちょうどそのとき、ママもわたしに手をのばしていた。

一九六一年七月十二日　水曜日の夜

ウィンピーさんとウォッシュバーンさんは、できるかぎりのことをしてくれている。だけど、パパとトニーおじさんの名前は、米州機構《べいしゅうきこう》の人たちがきたときに面会した囚人《しゅうじん》のなかに入っていなかった。これがいいきざしでないことは、ママにいわれなくてもわかった。

この面会で囚人《しゅうじん》たちが語った話を、いくつか知った。今夜、ママとペーペおじさんとマリおばさんは、スワン放送で米州機構《べいしゅうきこう》による報告《ほうこく》を聴《き》いていた。三人は、わたしが浴室で日記を書いていると思っていたけれど、わたしはまだ廊下《ろうか》にいた。アナウンサーは、原稿《げんこう》を淡々《たんたん》と読みあげる。でも、その中身はぞっとするほどひどかった。

囚人《しゅうじん》たちは、どんなふうに爪《つめ》をはがされ、目が開いたままになるよう縫《ぬ》いつけられたかを訴《うった》えていた。「玉座《ぎょくざ》」とよばれる電気椅子《いす》にすわらされ、ほかにだれが関わっていたかをいうように、電気ショックを与《あた》えられたことについても。ステーキを食べさせられたあと、それが実の息子の肉だったと知らされた人もいた。

ものすごく久《ひさ》しぶりに、わたしは小さな十字架《じゅうじか》をくわえて、主の祈《いの》りをとなえた。それから浴室にいき、夕食を全部吐《は》いてしまった。

一九六一年七月十三日　火曜日の夜

びっくりすることがあったの！

わたしとママが、ペーペおじさんとマリおばさんといっしょに浴室にこもってニュースを聴《き》いていると、ドアをノックする音がして、メイドが来客を伝えた。

「どなたかしら?」マリおばさんが、かぎのかかったドアごしにきいた。

「大使と、お連れの女性《じょせい》の方です」とメイドがこたえた。

大使がくる予定はなかったから、当然、おじさんもおばさんも秘密警察《ひみつけいさつ》の罠《わな》かもしれないと考えた。わたしたちはすぐに緊急事態《きんきゅうじたい》の段取《だんど》りにうつった。

少しして、マリおばさんがだれかといっしょに寝室《しんしつ》にもどってくるのが聞こえた。寝室《しんしつ》のドアにかぎをかける音がする。それから、おばさんは浴室に入ってきて、こういった。「もう大丈夫《だいじょうぶ》。出てきてもいいわ」

そこで、わたしたちは、もうひとりの人はペーペおじさんか大使だろうと思いながら、クローゼットの狭《せま》い空間から出ていった。ところが、わたしとママが顔を出すと、金髪《きんぱつ》の女の子がこちらに背《せ》を向けて、マリおばさんのベッドにすわっていた。

わたしたちは、あわてて浴室にもどった。

ところが、マリおばさんはいった。「出ていらっしゃい。あなたたちに会いたいという人がいるのよ」

ママもわたしもおどろいた。だって、おじさんとおばさん以外に会ってはいけないことになっていたから。

マリおばさんが、その金髪《きんぱつ》の女の子を連れて、浴室の入り口にきた。女の子はサングラスをかけてワンピースを着ていたけれど、うんざりした感じで下を向いていて、ワンピースがあまり気に入っていないみたいだった。女の子が顔をあげた。すると、世界中のだれよりもなつかしい目が見えた。

「ムンディーン!」ママが叫《さけ》んだ。

「シーッ!」そういって、マリおばさんが笑った。「よかった、うまくいったわ。大使に、変装《へんそう》がうまくいっているかどうかは、実のお母さまと妹さんが気づくかどうかをためすのがいちばんですよって、お伝えしたの」

ムンディーンは、船へ向かうところだった。お別れをいいながら、わたしとママを抱《だ》きしめる。

「こうすることに納得《なっとく》できているわけじゃないけど……」とムンディーンはいった。「あ、この変《へん》装《そう》のことじゃないよ。母さんとアニータを置いていくことだよ。万が一なにかあったときはって、父さんはいつもいっていたから――」

ママが泣きだし、ムンディーンは話をやめた。

マリおばさんがいいといったので、わたしは、ムンディーンといっしょに寝室《しんしつ》のドアまでいった。一歩進むごとに、ラジオで聴《き》いた、生きたままゆっくりと体を切り刻《きざ》まれる拷問《ごうもん》みたいに、わたしの心臓《しんぞう》もばらばらに砕《くだ》けていく気がした。

ムンディーンが、わたしを見た。男の子は泣かないというけれど、ムンディーンは女の子の格《かっ》好《こう》をしていたせいかもしれない、目から涙《なみだ》があふれていた。

わたしはといえば、息もつけないほど、はげしく泣いていた。

一九六一年七月十五日　土曜日の朝

昨日は、夜遅《よるおそ》くまでママと話した。最初はスワン放送を聴《き》いていたけれど、しばらくするとアナウンサーが「蝶《ちょう》たちよ、永遠《えいえん》なれ！」といって放送が終わった。

それがきっかけで、ママはパパのことを考えだしたみたい。昔の話をはじめて、パパやおじさんたちが、ボスに抵抗《ていこう》する地下運動にどんなふうに関わっていったかを教えてくれた。

「パパは、アメリカの大学を出てドミニカに帰ってくると、がんばって仕事をしたの。家族も増《ふ》えて、とてもいそがしかったから、政治《せいじ》にはあまり興味《きょうみ》がなかったわ」ペーペおじさんとマリおばさんを起こさないように、ママはできるだけ小さな声で話した。わたしは、ママの声を聞きとるために、マットレスを転がってママのそばまでいった。

「でもね、状況《じょうきょう》はどんどん悪くなっていったの。友だちが姿《すがた》を消していった。おじさんのひとりが逮捕《たいほ》された。だけど、わたしたちはどうしていいかわからなかった。

それから、ドミニカに自由をもたらす運動をしている姉妹の話を聞いたの。その姉妹を、みんなは〝蝶《ちょう》〟とよんだわ。だって、わたしたちの心に羽をつけてくれたんだもの。

アニータのおじさんのなかでも、カルロスおじさんやトニーおじさんはすぐに参加したわ。けれど、パパはためらった。わたしたち家族を危険《きけん》にさらすかもしれないと心配したの。

秘密警察《ひみつけいさつ》は、なんらかの方法でこの運動をかぎつけた。参加していた人たちや、その家族を捕《つか》まえて、拷問《ごうもん》にかけ、ほかの人の名前を聞きだしていった。おじいちゃんとおばあちゃんとおじさんたちは、まだ身動きがとれるうちにドミニカを脱出《だっしゅつ》した。カルロスおじさんは、ぎりぎりで間《ま》にあったのよ。

〝蝶《ちょう》〟たちは、人気《ひとけ》のない山道で待ちぶせされ、殺されたわ。のっていた車は、事故《じこ》に見せかけるために、崖《がけ》から放りだされたの。

そして、そのとき、わたしとパパは〝蝶《ちょう》〟たちの運動を引きつぐ決心をして、また闘《たたか》いがはじまったのよ」

すぐにおろおろする心配性《しんぱいしょう》なママが、今回の秘密《ひみつ》計画に関わっていたなんて、わたしは信じられなかった！　だけど、電気スタンドのスイッチをもうひとつ先にひねると明るさが増《ま》すように、ふいに、ママがパパの古いレミントン社のタイプライターに向かって、「独立宣言《どくりつせんげん》」を打っている姿《すがた》を思いだした。庭で証拠《しょうこ》になるようなものを燃《も》やしたり、小屋で銃《じゅう》の入った袋《ふくろ》を古い防水布《ぼうすいふ》でおおったりもしていた。ママはジャンヌ・ダルクで、〝蝶《ちょう》〟だった！　わたしは、ママがとても誇《ほこ》らしい！

ママは、どんなふうに運動が国じゅうに広がっていったか、話しつづけた。「みんなが参加してきたの。パパが大学時代からの知りあいだった、アメリカ人のウィンピーさんとファーランドさんに連絡《れんらく》をとると、ふたりとも手助けしてくれるといった。ほかのだれかは、この計画に加わるよう、プーポ将軍《しょうぐん》を説得することさえできた。将軍《しょうぐん》は、ボスが死んだとはっきり証明《しょうめい》されたら、自分が政権《せいけん》を掌握《しょうあく》し、自由選挙をおこなうといったのよ」

「ところが、やがて計画は崩《くず》れはじめたわ」とママはいった。なんだか、ぜんまい仕掛《じか》けのおもちゃが、だんだん止まっていくような話し方だった。アメリカ政府《せいふ》は尻《しり》ごみした。暗殺の夜、だれもプーポ将軍《しょうぐん》を見つけられなかった。秘密警察《ひみつけいさつ》はすばやく動いた。

「もう終わりよ」とママはいい終えた。なんとか聞きとれるくらいの、かすかな声だった。

わたしは目を閉《と》じて、パパが約束してほしいっていったことを思いだしながら、考えた。ちがうよ、ママ、終わりじゃない。蝶《ちょう》たちよ、永遠《えいえん》なれ！

一九六一年七月十七日　月曜日、夜遅《よるおそ》く

そろそろ寝《ね》ようかというとき、マリおばさんがいった。「あっ、そうそう、忘《わす》れていたわ。今日ウィンピーさんのお店で、チューチャがよってきて、なにかいったのだけれど、わたしにはさっぱり意味がわからなかったわ」わたしとママとおばさんは浴室にいて、そろって歯をみがいていた。音を立てるときも、いっしょじゃないといけないから。

チューチャはわたしに、「ふたたび羽を使う準備《じゅんび》をしなさい」っていったんだって。

ママはびっくりしていた。「わたしとアニータがここにいることは、あなたたち夫婦《ふうふ》とウィン

ピーさん以外、知らないはずよね？」

「信じてちょうだい、わたしはなにもいっていないわ」とマリおばさんがこたえた。「でも、チューチャはわたしがお店にいるあいだずっとそばにいて、外に出ても車までついてきたのよ。それから、もう一度、同じことをいったわ。だから、わたしはこう返したわ。チューチャ、なんのことをいっているのか、わからないわって。そうしたらチューチャらしい独特《どくとく》の表情《ひょうじょう》をして、それからこれをポケットから取りだしたの」

それは、聖《せい》ミゲルが描《えが》かれた、お祈《いの》り用のはがきだった。たおしたドラゴンの上で、大きな翼《つばさ》をひろげている。

わたしの心にも、一対の羽が生えた——片方《かたほう》の羽は、もうすぐ自由になるかもしれないと思ってわくわくしている！　でも、もう片方《かたほう》は恐怖《きょうふ》にふるえている。パパとトニーおじさんがいないのに自由になるなんて、いやだ。

一九六一年七月十八日　火曜日の夜

また今日、このあたり一帯が停電になったので、マリおばさんからもらった懐中《かいちゅう》電灯を使っている。ペーペおじさんの考えでは、これは秘密警察《ひみつけいさつ》の妨害《ぼうがい》工作で、なにかと口実をみつけては戦車を走らせたいからなんだって。

明日計画されている集会に、わたしたちはみんなとても期待していた。人権《じんけん》についてびっしりと書かれ、たくさんの重要人物が署名《しょめい》をした手紙もあった。

ペーペおじさんは、これはドミニカのマグナカルタ（自由と権利《けんり》を保障《ほしょう》する基本法《きほんほう》）だっていった。歴史の授業《じゅぎょう》をちゃんと受けていてよかった。おじさんに、なんのことかきかなくてすんだから。

一九六一年七月十九日　水曜日――集会が開かれ、「われわれに自由を！」と叫《さけ》ぶ声が聞こえる

「本当に、かなり確率《かくりつ》は低いんだけれどね」とペーペおじさんはいいながら、親指と人さし指がくっつきそうなほど近づけた。もしかしたら、大勢《おおぜい》のアメリカ人をフロリダに運ぶ民間機に、わたしとママものれるかもしれないそうだ。わたしたちがぎりぎりでのれるよう、ウィンピーさんがずっと働きかけてくれているんだって。

この隠《かく》れ家《が》を離《はな》れると思うと、急にこわくなった。

ペーペおじさんがまえに話してくれたのだけれど、ある実験で、サルを長いあいだずっと檻《おり》に閉《と》じこめておくと、いざドアを開けても、外に出ていこうとしないそうだ。

自由になるって、どんな感じだろう？　自分の国から飛びたたなくてもいいなら、羽も必要ないのかな？

一九六一年七月二十日　木曜日

オスカルとわたしは、本をやりとりして、秘密《ひみつ》の会話をつづけていた。これまでオスカルは『星の王子さま』、ホセ・マルティの詩集、『シェイクスピア物語』、『スイスのロビンソン』を送ってくれた。わたしは一冊《さつ》読みおえるたびに、トランプのハートの女王を本にはさんで、マリおばさんに返した。

そうすると、次の本には決まって、ハートの女王がしおりがわりにはさまれている！

わたしとオスカルは、この先どうなるんだろう？　わたしたちのことって、「ロミオとジュリエット」みたいに映画《えいが》になりそう？　ただ、最後はぜったいハッピーエンドがいいな！

一九六一年七月二十八日　金曜日、通りではまた集会をしている

集会がひんぱんにおこなわれるようになって、秘密警察《ひみつけいさつ》はまた人々《ひとびと》を逮捕《たいほ》しはじめた。家を一軒《けん》一軒《けん》、調べるようにもなった。

わたしとママは、そう遠くないうちにここを出るだろうから気をつけて待つようにと、ウィンピーさんから連絡《れんらく》を受けていた。わたしたちが自由に向かって飛びたつ場所は秘密《ひみつ》で、そこへどうやっていくかが問題だった。

ペーペおじさんとマリおばさんは、なにかを解決《かいけつ》しようとしている。

もう、本は届《とど》かない。月曜日に、マリおばさんは、娘《むすめ》たちとオスカルとマダム・マーゴットを、海岸沿《ぞ》いの友だちの別荘《べっそう》へ送りだした。集会のせいで、あちこちで銃撃《じゅうげき》があり、大量の逮捕者《たいほしゃ》が出たから。わたしたちが教室にしていた部屋は通りに面していたから、何度か銃弾《じゅうだん》が窓《まど》から飛びこんできた。さいわい、子どもたちはもう家にはいなかった。マリおばさんは、その部屋に入ろうとしない。

ぴりぴりした空気のせいで、わたしとママはまた、ちょっとしたことでぶつかりあっていた。ママがかりかりしていても、わたしは自分のペースでいようとした。けれど、クローゼットのなかでは、それは無理。

ちっとも集中できなくて、日記を書くことさえむずかしい。一日の予定を守る気力もなくなった。

マリおばさんが、「トランプでもして気を紛《まぎ》らわせたらどう？」とすすめた。でも、ママはトランプをふり分けながら、「いったいハートの女王はどこへいってしまったの？」といっていた。

一九六一年七月三十日　日曜日——いまのところ、これまででいちばんたいくつな日！

今朝、ペーペおじさんとマリおばさんは、一日がかりでオスカルたちに会いに、車で海岸へいってしまった。この家は、お墓《はか》みたいに静まり返っている。わたしのすることといえば、本を読んで、昼寝《ひるね》をして、雑誌《ざっし》をながめ、朝食で残ったパンを食べることくらいしかなくて、これから日記を書こうとしているところ——。

わたしたちは、例の狭《せま》い空間にいる——わたしは、もしもだれかがこの日記を見つけたときのために、懐中《かいちゅう》電灯をたよりに書いている——。

——裏庭《うらにわ》から、飛行機が着陸したみたいな、ものすごく大きな音がして——いまは一階の玄関《げんかん》あたりでなにかがこわれる音がしている——。

どうしよう——家に入ってこようとしている!!!

手がふるえてしかたない——だけど、世界中の人に知ってもらうために、この記録を残したい——。

第十章　自由への叫《さけ》び

「アニータ、お願いよ……」別の部屋にいたママが、声をあげた。「それを消してちょうだい」

わたしは、ホテル・ビバリーで、テレビの前にすわっていた。このホテルの最上階の部屋を、おじいちゃんとおばあちゃんが住まいとして借りていた。わたしとママがニューヨークにきてから、もう一カ月半以上が経《た》つ。わたしは、毎日カレンダーの日付に×印をつけている。今日は×を強く書きすぎて、紙が破《やぶ》けてしまった。一九六一年九月十八日はまだ終わっていないのに、もうなくなっちゃった！

日に日に寒くなっている。十階下の通りでは、おもちゃみたいに小さく見える木々《きぎ》がだんだんと赤くなってきていて、まるでだれかがマッチをつけたみたいだった。

ひまさえあれば、わたしはテレビを見ている。この国についてもっと勉強したいからって、ママにはいった。でも、本当は、目の前の心配事のあれこれから、目をそらしていたかっただけ。

たとえば、別の部屋で、いまママがかけようとしている電話とか。一週間に二回、ママはワシントンD.C.にいるウォッシュバーンさんに電話して、パパとトニーおじさんについて新しい情《じょう》報《ほう》がないかを確《かく》認《にん》する。わたしたち――おじいちゃん、おばあちゃん、ルシンダ、ムンディーン、そしてわたし――はまわりにすわって、ママの顔に浮《う》かぶ反応《はんのう》を見る。

「ウォッシュバーンさんをお願いします」ママの声が聞こえた。わたしは立ちあがって、テレビを消そうとした。そのとき、いつもの女の人が出てきた。いまのところ、テレビでスペイン語を話す女の人は、この人しか見ていない。（ほかに、リッキー・リカルドっていう名前の、キューバ人の男の人もいて、ちょっと風変わりなアメリカ人の奥《おく》さんがミセス・ウォッシュバーンに似《に》ていた）女の人はバナナを入れた大きなかごを頭にのせ、市場で大声をあげているもの売りみたいにうたっていた。

わたしは音量を落とし、テレビにあわせて小声でうたった。

はじめてこの女の人を見たとき、歌の歌詞《かし》を聴《き》いてあぜんとした。「アニータ・バナナ、ずっとここにいましょうね」

「いや!」そのとき、わたしはテレビに向かって叫《さけ》び、耳をふさいだ。「わたしは、ずっとここにはいない。ここでくらさない!」

ルシンダが部屋にかけこんできた。「どうしたの？　いったい、なにに向かって叫《さけ》んでいるの、アニータ?」さいわい、ママもおじいちゃんもおばあちゃんも、ムンディーンの冬の上着を買いに出かけていて留守《るす》だった。そうでなければ、わたしの叫《さけ》び声は、神経過敏《しんけいかびん》なママたちをひどくおびえさせてしまっただろう。「ここから追いだされてもかまわないっていうの?」

わたしはうなずき、それから首をふった。もちろん、追いだされて、またクローゼットでの生活にもどるのはいや。だけどわたしは、独裁政権《どくさいせいけん》が終わって、故郷《ふるさと》でまた一族そろって暮《く》らしたかった。「この女の人が……」わたしは、なにも聞こえない画面を指さした。

「この人が、なに?」音量をあげながら、ルシンダがきいた。ＣＭの残りを見る。「あの女の人のことで、わめいたの?」

「ちがう、この人のことじゃなくて、この人がいったこと」わたしは、まるで占《うらな》いに使う水晶玉《すいしょうだま》みたいなテレビのなかで、この女の人がいった予言めいた言葉を説明した。

ルシンダは、やれやれというようにため息をついた。「あのね、アニータ、歌詞《かし》を取りちがえているわ」ルシンダは女の人を真似《まね》て、腰《こし》をまわした。「あの人は、『アニータ・バナナ』じゃなくて、『チキータ（ちっちゃな）・バナナ』ってうたっているの。それに、『いましょう』じゃなくて、『いいましょう』って、いったのよ！」

わたしも、かなり神経質《しんけいしつ》になっているみたい。

いまも、幽霊《ゆうれい》や、なにかの前触《まえぶ》れみたいなものをあちこちで見る。でも、チューチャがいないと、その意味はわからない。

「苦しめて、本当にごめんなさい、ウォッシュバーンさん」わたしが部屋に入ったとき、ママは「お手数をおかけして」というつもりで、そういっていた。まえにルシンダは、スペイン語をそのまま英語に置《お》き換《か》えただけでは、ちゃんと意味が伝わらないときがあるって、ママに説明したけれど、ママはアメリカ人がへんてこに変えたスペイン語を、いちいち覚えていられないっていった。ときどき、自分が落ちこんでいても、ママに笑ってあげなければならない。

「はい、はい、わかります。はい、ウォッシュバーンさん」ママが話している。「はい」というたびに、だんだんママの声が弱くなっていくのがわかる。あまりに強く受話器をにぎりしめているから、指の関節が白くなっている。「便りがないのは、よい便り、ってことですよね。おっしゃる通りです。本当に、いつもありがとうございます」そういって、ママは電話を切った。

「なにも新しいことはないわ」ママは静かにいった。「アメリカ政府《せいふ》は、トルヒーヨ二世がドミニカから出るように、圧力《あつりょく》をかけようとしているわ。そうなれば、囚人《しゅうじん》たちも解放《かいほう》されるでしょう。希望を持って祈《いの》りつづけるしかないわね」ママは、さっきよりも明るくいった。あまり説得力はなかったけれど。

「その通り！」おじいちゃんが、ママに調子をあわせた。わたしたち、みんなに自信を持たせようとしている。

だけど、おばあちゃんが泣きだした。「あの子たちも、ドミニカも、かわいそうに！」

ルシンダも泣きだし、すぐにママもわたしもつづいた。ムンディーンは浴室にかけこんだから、きっとそこで泣いているんだろう。

おじいちゃんはオーバーを着ると、おばあちゃんの血圧《けつあつ》の薬を受け取りに薬局へ向かった。

わたしもいっしょにいきたかったけれど、だめだった。わたしたち家族が、おじいちゃんとおばあちゃんの部屋で暮《く》らすのは、規則違反《きそくいはん》だったから。本当は、人数が増《ふ》えたら、もっと家賃《やちん》を払《はら》わなければならない。おじいちゃんは、プエルトリコ系《けい》の守衛《しゅえい》さんに、わたしたちがいるのは「一時的な状況《じょうきょう》」って伝えていた。守衛《しゅえい》さんもわかってくれて、ただ目立たないようにっていわれた。だから、わたしたちは目立たないようにひとりずつ出かけ、知りあいじゃなくて、下の階のホテルに泊《と》まっている、他人のふりをした。

窓際《まどぎわ》に立って、おじいちゃんが一階から出ていく様子を見る。パナマ帽《ぼう》をかぶった、年とった男の人――わたしにとっては、このアメリカでの、数少ない、見慣《みな》れた顔のひとつだ。だって、この国で知っているのは、ドミニカからきた人たちだけだもの。

マンシーニ家の浴室で、わたしとママがふるえていたあの日が、ドミニカと別れる日になるなんて、考えもしなかった。あのときは、秘密警察《ひみつけいさつ》に見つかって、人生に別れをつげることになるんじゃないかと思っていた。

だから、こわかったけれど、日記を書きつづけた。あの日、わたしたちの身に起きたことを、だれかに知ってもらいたかった。

浴室のクローゼットのドアがばっと開いたとき、そこにいたのはウィンピーさんと、わたしたちを救出しにきた落下傘兵《らっかさんへい》たちだった！　海岸へいっていて留守《るす》だったペーペおじさんとマリおばさんも、その日の計画については知らなかった。ママとわたしが脱出《だっしゅつ》するには、たくさんのことがうまくいかなければならなくて、それが七月三十日の日曜日、ぎりぎりのところで実現《じつげん》した。

日記は、ゆるんだ板の下にでも隠《かく》しておくつもりだった。ところが、ウィンピーさんにつかまれ、そのまま連れていかれて、手にしていた日記もいっしょに持ってきてしまった。

なんの印もついていないヘリコプターが、大使館の敷地《しきち》内でわたしとママを待っていた。一分も無駄《むだ》にできなかった。外の通りは、集会でさわがしい。秘密警察《ひみつけいさつ》は押《お》しよせた人々《ひとびと》を抑《おさ》えつけるのにいそがしくて、とんぼみたいなヘリコプターがおびえる母と娘《むすめ》をのせてそばを飛びさっても、気づかなかった。

市の北部にある、使われなくなった滑走路《かっそうろ》につくと、貨物飛行機が待っていた。ライトバンが、何人かをのせてやってきた。なかには、見たことのある人もいる。ウィンピーさんがきびしい顔つきで、わたしたちを助け、飛行機にのせる。右腕《みぎうで》のワシのタトゥーが、激《はげ》しく動いていた。飛行機が離陸《りりく》したとき、ちらっと窓《まど》の外に目をやると、ひび割《わ》れた滑走路《かっそうろ》と、別れのあいさつをするように大きく揺《ゆ》れるヤシの木が見えた。それに、ライトバンにもどるウインピーさんといっしょに、一瞬《いっしゅん》むらさき色の服を着た人を見たような気がした。

飛行機はどんどん高くあがり、緑色の谷と黒っぽい山並《やまな》みを越《こ》え、それから海岸の上空にきた。波が白い砂浜《すなはま》に打ちよせている。何キロも下の、小さく見える別荘《べっそう》のどれかにオスカルがいて……もしかしたら、空を見あげているかもしれない！　あとどのくらいで、あの家に帰るんだろう？　トランプのハートの女王は、『スイスのロビンソン』の本のあいだにはさんだまま。わたしはもう寝室《しんしつ》のクローゼットには隠《かく》れていないって、すぐに気がつくかな？

もう二度と会えないたくさんの人たち、見ることのないたくさんの場所！　いろいろな顔や思い出が、パッチワーク・キルトみたいに海にひろがって見えた――手押《てお》し車に料理用バナナをのせて運んでくれたモンシート、白い靴下《くつした》をはいたぺーぺおじさん、悲しい歌をうたいながらショウガに水をやるポルフィリオ――そして、一枚《まい》一枚《まい》の布《ぬの》を縫《ぬ》いあわせる、むらさき色の糸はチューチャだ。わたしのチューチャ。この一年、こわれそうだったわたしがなんとか生きのびられたのは、チューチャのおかげだ！

窓《まど》の外を見つめながら、わたしは泣くこともできないほど、ぼう然としていた。そのうち、飛行機は雲のなかに入ってしまい、なにも見えなくなった。やがて、わたしはママによりかかって、眠《ねむ》りに落ちた。

ママに揺《ゆ》りおこされたとき、窓《まど》の外はまっ暗だった。飛行機は着陸していた。半分寝《ね》ぼけたまま、よろよろと滑走路《かっそうろ》に出た。ママにしがみつかれながら、ニューヨーク行きの大きな飛行機へと向かう。

次に気づいたとき、わたしはルシンダが送ってくれた絵はがきの、チューチャでさえもことばを失った景色を見おろしていた——ビルがあまりにも高くて、ほんものだって信じられない。あちこちに、小さなじゅうたんみたいな緑がちらばっている。人々《ひとびと》はアリくらいに小さくて、四角い小窓《こまど》に手を置けばすっぽり隠《かく》れてしまう。家族や親せきや友だちにかこまれ、一年中太陽が輝《かがや》いていたドミニカじゃなくて、うす暗い空と、知らない人だらけのこの国で、わたしはどうやって生きていけばいいんだろう?

空港に着いて、発着ロビーに入ると、税関《ぜいかん》の役人につれられて特別な書類を発行する部屋へいった。それから、役人のひとりがわたしたちと握手《あくしゅ》して、「アメリカへようこそ」といい、出入国管理所から出てもいいと指で示《しめ》した。その先には、この見知らぬ新しい国で、どうやって生きのびていくかへの答えがあった。家族や親せきがわたしたちを待っていた――ムンディーンとルシンダ、おじいちゃんとおばあちゃん、カルラたち姉妹、ラウラおばさん、カルロスおじさん、ミミおばさん――みんなそろって、「アニータ！　カルメン！」とよんでいた。カルラがいうには、みんながいっせいにかけより、ぎゅうぎゅうに抱《だ》きしめたのだから、わたしの顔には千ドルの価値《かち》があるんだって。

九月の終わりになっても、パパとトニーおじさんについて、なんの知らせもなかった。ニューヨーク市の東部、クイーンズに住むガルシア一家が、うちでいっしょに暮《く》らそうといってくれた。でも、ママは首をたてにふらなかった。いつでも、帰れるときがきたら、ドミニカに帰るつもりだったから。郊外《こうがい》は、ガルシア一家みたいに、アメリカに落ちつくと決めた人が住む場所だ。ニューヨークの中心部は、もといた所へもどる途中《とちゅう》の人がしばらく過《す》ごす場所。

ぼんやり待っているのじゃなくて、そのあいだにかんぺきな英語を身につけるべきだと、ママがいいだした。二月からここにいるルシンダは、もうすっかり英語に慣《な》れていたけれど、わたしとムンディーンは練習が必要だった。「きっとパパも喜ぶわよ！」ママがはりきる。こんなふうにママがいうとき、みんなぎこちなく黙《だま》ってしまう。だけど、わたしも、ママのいうことを信じたかった。そのためには、なんでもするつもりだった。それがかなうなら、本当に、なんだってする。

ママは近所のカトリックの学校へいって、ドミニカへ帰国するまで、どの学年でもいいから参加させてもらえないか、校長先生にお願いした。校長先生は修道女《しゅうどうじょ》で、赤ちゃん人形みたいな帽子《ぼうし》——色は黒だったけれど——をかぶっていた。慈善修道女会《じぜんしゅうどうじょかい》のシスターだから、とても親切で、「いいですよ、空《あ》きがあればどこでも入れてさしあげましょう」っていってくれた。

ところが次の日、校長先生があまり親切とは思えなくなった。わたしは二年生のクラスの、小さな机《つくえ》にすわっている。小学校の教室で空《あ》きがあったのはここだけなんだって。先生のシスター・メアリー・ジョセフは、やさしそうな顔つきをしていて、鼻の下にはうっすらとうぶ毛が生えていて、いつも泣いているみたいに青い目がうるんでいた。息はかびくさくて、まるで何年も開けていなかった、古いスーツケースみたいなにおいがした。

「アニーはとても特別な生徒なんですよ」シスター・メアリー・ジョセフが生徒たちにいった。

こらえた。

「独裁国家《どくさい》からの難民《なんみん》です」こういわれたとき、わたしは木製《もくせい》の床《ゆか》をじっと見つめて、泣くのを

「自由になるために、ご家族といっしょにアメリカへきました」シスター・メアリー・ジョセフが説明する。でも、わたしの家族全員がここにこられたわけじゃありません、といいたい気持ちだった。それに、パパのことをずっと心配しつづけで、心の底から悲しくて、なかなか起きられない朝だってあるのに、どうして自由だなんていえるの？

「ドミニカ共和国について、なにかお話してもらえるかしら？」年《とし》よりのシスターがうながす。

あの国についてなにも知らない人たちに、なにから話せばいいんだろう？　ドミニカのにおいはわたしの肌《はだ》にしみついていて、思い出はいつだってわたしの頭のなかにある。目の前の生徒たちにとっては、ただの地理の授業《じゅぎょう》かもしれないけれど、わたしにとっては故郷《ふるさと》だ。それに、いまはあまりに悲しすぎて、ドミニカについて話せない。教室いっぱいにいる小さな子たちにじっと見つめられながら、ひとこともことばが見つからないまま、立ちつくす。せめて、英語を話せることくらいは示《しめ》さなきゃ。もうじき十三歳《さい》なのに二年生のクラスに入れられて、まるっきりのおばかさんだって思われないように。

「アメリカにこられて……」わたしは低い声でいった。「感謝《かんしゃ》しています」

シスター・マリア・ジョセフは、わたしに課題を出した。祖国《そこく》について思いだすことを作文にしなければならない。

「一からなにか考えるよりも、思い出のほうが書きやすいでしょ」シスターが提案《ていあん》した。作文はイエス（Jesus）さまとマリア（Mary）さまとヨセフ（Joseph）さまにささげるから、各ページの頭に小さな×印をつけて「J・M・J」と頭文字を入れるように教えられた。その下、一行目には、自分の名前を書く。シスターはアニー・トルレスと書き、一九六一年十月四日と記した。

わたしは机《つくえ》に向かって作文に取りかかった。まっ白なページの上に小さく×印をつけ、J・M・Jにささげた。でもそれから、M・T&A・Tも書きそえた。パパの名前はMundo de la Torre《ムンド・デ・ラ・トルレ》、トニーおじさんの名前はAntonio de la Torre《アントニオ・デ・ラ・トルレ》だ。

「これは、なにかしら?」シスター・マリア・ヨハネがうしろからのぞきこむ。

「わたしのお父さんとおじさんです」わたしはそれぞれの頭文字を指さした。

シスターはだめといおうとして、それからうるんだ青い目をさらにうるませた。「お気の毒に」

シスターが小さい声でいった――まるでパパとトニーおじさんが亡《な》くなっているみたいに！

「もうすぐ会えるんです」わたしは説明した。

「もちろんよ、アニー」シスター・マリア・ジョセフはうなずいた。今日のシスターの息は、おばあちゃんが下着用の引き出しに入れている香《かお》り袋《ぶくろ》のにおいがした。

みんなが筆記体のおさらいをしているなかで、わたしは作文に取り組んだ。はじめはなにを書けばいいのか思いつかなかったけれど、そのうち、また日記をつけていると思うことにした。すぐに一ページ、二ページと進んでいった。会いたい人たち、恋《こい》しい食べもの、なつかしい場所をあげて、ブラウン先生に教わった「比喩《ひゆ》」を使って説明する。チューチャのことわざのなかで、わたしが気に入っているものも書きとめた。

辛抱《しんぼう》強く落ちついていれば、ロバだってヤシの木にのぼれる。

絹《きぬ》を着ようと、サルはサルのまま。

昨日のせんたくものは、明日の太陽で乾《かわ》かせない。

書きながら、チューチャがすぐ横にいて、ささやく声が聞こえるようだった。「羽ばたき、自由に飛ぶのです」これが、チューチャからいわれた最後のことばだった。だけど、パパのいない生活で、どうしたら本当に自由になれるの？　もしパパになにかあったら、わたしのなかの羽は死んでしまうだろう。

作文を提出《ていしゅつ》すると、シスター・マリア・ジョセフは、赤えんぴつで書きこみながら、終わりまで読んだ。わたしは大きな机《つくえ》の横に立ち、シスターがえんぴつを走らせ、まちがいを直す様子を見ていた。チューチャのことわざが書いてあるページにくると、シスターはくすくす笑った。「とてもよく書けていたわ」作文は細かい直しで真っ赤だったけれど、シスターはいった。

十月の末になっても、パパはまだ牢屋《ろうや》に入ったままで、トルヒーヨ二世は権力《けんりょく》を持ったままだった。トルヒーヨ二世は仕返しすることにやっきになって、アメリカ人との協力を拒《こば》んでいたから、ウォッシュバーンさんもあまり細かいことはわからずにいた。わたしは、オスカルに手紙を書くことにした。いつもオスカルはなんでもよくわかっているみたいだったから、なにか知らないか、たずねてみる。

これまでも、オスカルに手紙を書こうとした。だけど、いざ机《つくえ》に向かうと、急にホームシックになってしまい、書きかけの手紙を片《かた》づけるしかなくなった。

でも今回は、目的があった。ただ、検閲《けんえつ》に引っかからないように、細心の注意を払《はら》わなければならない。まずは、ニューヨークの様子について書きだした。すごく寒くなって、重たい服を何枚《なんまい》も着るのがたいへんだとか、こっちの人はあまり笑わないから、相手が自分を好きかどうか、よくわからないとか。学校に通って英語をたくさん勉強していること（二年生のクラスにいることは書かなかった）。先生のシスター・マリア・ジョセフから、『アラビアン・ナイト』の娘《むすめ》さんみたいにお話を書くようにいわれたこと。シスターがドミニカ全体の地理について、授業《じゅぎょう》で説明したこと。それに、ママがパステリートを揚《あ》げて学校へ持たせてくれて、みんなとても喜んだことも。いいことも悪いこともまぜて書いた。けれど、じつをいうと、いいことはそれほど見つからなかったから、ときどき作り話を書いた。

それから、さりげなく「王さまの宮殿《きゅうでん》はどう？」って書く。「王さま」に下線を引いたけれど、これじゃあからさますぎるから、やっぱり消した。

手紙は、投函《とうかん》してもらおうと、おじいちゃんに渡《わた》した。男の子に手紙を書いたことを、たとえ

〝いとこ〟でも、ママにはあまり知られたくなかった。だけど、おじいちゃんは封筒《ふうとう》の宛先《あてさき》を見ると、どんな手紙だろうとあの国には届《とど》かないっていった。ドミニカは完全に閉《と》ざされてしまっている。鉄のカーテンで閉《と》ざされ、人々《ひとびと》が自由に出入りできないようにしている、「ベルリン」っていう場所と同じだと。

わたしは手紙を返してもらうと、細かくちぎった。それから窓《まど》を開けて、その小さな白い紙切れが、ひらひらと地面へ落ちていく様子をじっと見ていた。通りから、上を見あげている人もいた。雪が降《ふ》ってきたと思ったかもしれない。クイーンズにいるカルラたちが、この国の冬について、たくさん教えてくれていた。クリスマスまでには、きっと雪が見られるよって。

「その頃《ころ》には、もうここにいないもの」わたしはずっとそういっていた。

けれど、一日過《す》ぎるごとに、木々《きぎ》の葉が病気にでもかかったみたいに落ちていき、十月から十一月になると、もしかしたらわたしは、今年の初雪を見るだけじゃなくて、もっとずっと長くアメリカにいることになるのかもしれないって思った。

学校から帰る途中《とちゅう》、わたしはよくスーパーに立ちよる。どんなに悲しくても、入り口に立ってドアが自動で開くたびに、ウィンピーさんのお店にもどったみたいで、わくわくしてくる。スーパーの通路を歩くのも大好き。なんだかチューチャが、店の男の子が棚《たな》の掃除《そうじ》に使う、大きな羽ぼうきを持ってあらわれるような気がしてしまう。信じられないほどたくさんの種類の、食品の箱や銘柄《めいがら》があった。スープもソースもいろいろで、あんな缶《かん》やこんな缶《かん》があり、シリアルだけでも十種類以上そろっていて、キャンディーの数もすごかった。キャット・フードだって、六種類もある！　モンシートが知ったら、いったいなんていうだろう?!

今日は、自分でもどうしてかわからないけれど、いつものようにながめるだけじゃなくて、カートを使ってみることにした。通路を一つひとつ通りながら、買いものするお金があるつもりで、気に入ったものをかごに入れていく。全部の通路を通りおえると、かごには商品が山のように積みあげられて、ほとんど前が見えなかった。それから、通路をもどって、商品をすべてもとの場所へていねいにもどしていく。

突然《とつぜん》、胸板《むないた》の厚《あつ》い大きな男の人が、わたしのほうへすごい勢《いきお》いで走ってきた。肉屋さんみたいな白いエプロンをつけて、顔は生の肉みたいに赤い。たぶん怒《おこ》っているんだろう。アメリカ人の表情《ひょうじょう》から気持ちを読みとるのはむずかしいけれど、この人が怒《おこ》っているのはわかった。

わたしは、ひとりでスーパーの買いものをしてもおかしくない年齢《ねんれい》だって、態度《たいど》で示《しめ》そうとした。あと一カ月で、十三歳《さい》になる。先週はホテルのエレベーターでのりあわせた女の人に、十四歳《さい》だって思われた！　子どもっぽかった顔つきは影《かげ》をひそめて、新しい、大人っぽい顔があらわれてきた。おばあちゃん似《に》でちょっぴり上向きの鼻、パパにそっくりな彫《ほ》りの深い目、ママゆずりのミルク入りコーヒー色の肌《はだ》。わたしだけのものは、左目の上にある傷跡《きずあと》くらいじゃないかな。いつだったか、ムンディーンが空気銃《くうきじゅう》を空に向けて撃《う》ったつもりが、弾《たま》がわたしに命中してできた傷《きず》だ。

男の人は、通路をふさぐように、わたしの真ん前で止まった。「お嬢《じょう》さん、これ全部を買うお金、持っているのかい？」口ぶりからして、わたしが持っていないってわかっている。

うっかり、わたしをにらみつける目を、じっと見つめてしまった。きびしく光る目は、わたしがいまの行動をすべきだったかどうか、百パーセント自信が持てないことを見すかしている。わたしはつっかえながら、かろうじて聞きとれるくらいのスペイン語でいった。「シー、セニョール（はい、だんなさん）」そのときは、あまりにこわくて、外国語の英語では話せなかった。

「英語がわからないのか？」男の人はいうと、わたしの腕《うで》をつかんだ。

わかるっていおうとしたけれど、そのまえに店の入り口へ引っぱっていかれ、歩道に追いださ
れた。何人か、歩いている人がふり返って見た。

「大人といっしょじゃなけりゃ、店にきたらだめだぞ、わかったか？」その人は、わたしの体を
上から下まで軽くたたいて、なにも盗《ぬす》んでいないか確《たし》かめている。

最初のうち、わたしは恥《は》ずかしさをこらえながら、ただそこに立っていた。なにか悪いことを
したみたいに、調べられても仕方がないんだとあきらめて。だけど、その人の大きな手で胸《むね》をぴ
しゃりと叩《たた》かれたとき、わたしは大声でいった。「わたし、なにもしていません！　ここは自由
な国じゃないんですか！」じつをいうと、アメリカが本当に自由の国なのか、よくわからない。
もしかしたら、アメリカ人にとってだけ、自由の国なのかも？　もし警官《けいかん》とたまたま出くわした
ら、わたしたち家族は全員、ドミニカに強制送還《きょうせいそうかん》されてしまうのかな？　そして、ボスの息子に
みんな殺されてしまうんだろうか？

そう考えたら、ものすごくこわくなって、スーパーマンみたいな力がこみあげてきた。わたし
は体をねじり、男の人の手を払《はら》いのけると、すぐ先の角まで走り、追ってこられないように左に
曲がったり右に曲がったりしながら、ビバリー・ホテルまで逃《に》げた。ホテルにつくと、アメリカ

人の守衛《しゅえい》さんの横をかけぬけた。この人は、プエルトリコ系《けい》の守衛《しゅえい》さんほど、気さくじゃない。回転ドアからロビーに入る。エレベーターを待つのがもどかしかったから、階段《かいだん》を二段《だん》飛びで十階にあがった。心臓《しんぞう》が、いつ爆発《ばくはつ》してもおかしくないほど、ばくばく鳴っている。

ドアの前で立ちどまり、息を整えた。きっとこわい思いをしたのが顔に出ているだろうから、なんとか落ちつこうとした。なかから、おばあちゃんの泣く声がする。たぶんママが、ワシントンD.C.にいるウォッシュバーンさんに、二週間に一度の電話をかけおわったところなんだろう。なんだかなかに入りたくない。これ以上悲しい知らせと向きあうのはいや。だけど、もう慣《な》れっこになっているがっかりした気持ちよりも、強制送還《きょうせいそうかん》されることのほうがこわかった。だからそっとドアをノックして、「わたしよ」といった。

ムンディーンがドアを開けた。顔から血の気が引いて、まっ青だ。きっと警察《けいさつ》はなにかの方法でわたしの居場所《いばしょ》をつきとめて、うちの家族は困《こま》ったことになってしまったんだろう。

わたしは泣きだした。「わたし、なにも悪いことしていないよ」

ムンディーンが、わたしの手をとる。「ウォッシュバーンさんがきている」ムンディーンの声は、ブルドーザーにひかれたみたいにのっぺりとして、抑揚《よくよう》がなかった。

ムンディーンにつづいて、部屋に入る。わたしは不思議でたまらなかった。スーパーでのことはいまさっき起きたばかりなのに、ウォッシュバーンさんはどうやってワシントンD.C.からわたしたちを強制送還《きょうせいそうかん》させにきたんだろう？　もしかして、まえからニューヨークにいたとか？　スーパーの店長が国務省《こくむしょう》の人を待ちぶせさせていた？　だけど、いくらあれこれこじつけてみても、ウォッシュバーンさんがここにきた理由はわかりきっていた。ただ、わたしは目をそらしたかっただけ。スーパーの店長が怒《おこ》ったり、わたしが警察《けいさつ》のやっかいになったりするよりも、はるかにおそろしいことから。

夜はムンディーンのベッドになっているソファに、ママとルシンダが抱《だ》きあってすわっていた。おじいちゃんは揺《ゆ》り椅子《いす》にすわり、身をのりだしてウォッシュバーンさんの話を聞いている。ウォッシュバーンさんは椅子《いす》にすわり、そのうしろに軍服の男の人がひとり、こちらに背中《せなか》を向けて立っていた。別の部屋から、おばあちゃんの泣き声が聞こえる。「横にならないとだめだ」ムンディーンがいった。「精神安定剤《せいしんあんていざい》を飲ませなきゃ」

「どうして？」わたしはきいた。わたしの心は、とても高い場所のはしっこで、ぐらぐらと揺《ゆ》れている。かたずをのんで、答えを待つ。落っこちて粉々《こなごな》に砕《くだ》けちるか、最後の最後でうれしい知らせに救われるかの、どっちかだ。

ウォッシュバーンさんが立ちあがり、わたしを抱《だ》きしめた。放されると、わたしはムンディーンについてソファへいった。わたしは、胸《むね》に手をやった。そうすれば、あばら骨《ぼね》の内側にある心臓《しんぞう》に手を入れて、落ちつかせられるような気がした。そばにいくと、ママが顔をあげて泣きはじめた。

おじいちゃんが手をのばし、わたしの両手をとった。「家族みんなで、がんばって勇気を持ちつづけないとな」静かな口調だった。おじいちゃんの目も赤い。そのあとで聞いたことばを、わたしは一生忘《わす》れないだろう。「おまえのお父さんとおじさんが亡《な》くなった」

「昨日報告《ほうこく》が届《とど》いた」ウォッシュバーンさんが説明をはじめた。「独裁者《どくさいしゃ》一家は、ドミニカを離《はな》れることを受けいれたと」ウォッシュバーンさんは、役人らしく淡々《たんたん》と話していたけれど、ときどき悲しげに顔をくもらせた。

「夜明け間際《まぎわ》、トルヒーヨ二世は海岸の屋敷《やしき》へ出発した。そのあいだに、秘密警察《ひみつけいさつ》の部下たちが牢屋《ろうや》へいき、残っていた六人の囚人《しゅうじん》を捕《つか》まえて、海岸へ向かい――」ふいに、ウォッシュバーンさんが口を閉《と》ざした。

少しして、ウォッシュバーンさんは「お気の毒に」とスペイン語でいいそえた。そのことば以上に悲しんでくれているのがわかった。ウォッシュバーンさんも、わたしたちと同じ気持ちだった。

「教えて！」ママが強い口調でいった。「あの人たちの最後を知りたいの。子どもたちにも聞いてもらいたい。ドミニカの人たちにも。アメリカの人たちにも知ってほしいわ」

ママがきっぱりといったので、ウォッシュバーンさんはせきばらいをして、話をつづけた。

「トルヒーヨ二世と部下たちは、かなり酔《よ》っ払《ぱら》っていた。断定《だんてい》はできないが、麻薬《まやく》もやっていたんじゃないかと思う。とにかく、囚人《しゅうじん》たちをヤシの木にしばりつけ、銃《じゅう》で撃《う》った。ひとりずつ、全員が死ぬまで。それから、ボートで沖《おき》に出ると、遺体《いたい》を投《な》げ捨《す》てた」

ウォッシュバーンさんが話しおえるまえから、ママはすすり泣き、激《はげ》しくしゃくりあげていた。まるで、体のなかから悲しみを全部すくいあげようとしているみたい。ほかの気持ちの入る場所ができるように。ルシンダも泣きじゃくっていたけれど、それでも気になってママを見ていた。こんなに嘆《なげ》き悲しむママは、だれも見たことがなかった。おじいちゃんとムンディーンが、そっと目をおさえる。おじいちゃんの頭文字のししゅう入りハンカチは、パパのハンカチを思いださせた。ムンディーンは、手の甲《こう》で涙《なみだ》をぬぐっていた。

だけど、わたしは泣かなかった。いますぐには泣かない。わたしは最後までしっかり話を聞いた。一つひとつ様子を聞きながら、パパとトニーおじさんによりそっていたかった。

ウォッシュバーンさんが話を終えると、わたしとママとムンディーンとルシンダは立ちあがり、輪になって、お互《たが》いの体に腕《うで》をまわした。おじいちゃんも加わった。みんなそろって、家族の中心にぽっかりと空《あ》いた穴《あな》に向かって泣いた。

第十一章　雪の蝶《ちょう》

「どんな感じなの？」わたしはいとこのカルラにきいた。
「うーん、説明できないよ」とカルラ。「とにかく、見てのお楽しみ」
わたしたちは近くに住むところをみつけるまで、クイーンズにあるカルラたちの家に泊《と》めてもらっている。ママとルシンダとムンディーンは、ほかのいとこやおじさん、おばさん、おじいちゃん、おばあちゃんと家のなかにいた。でも、わたしはカルラと妹たちといっしょに、コートを着て、ぼうしをかぶり、ミトンをはめて、裏庭《うらにわ》で初雪が降《ふ》るのを待っていた。一日中、ラジオの天気予報《よほう》は、感謝祭《かんしゃさい》には雪が降《ふ》るだろうといっていた。灰色《はいいろ》の空には雲が低くたれこめ、重たそうで、まるでピニャータ（お菓子《かし》をつめた人形）みたいだった。

カルラは、ドミニカでいちばんの仲良しだった去年とくらべて、ぐんと大人っぽくなっていた。まえは耳にかけていた髪《かみ》の毛を、いまはヘアバンドでうしろにまとめている。くちびるには、つやつやしたものをぬっている。荒《あ》れないようにっていうけれど、ちょっと口紅《くちべに》っぽく見える。ものすごく早口で英語を話すから、ときどき話を止めて「スペイン語でお願い」といわなければならない。ラウラおばさんは、わたしがこういうと喜んだ。カルラたちが学校では英語だけで話していて、母国語のスペイン語を忘《わす》れないかと心配していたから。

「いつもは、こんなに早く雪は降《ふ》らないんだけどね」カルラはいった。まるで、生まれてからずっとアメリカに住んでいるみたいな口ぶり！「今年は特別だよ、アニータ」

「クリスマスのまえに雪が降《ふ》ると、いいことがあるんだって」ヨランダが横からいった。

「なに、でたらめいってるのよ！」カルラが妹のヨランダをじろっとにらんだ。たしかに、ヨランダはまた作り話をしているのかもしれない。けれど、パパがあんなことになってから、カルラたちが一生懸命《いっしょうけんめい》になぐさめようとしてくれているのはうれしかった。

「ほらほら、お嬢《じょう》さんたち」ラウラおばさんが台所の窓《まど》を開けて、声をかけてきた。「もうすぐ食事よ」

今日は「七面鳥の日」。おじいちゃんとおばあちゃんは、そうよんでいる。でも、わたしはアメリカン・スクールへいっていたから、本当の名前は「感謝祭《かんしゃさい》」だって知っている。黒い帽子《ぼうし》とマントを身につけた清教徒《ピューリタン》たちが、アメリカにきた最初の年を無事に生きのびられたことに感謝《かんしゃ》した日だ。ブロンクスに住むいとこが何人かと、ニューヨーク市内からおじいちゃんとおばあちゃんが地下鉄（地面の下を走る電車！）にのってやってきた。一族全員じゃないのは、フランおじさんの一家は遠いフロリダ州のマイアミにいたし、ミミおばさんには恋人《こいびと》ができて、その人の両親に会いにいったから。でも、残りは……ほとんど集まった。

いつもならカルラたち姉妹も手伝わなくちゃいけないけれど、今日は「船に戦争が多すぎる」って、ラウラおばさんがいった。（わたしでさえ、おばさんの英語はまちがっているとわかった。本当は「船に船頭が多すぎる」ってことわざを、いいたかったみたい）だから、わたしたちは近所をぶらぶらして、カルラと同じクラスのかっこいい男の子が住んでいる家の前を通りすぎた。カルラはいつだって好きな男の子がいて、結婚《けっこん》について話している。うちのママは、アメリカにきてから、カルラはちょっぴり男の子ぐるいになったっていうけれど、わたしも同感。だけど、七年生になったら女の子なんてみんなこうよって、カルラはいいはった。（カルラにはいいたくないけれど、わたしは六年生のときからそう）

あのつらい知らせを受けたあと、わたしたちは、カルラたちの家に二週間ほどまえに引《ひ》っ越《こ》してきた。ママは、すぐにわたしをカルラたち姉妹の通うカトリックの学校に入れた。ドミニカではほとんど学校にいけなかったから、六年生にもどされた。だけど校長先生のシスター・セレストは、勉強の成果が出たら、春までにはカルラと同じ学年にしてくれるって約束した。

そんなに長くアメリカにいるなんて！　けれど最近のママは、わたしたちの心の傷《きず》が癒《い》えるまで、しばらくドミニカには帰らないって、いっている。

それって、どのくらいの期間なんだろう？　パパがいなくなって、からっぽになった気持ちは、いったいどうやったら回復《かいふく》するの？

ママが外に出てきて、「食事の時間よ」といった。とても悲しそうだ。すっかりやせてしまって、ラウラおばさんからもらった黒のコートを着ていたけれど、ぶかぶかだった。まえは、おばさんと同じサイズだったのに。黒のコートの下には、もう何週間も同じ黒のワンピースを着ていた。幼《おさな》いフィフィの手を引いていたけれど、たぶんフィフィがお姉ちゃんたちといっしょに外にいきたいと泣いたんだろう。

「まだ降《ふ》らないの？」ママが空を見あげる。ママは、昔、パパといっしょに冬のアメリカを旅行したときに、雪を見たことがあった。でも、わたしに見せるのを楽しみにしていて、自分がはじめて雪を見たときのことを何度も話してくれた。パパとママは、ホテルの窓《まど》のサッシに積もった雪をすくって玉を作り、部屋のなかで雪合戦をしたんだって。今朝から、ママは何度も空を見あげていて、なんだかオーブンに入れた七面鳥がこげていないか確認《かくにん》しているみたいだった。だけど、どんよりくもった灰色《はいいろ》の空からは、ひとひらの雪も舞《ま》いおりてこなかった。「もう入ったほうがいいわ」とママ。「まだしばらく降《ふ》らないみたいね。それに、あなたたちのママが心配するでしょ」ママはカルラたちに目を向けた。カルラたちもわかっている。ラウラおばさんは、ドミニカでも、ここでも、とにかく心配性《しんぱいしょう》だった。

わたしたちは家に向かった。幼《おさな》いフィフィが、カルラたちのそばを走る。わたしがうしろからゆっくり歩いていくと、ママが待っていて、わたしの腰《こし》に腕《うで》をまわした。この数カ月、パパたちの無事を祈《いの》りながら、ママとはまた仲良くなれた。でも、その祈《いの》りが届《とど》かなかったいま、ママはなにかにつけて、わたしを抱《だ》きしめる。これまで失ったものと同じように、わたしまで失うのがこわいみたいだった。

「散歩、どうだった？」ママがきいた。

「うん、楽しかった」ママに心配されないように、わたしはこたえた。まさかカルラにつきあわされて、七面鳥を食べるケヴィン・マクローリンをひと目見ようと、家の前をうろうろしていたなんていえるわけがない。

「なにもかもが灰色《はいいろ》で、死んでいるみたい。なかなか慣《な》れないわ」ママはため息をつき、裸《はだか》になった木をちらっと見あげた。「死」ってことばをいうとき、わたしの腰《こし》にまわした腕《うで》にぎゅっと力をこめた。「アニータにとって、アメリカではじめての感謝祭《かんしゃさい》ね」ママはなるべく明るくいおうとしている。ママのあとから家に入ったとき、目のはしに細かいちりのようなものが見えた。ひとつ、それからもうひとつ。ちがう、そんなはずない。雪って、レース編《あ》みみたいにきれいなもののはず。おばあちゃんが、ドミニカを離《はな》れてアメリカにくるまえに、よくかぎ針《ばり》で編《あ》んでいたような。

食堂には、大きなテーブルに延長《えんちょう》用の板も取りつけて、大人全員分の席が作られていた。みんなそろって黒い服を着ていて、クロムクドリモドキの集まりみたい。わたしは、大きな窓《まど》のそばに用意された、子ども用のすこし小さなテーブルについた。

「神よ、今日の恵《めぐ》みに感謝《かんしゃ》いたします」カルロスおじさんはお祈《いの》りをはじめたけれど、すぐにことばをつまらせた。おじさんは自分をひどく責《せ》めているって、ムンディーンはいっていた。自分はぎりぎりのところでドミニカを出て、あとに残ったパパやトニーおじさん、ほかの仲間たちが、ボスの息子からの仕返しを受けることになったから。

「なにより、こうして家族を集めてくださり、ありがとうございました」おじいちゃんがつづける。「わたしたちみなのために命を捧《ささ》げた者たちを悼《いた》み、祝福をささげます」

「アーメン！」だれもなにもいわないでいると、フィフィが大声をあげた。お祈《いの》りのしかたを教わったばかりで、知っていることばが出てくるたびに、大きな声ではっきりととなえる。みんながそろって、涙《なみだ》ぐんでいる人まで、どっと笑った。

今朝、ミセス・ウォッシュバーンからママに電話があった。感謝祭《かんしゃさい》に、わたしたちのことを思っていてくれたそうだ。ママは少し話してから、わたしに受話器を差しだした。

「こんにちは」なつかしい声が聞こえる。「お父さん、残念だったね」サミーがいった。「父さんが、アニータのお父さんは真の英雄《えいゆう》だっていってたよ」

なんてこたえればいいのかわからない。「うちのパパが殺されたこと、残念に思ってくれてありがとう」とか、まぬけな返事しか思いつかなかった。

「それで、ニューヨークは気に入った、アニータ？」

わたしは、みんなにそうきかれるたびにするこたえをいった。「うん、まあ」ドミニカにいるとき、よくサミーは、アメリカは地球上でいちばんすごい国だって自慢《じまん》していた。ぱっとしないこたえ方をして、気を悪くしないといいけれど。

「もし遊びにきたければ、ルシンダとムンディーンといっしょにきたらって、母さんがいっているよ」ときどき口ごもるから、そばにミセス・ウォッシュバーンがいて、いわされているのがわかる。

カルラが横にきて、口を動かした。「だれ？」わたしが目をそらすと、カルラはだまった。サミーについて、ドミニカでは彼氏《かれし》だったみたいに、カルラには話していた。恋《こい》に目覚めてぐんと大人びた七年生のカルラに、遅《おく》れを取りたくなかったから。

「ありがとう、サミー」サミーが招待《しょうたい》のことばを終えると、わたしはいった。もうおたがいに前とはちがうかもしれないけれど、やっぱりサミーはわたしの初恋《はつこい》の人だと思うから、こうつけ加えた。「もうすぐ、家が見つかるの。ママが、引《ひ》っ越《こ》したら、友だちをよんでもいいって。よかったら、こない?」

「やった! ヤンキースの試合を見にいきたいな。ねえ、母さん?」サミーが声をあげる。「アニータが、ヨギ・ベラとミッキー・マントルを見に、ニューヨークへこないか、だって」

ちらっとカルラを見ると、興味《きょうみ》しんしんでまゆをつりあげている。わたしは、カルラにわかるように首をふった。ちがう、大人になっても、サミー・ウォッシュバーンとは結婚《けっこん》したくない。

わたしはお腹《なか》がいっぱいで、自分のお皿の料理を全部食べきれなかった。テーブルが片《かた》づくと、すぐにヨランダが、みんなで外へいってもいいかといいだした。「ちょっと待って」台所からママの声がして、しばらくするとドミニカの島の形をした誕生日《たんじょうび》ケーキを持ってあらわれた。ケーキの上には、火の灯《とも》った十三本のろうそくが並《なら》んでいる。

全員で「ハッピー・バースデー」をうたってくれた……わたしのために！

「来週だと、みんなで集まれないものね」ラウラおばさんがいった。

ろうそくの火を吹《ふ》き消すまえに願いごとができるよう、ママがケーキをわたしの前に置いてくれた。だけど、わたしが心から願う、ただひとつのことは、どうやってもかなわない。ママも、わたしの願いがわかったみたい。肩《かた》に手を置き、そっと耳打ちした。「お願いは、あとにとっておいたら」わたしも、そのほうがいいと思った。家族や親せき十六人にせかされたら、ちゃんと考えがまとまらないし、そうしているうちにろうそくが溶《と》けてケーキにかかっちゃうもの。

「もう外へいってもいい？」ケーキを食べおえたとたん、ヨランダがきいた。わたしたちが家に入ってからも、雪は降《ふ》りつづけている。

ラウラおばさんは首をふった。「食べたあとは、少し休まなくちゃ」

信じられない。アメリカにきてから、おばさんはまえよりもいっそうきびしくなっていた。雪は水からできているんだから、急がないと溶《と》けちゃうって、おばさんにいいたくなった。海じゃないもの、食べてすぐに泳いだらおぼれるなんてことはない。だけど、ママからきびしくいわれている。ここではお客さんなんだから、礼儀《れいぎ》正しくしなさいって。だから、アメリカは自由の国のはずだなんて、おばさんにいうつもりはない。

おじさんやおばさんは椅子《いす》を引き、昔の話をはじめた。まず、おばあちゃんが、パパがまだわたしくらいの年だった頃《ころ》の話をした。まえにも聞いたことのある話で、しかもおばあちゃんは細かいところをたくさんまちがえているのに気づいた。ママが耳打ちする。おばあちゃんは悲しみのあまり混乱《こんらん》しているのよ、だまっていてあげなさい。

わたしは、ずっと窓《まど》の外をながめていた。雪は降《ふ》りつづけ、どんどん積もっていく。十三歳《さい》になるまえに、はじめての雪が見られてうれしかった。来週までにいろいろなことをいっぱいして、子どもができたときに、「ママがあなたの年の頃《ころ》は……」って話してあげられる。話すことは、たくさんある。十二歳《さい》の頃《ころ》には、クローゼットのなかに住んで、独裁政権《どくさいせいけん》を生きのびて、彼氏《かれし》っぽい男の子がふたりできて……そして、パパをなくした。

ラウラおばさんが、わたしが窓《まど》の外を見ているのに気づいた。いまは、わたしのしたいことをさせてあげようって思ったみたい。「わかったわ、いいわよ」おばさんはいった。「『山がモハメッドのもとへこなければ、モハメッドが山へいくしかない』っていうものね。温かくしていくのよ！」

ヨランダとカルラとサンディといっしょに、わたしはブーツをはいて、コートを着た。幼《おさな》いフィフィもいきたいとしつこくせがみ、結局おばさんが折れた。ルシンダには「こんなに寒いのに外に出るなんてばかじゃないの。頭はだいじょうぶ？」っていわれた。ムンディーンにいっしょにこないか誘《さそ》ったけれど、首を横にふった。ムンディーンは、これまで一度も聞いたことがないみたいに熱心に、パパに関わる話に耳をかたむけていた。ラウラおばさんが、もしもなにかで測《はか》れるとしたら、ムンディーンが今回のことをだれよりも真剣《しんけん》に受けとめているとわかるわね、っていっていた。手の爪《つめ》で測《はか》れるなら、わたしもそう思う。だって、ムンディーンは、四六時中、爪《つめ》をかんでいたから。

玄関《げんかん》にいくと、カルラがこっそり地階へ電話をかけにいっていた。ラウラおばさんが食堂にいるうちに、なにか大切な電話をかけたいみたい。相手はだれかも知っている。ケヴィンの家にかけて、ケヴィン本人が出たら、切るんだろう。

外に出ようとしたとき、おじいちゃんが、一九三〇年に起きた巨大《きょだい》ハリケーンのあと、みんなで住んでいたあの土地をどうやって買ったかを話しているのが聞こえた。その話も知っている。

自分の家を建て、やがて子どもたちが結婚《けっこん》すると、まわりにそれぞれの家を建ててあげた。いまのように、ひとりがブロンクスにいて、もうひとりがマイアミ、娘《むすめ》はクイーンズにいるっていう、ばらばらな状態《じょうたい》とはちがう。新しい政府《せいふ》はあの土地をわれわれに返してくれるだろうから、そのときに、売るか、そのまま持っているか決めようとおじいちゃんはいった。

風よけ用のドアを閉《し》めて外に出ると、おじいちゃんの声はぱたっと聞こえなくなった。

二、三日前、ペーペおじさんが仕事で、イタリア大使といっしょにニューヨークへやってきた。そして、わたしたち家族を訪《たず》ねてくれた。ママは泣きながら、あの危険《きけん》な時期に、とても勇敢《ゆうかん》にわたしたちを助けてくれたお礼をいった。「感謝《かんしゃ》するのは、こちらのほうだよ」ペーペおじさんは頭をさげた。「あなたと子どもたちに。あなたのご主人、子どもたちにとってのお父さんが命を捧《ささ》げてくれたおかげで、ドミニカは自由になれたんだから」

ペーペおじさんは、オスカルからの手紙をあずかっていた。カルラは興味津々《きょうみしんしん》だったけれど、見せるつもりはない。「ロミオとジュリエット」のような恋物語《こいものがたり》をおおげさに作りあげそうだもの――以前のわたしみたいに。カルラは、わたしの日記についてもしょっちゅうきいてくるけれど、まだ自分で読み返すのもつらいのに、ほかのだれかに読ませるなんてできなかった。

正直にいうと、オスカルに対しても、ほかのなにかに対しても、自分がどう思っているのか、いまはよくわからない。あちこち歩きまわりながら、大丈夫《だいじょうぶ》、もう平気っていう顔をしている。でも、心のなかは感覚がまひしている。悲しみに埋《う》もれているみたいに。体は自由になっても、わたしの心はとらわれたままだった。

オスカルの手紙には、つい最近、うちのパパのことを聞いたとあった。とても悲しいって書かれていた。パパとトニーおじさんは、ドミニカを解放《かいほう》してくれた英雄《えいゆう》だって、ずっと記憶《きおく》しておくって。ペーペおじさんみたい。わたしは、また大泣きした。

そして、何度もわたしに手紙を書こうとしたといっていた。だけど一週間まえまでは、独裁者《どくさいしゃ》一家がまだドミニカを支配《しはい》していて、本当に必要な連絡《れんらく》以外は許《ゆる》されていなかった。一家が国外へ逃亡《とうぼう》して、やっと三十一年ぶりに自由選挙がおこなわれるそうだ。すべての国民に、投票して大統領《だいとうりょう》を選ぶ機会が与《あた》えられる。

「全部、アニータのお父さんとおじさん、仲間の人たちのおかげだよ。ぜったいに誇《ほこ》りに思うべきだ!」

オスカルは、ほかにもいろいろ教えてくれた。ウィンピーさんのお店にいって、チューチャに会ったんだって。わたしに手紙を書いているって話したら、チューチャは羽を忘《わす》れないように伝えてほしいといったそうだ。きっとチューチャの目ははるか遠くまで見通せて、わたしがどれほど落ちこみ、悲しんでいるかわかるのだろう。やっと、チューチャとパパがわたしに、飛んでほしいといった意味がわかったような気がする。ブラウン先生がいつもいっていた比喩《ひゆ》と似《に》ている。檻《おり》から放たれた鳥みたいに、自由な心を持つこと。そうすれば、独裁政権《どくさいせいけん》だろうと、なんだろうと、その人から自由を取りあげることはできない。

それから、アメリカン・スクールがもうすぐはじまるって書いてあった。それまで、オスカルと同級生の何人かは、二階の子ども部屋でまた勉強をはじめたそうだ。壁《かべ》に開いた穴《あな》はふさがれ、本棚《ほんだな》をまた使いだした。そうしたら、最近、あるものを見つけてびっくりしたんだって！　なんとそれは、『スイスのロビンソン』にはさまっていたトランプのハートの女王だったの！

「海岸からもどってきたら……」最後のほうで、オスカルはこう記していた。「なにかが変わったって気づいた。父さんと母さんは、またぼくらといっしょに夕食を食べるようになって、母さんはひざの上に置いたビニール袋《ぶくろ》に残りものを入れなくなった。だけど、いまでも庭に立って、あの窓《まど》を見あげるときがあるよ」

わたしは、オスカルからの手紙を何度も読み返した。カルラの家の浴室にかぎをかけて、ひとりきりで。マンシーニ家の浴室に隠《かく》れて日記を書いていた、あの不安な日々《ひび》にそっくりだった。

雪は、ママが話してくれた通りで、本当に神秘的《しんぴてき》だった。かなりの大雪なのに、ちっとも音がしなくて、なんだかへんな感じ。あたり一面がふわふわした白い雪におおわれ、切るのがもったいないウェディング・ケーキみたい。車も、茂《しげ》みも、鳥のえさ箱も——ごみ箱さえも——白い帽《ぼう》子《し》をかぶっている！　息をのむほどきれい。この景色をいつまでも忘《わす》れたくない。まだだれにも汚《よご》されていない、真新しい世界だ。

雪は、みんなをうきうきさせる。サンディは、バレエのジャンプをはじめた。冬のコートを着ながらだから、かなりへんてこだった。ヨランダはよっぱらいみたいによたよたして、みんなの笑いをとろうとした。わたしは上を見た。何百羽もの蝶《ちょう》が、わたしの顔にキスの雨を降《ふ》らす。あの知らせを受けてからずっと見つづけていた悪い夢《ゆめ》から、やっとめざめたような気がした。だれもパパの遺体《いたい》を見つけられなくて、かわりにわたしが生きたまま埋《う》められるっていう夢《ゆめ》から。

わたしは目を閉《と》じた……すると、わたしのベッドのはしっこにすわっているパパが見えた。それほど昔じゃない日に、いまとなってははるか遠い場所で、パパは「約束しておくれ、パパに約束しておくれ」とくり返している。わたしは思い出をふり払《はら》うように、首をふった。髪《かみ》から、雪が舞《ま》いおちる。

「だめ、動かないで」サンディがあわてていった。「ちっちゃなマシュマロみたいで、とってもきれいだったんだから。かわいいアニータ、かわいいアニータ」サンディがうたいだす。カルラたちも加わる。

にっこり笑いながら、わたしは泣きそうだった。クローゼットに隠《かく》れていたとき、ママが話してくれた、パパの作ったマシュマロのかんむりを思いだしてしまった。この頃《ごろ》は、だれかがなにかいうたびに、突然《とつぜん》記憶《きおく》がよみがえる。

「雪だるまを作ろうよ」とフィフィ。「おねがーい、おねがーい」フィフィの、舌《した》たらずで、かわいい言い方に、だめとはいえない。けれど、サンディはもっといいことを思いついた。「それより天使を作ろうよ。天使のほうがすてきでしょ」サンディは、ふくれっつらのフィフィをなだめた。

サンディがやり方を説明する。地面に横になって、両腕《りょううで》と両足を上下にふり動かす。なんだかめちゃくちゃだけれど、楽しそう。「十三歳《さい》になる前にやったこと」のリストにのせられる。

何度も雪に体を投げだし、思いっきり手足をふっていたら、すっかり冷えきってしまった。わたしたちは金切り声をあげながら、家にもどった。「風邪《かぜ》をひいて死んじゃうわよ！」ラウラおばさんが、タオルでフィフィをふきながらしかった。よく気をつけて聞いていると、「死ぬ」っていうことばは、おどし文句《もんく》として、おどろくほどしょっちゅう使われている。

だけど、パパが死んでしまったいま、死ぬことがそんなにこわいとは思えない。ときどき、生きるほうがこわいって思う。とくに、もう小さな子どもだったときのように、なんの心配もなく、幸福ではいられないと感じるときは。でも、チューチャの夢《ゆめ》を忘《わす》れないようにしている。わたしたちに羽が生えて、大空へ飛びたつという夢《ゆめ》。あれには、わたしたちがアメリカにくるってこと以上の意味があるはず。だってチューチャ自身がいうように、とらわれの身から解放《かいほう》されても、心に痛《いた》みを閉《と》じこめたままならば、なんにもならないでしょう？

その夜は、寝室《しんしつ》でカルラたちとおしゃべりした。たくさん食べすぎちゃったから、明日からはダイエットしなくちゃって。カルロスおじさんは、親せきのふた家族を車で地下鉄の駅まで送り、いまはベッドに横になって、フクロウでさえも眠《ねむ》くなりそうな歴史書を読んでいる。一階では、ママとラウラおばさんとルシンダが食卓《しょくたく》を囲んで、これまでに起きたことを思いだしていた。ムンディーンは外にゴミを出していて、フィフィは廊下《ろうか》の先にある別の部屋ですやすや寝《ね》ていた。

この小さな家に、みんながパズルみたいに、おどろくほどぴったりと収《おさ》まっていた。

カルラは窓際《まどぎわ》へいき、裏庭《うらにわ》の向こう、何軒《なんけん》か先の家をながめていた。ケヴィンの部屋の明かりが見えないか、と思っているんだろう。(でも、どうしてそこがケヴィンの部屋だってわかるの?!) カルラの立っている姿《すがた》を見て、あの頃《ころ》のわたしも、庭にいるオスカルを見たくて、窓《まど》の外をながめていたのを思いだした。いま考えると、オスカルが本当に好きだったのか、小さな四角い窓《まど》から見える自由――髪《かみ》をなでるそよ風や、肌《はだ》にふりそそぐ日《ひ》ざし――にあこがれていたのか、よくわからない。

「ねえ、みんな、きて」カルラが声をあげた。「雪の天使たちが見えるよ。とってもかわいい!フィフィのは、すごく小さいね!」

わたしたちは窓際《まどぎわ》にいった。ムンディーンが、外の明かりを消しわすれたのだろう。裏庭《うらにわ》が光にあふれていた。

見おろすと、目に入ったのは天使ではなくて、蝶《ちょう》だった。腕《うで》をふった部分と足をふった部分がつながって、左右の蝶《ちょう》の羽みたい。そのあいだから、頭がひょいと突《つ》きでている！　チューチャがいたら、これはしるしです、っていうにちがいない。ママ、ムンディーン、ルシンダ、そしてわたし。パパから飛びたった、四羽の蝶《ちょう》。わたしに、これからも飛ぶようにって、いっているのだろう。

わたしは目を閉《と》じた。願い事をするかわりに、わたしたちみんなを自由にするために死んでいった、パパと、トニーおじさんと、仲間の人たちのことを考えた。心のなかにぽっかりと空《あ》いた穴《あな》が、強い愛と、なにものにも屈《くっ》しない誇《ほこ》りで満たされていく。

わかったよ、パパ。わたしはいった。前を向くって、約束する。

作者のことば

一九六〇年のあの日、祖国《そこく》のドミニカ共和国を離《はな》れてアメリカ合衆国《がっしゅうこく》へいくと両親にいわれたときを、わたしは決して忘《わす》れないでしょう。どうしていかなければならないのか、何度も母にききました。母は、はりつめた静かな声で、「わたしたちは幸運だからよ」とだけいいました。

ニューヨークに着いた直後、両親は、なぜ大急ぎで祖国《そこく》を出なければならなかったのかを説明してくれました。わたしの頭にあった、たくさんの疑問《ぎもん》が解《と》けていきました。

三十年以上にわたって、ドミニカは残忍《ざんにん》なトルヒーヨ将軍《しょうぐん》に支配《しはい》されていました。秘密警察《ひみつけいさつ》はすべての国民の行動を見はっていました。おおやけでの集まりは禁止《きんし》されました。ほんのわずかでも反抗《はんこう》する気配を見せれば、捕《と》らえられ、拷問《ごうもん》にかけられ、その人も家族も殺されました。みんなだまって従《したが》いました。

独裁政権《どくさいせいけん》に抵抗《ていこう》する地下運動がだんだんと大きくなり、国じゅうに広がっていきました。活動員はおたがいの家で会い、トルヒーヨを倒《たお》すためにいちばんいい方法はなにか、考えだそうとしました。わたしの父は、何人かの仲間と、となりにすむおじといっしょに、この活動に関わるようになりました。

一九六〇年のはじめ、秘密警察《ひみつけいさつ》は地下運動の活動員を数名逮捕《たいほ》しました。想像《そうぞう》を絶《ぜっ》するような拷問《ごうもん》を受けて、彼《かれ》らは仲間の名前を白状《はくじょう》しはじめました。父は、自分と家族が捕《つか》まるのは時間の問題だと思いました。そこで、外科医だった父は、友人の助けをかりて、ニューヨークで自分の専門《せんもん》分野の研究員になろうとしました。何度も申したてをした末、ようやく政府《せいふ》は、わたしたち一家にアメリカへの出国許可証《きょかしょう》を発行しました。

そして、母のいう通りでした。ドミニカを脱出《だっしゅつ》できたわたしたちは幸運でした。独裁政権《どくさいせいけん》の最後の一年は、もっとも血ぬられていました。一九六一年五月三十日にボスが暗殺されたあと、長男が新たな独裁者《どくさいしゃ》になり、国じゅうに報復《ほうふく》しました。わが家のとなりに住んでいたおじは、ボスの暗殺計画に関わっていたため、秘密警察《ひみつけいさつ》に連れていかれました。いとこたちは、何カ月間も、父親が生きているかどうかもわからないまま、無事にもどってくることを祈《いの》りつつ、自宅《じたく》に軟禁《なんきん》されました。

あの悲しい時代からもう何十年も経《た》ちましたが、いとこたちはどんな気持ちで日々《ひび》を送っていたのかと、いまでもたびたび考えます。

それで、祖国《そこく》に残り自由のために闘《たたか》った人たちの生活を想像《そうぞう》しながら、わたしは物語を書くことにしました。トルヒーヨの支配《しはい》下にあったドミニカ共和国を物語の舞台《ぶたい》にしたのは、私《わたし》自身もかつてそこに暮《く》らしていたからです。けれど、この物語は、独裁者《どくさいしゃ》が統治《とうち》する国ならどこで起きてもおかしくありません。例えば、ニカラグア、キューバ、チリ、ハイチ、アルゼンチン、グアテマラ、エルサルバドル、ホンデュラスなど——悲しいことに、アメリカ大陸の南半分では、つい最近まで、独裁政権《どくさいせいけん》はまさに日常茶飯事《にちじょうさはんじ》でした。

ラテンアメリカの国々《くにぐに》では、「証《あかし》」とよばれる習慣《しゅうかん》があります。自由を求めて闘《たたか》い、生きのびた人間には、証言《しょうげん》をする責任《せきにん》があるのです。亡《な》くなった人の思い出を風化させないために、当時のことを語りつがなければなりません。

ドミニカの独裁政権《どくさいせいけん》にまつわる、心ゆさぶられる証《あかし》の多くは、まだ書きとめられていません。この悲惨《ひさん》な時代の証《あかし》をわたしに語ってくれた人たち全員に、感謝《かんしゃ》をささげます。とりわけ、当時の思い出を話してくれた、いとこのイーケ、リン、フーリア・マリア、おばのローサに感謝《かんしゃ》いたします。おじのメメーは、投獄《とうごく》され、生きのびた経験《けいけん》をもとに、いつかいっしょに本を書けないだろうかと、たびたびわたしに問いかけてくれました。この本は、おじが思い描《えが》いていた「体験記」ではありません。しかし、物語という形で、わたしは約束を果たせました。「証《あかし》をする」という約束を。

また、ドミニカには、国の守護聖人《しゅごせいじん》であるアルタグラシアの聖母《せいぼ》に感謝《かんしゃ》をのべるという習わしもあります。この物語を書くために力を貸《か》してくださったアルタグラシアの聖母《せいぼ》に感謝《かんしゃ》をささげます。そして、物語ができるまでの道のりを助けてくれた、編集者《へんしゅうしゃ》のアンドレア・ダスタルディとエリン・クラーク、代理人のスーザン・ベルゴルツ、連れあいのビル・アイクナー――この人たちをつかわしてくださったことにも、感謝《かんしゃ》いたします。

最後に、ここヴァーモント州での隣人《りんじん》で友人のライザ・スピアーズに感謝《かんしゃ》をささげます。この本の原稿《げんこう》を初期の段階《だんかい》から読み、ありがたい助言をしてくれ、はげましてくれました。ありがとう、ライザ！

※この「作者のことば」は、二〇〇二年刊行の原書に掲載されたものです。

訳者《やくしゃ》あとがき

ドミニカ共和国という国を知っていますか？

ＷＢＣ（ワールド・ベースボール・クラシック）を見たことがある人だったら、「野球が強い国」という印象をもっているかもしれません。じっさい、ドミニカでは野球はたいへん人気が高く、アメリカのメジャーリーグでも、日本のプロ野球でも、ドミニカ出身の選手がたくさん活躍《かつやく》してきました。

ドミニカ共和国は、アメリカ南東部のフロリダ半島から海を南西にくだり、カリブ海に浮《う》かぶイスパニョーラ島にあります。すぐとなりの島はキューバです。

イスパニョーラ島は、コロンブスがアメリカ大陸にやってきたとき、はじめて上陸した場所として知られています。スペイン人はここを拠点《きょてん》に、南北アメリカ大陸を植民地と化していきました。

その後、イスパニョーラ島の東半分がスペイン領《りょう》のドミニカ、西半分はフランス領《りょう》のハイチとされ、現在《げんざい》はそれぞれ独立《どくりつ》した国になっています。

青い海にかこまれ、緑豊《ゆた》かな森におおわれたドミニカは、一年を通して暖《あたた》かい気候にめぐまれた、とても美しい国です。まさに楽園を絵にえがいたような場所です。

そんな楽園のような国のなかで、一九三〇年から一九六一年まで、三十年以上にわたって人々《ひとびと》を苦しめる社会がつづいていました。トルヒーヨ大統領《だいとうりょう》という独裁者《どくさいしゃ》が支配《しはい》していたのです。政府《せいふ》に抵抗《ていこう》する人は捕《と》らえられ、拷問《ごうもん》にかけられ、殺されることも少なくありませんでした。

この物語の主人公アニータは、冒頭《ぼうとう》では、トルヒーヨ大統領《だいとうりょう》を心から尊敬《そんけい》し、ドミニカは自由ですばらしい国で、自分たちは快適《かいてき》な生活を送っていると信じていました。ところが、いとこたちが突然《とつぜん》アメリカへいってしまってから、事態《じたい》が急変し、事実を知ります。大人はいつもわけのわからない暗号めいたことばを使い、アニータがあれこれ質問《しつもん》したり、ちょっと声をあげたりするたびに、「シーッ！」としかりました。

さらに、一家は、ベッドではなく、銃弾《じゅうだん》をさけるために窓沿《まどぞ》いに床《ゆか》で寝《ね》なければならないときもありました。大統領《だいとうりょう》が暗殺されると、アニータとお母さんは、何カ月間も知りあいの家のウォークイン・クローゼットに身を隠《かく》して脱出《だっしゅつ》の機会をまたなければなりませんでした。

やがて、ドミニカは自由を得て、民主主義《みんしゅしゅぎ》の国になりました。この物語のアニータのお父さんとおじさんのような勇敢《ゆうかん》な人たちのおかげです。

作者のアルバレスさんは、十歳《さい》まで故郷《ふるさと》のドミニカで過《す》ごし、アメリカに移住《いじゅう》しました。

つまり、アルバレスさんは、アニータではなく、いとこのカルラの立場にいて、ぎりぎりのところで逃《のが》れることができたのです。

アルバレスさんのおじさんやいとこたちは、ドミニカに残りました。さいわい、生きのびることができました。けれど、よく知っていた人たちのなかには、殺された人もたくさんいました。

ラテンアメリカでは、生き残ったものには、「証人《しょうにん》」として後《のち》の世代に歴史を語りつぐ責任《せきにん》があるそうです。作家になったアルバレスさんは、自分ができる形で、この歴史を語りつごうと思いました。

そして、アメリカ合衆国《がっしゅうこく》では、ドイツのホロコースト（ユダヤ人虐殺《ぎゃくさつ》）やアメリカ合衆国《がっしゅうこく》の奴《ど》隷制《れいせい》についての作品はたくさんあるのに、同じアメリカ大陸の独裁制《どくさいせい》についての、子ども向けに書かれたものはほとんどないと気づきました。そこで、ラテンアメリカの「アンネ・フランク」のような少女の物語を書きあげました。

ラテンアメリカの国々《くにぐに》について、日本では、アメリカ以上に知られていません。一九七二年の時点で、ラテンアメリカ全体で、民主主義《みんしゅしゅぎ》国家はたったの三つしかありませんでした。ラテンアメリカの主な国では、ブラジルは一九八五年まで、アルゼンチンは一九八三年まで、チリは一九九〇年まで、軍事独裁政権《どくさいせいけん》が国を支配《しはい》していました。

第二次世界大戦から七十年が過《す》ぎ、日本では戦争を知らない世代のほうが多くなりました。自由な世の中が当たりまえのように感じられるほど、平和になれてしまっているかもしれません。だからこそ、アニータの物語を読み、自由のために命をかけた人たちを知り、平和の大切さを想像《そうぞう》してみてください。

もちろん、アルバレスさんが書きたかったのは、独裁政権《どくさいせいけん》のおそろしさだけではなく、アニータという少女がきびしい状況《じょうきょう》に向きあいながら、人間らしく成長していく姿《すがた》だったのでしょう。アニータはジャンヌ・ダルクのような勇敢《ゆうかん》な少女にあこがれていましたが、目の前の恐怖《きょうふ》におののき、うまくことばを発することができなくなります。けれど、「こわさを知らない者は、勇敢《ゆうかん》にはなれない」という友だちのオスカルのことばを思いだし、こわくても、一歩ずつ、進んでいきました。

また、緊迫《きんぱく》した日常《にちじょう》のなかも、アニータはサミーに淡《あわ》い恋心《こいごころ》を抱《いだ》いたり、おしゃれに夢中《むちゅう》になったり、その後クローゼットでの生活でも、オスカルと秘密《ひみつ》のやりとりをかわしたり、まさに思春期の少女といったふるまいも見せます。異性《いせい》を気にするという、いってみれば動物としての本能《ほんのう》を保《たも》ち、ささやかな楽しみを見いだすことも、きびしい状況《じょうきょう》で生き抜《ぬ》く力となっていたのかもしれません。

アニータの物語が、ひとりでも多くの人の心に響《ひび》くよう願っています。

二〇一六年十一月

神戸万知

本作に出てくる〝蝶《ちょう》〟には、実在《じつざい》のモデルがいます。パトリア、ミネルバ、マリア・テレサの、ミラバル三姉妹です。姉妹は反政府組織《はんせいふそしき》のメンバーで、〝ラス・マリポーサス（蝶《ちょう》たち）〟と呼《よ》ばれていました。財産《ざいさん》を没収《ぼっしゅう》されたり、投獄《とうごく》されたりした末、一九六〇年十一月二十五日、山道で待ちぶせされて殺されました。この事件《じけん》をきっかけに、独裁政権《どくさいせいけん》を倒《たお》そうという、人々《ひとびと》の意識《いしき》は高まったのです。

一九九九年、国連は、三姉妹が殺害された日を「女性《じょせい》に対する暴力《ぼうりょく》廃絶《はいぜつ》のための国際《こくさい》デー」としました。

——註　編集部

フーリア・アルバレス（Julia Alvarez）

一九五〇年、ニューヨーク市生まれ。生後すぐに、両親の故郷ドミニカ共和国に渡る。父がトルヒーヨ政権への抵抗運動に加わり、迫害をおそれて、十歳のときにアメリカに移住する。早くから作家を志し、一九九一年、ドミニカからアメリカに移住した四姉妹の人生を描く「How The Garcia Girls Lost Their Accents」でデビュー。二〇〇四年、本書「Before We Were Free」で、プーラ・ベルプレ賞（ヒスパニック系作家による、すぐれた児童書に贈られる賞）を受賞。ほかに、実在のミラバル姉妹をモデルにした『蝶たちの時代』（青柳伸子訳 作品社）などの作品がある。また、夫とともに、ドミニカに有機コーヒー農園をもち、その売り上げは地域の識字教育を支えている。

神戸万知（ごうど まち）

翻訳家。ニューヨーク州立大学卒業。白百合女子大大学院で児童文学を研究する。おもな訳書に、「ロンド国物語」シリーズ（岩崎書店）、「スイッチ！」シリーズ（フレーベル館）、『アリブランディを探して』『二つ、三ついいわすれたこと』（以上 岩波書店）など。アルバレス作品の翻訳には、『ロラおばちゃんがやってきた』（講談社）、絵本『ひみつの足あと』（岩波書店）がある。

わたしたちが自由になるまえ

二〇一六年十二月 第一刷発行
二〇一八年 十月 第二刷発行
著 フーリア・アルバレス
訳 神戸万知
発行 ゴブリン書房
〒一八〇-〇〇一一
東京都武蔵野市八幡町四-一六-七
電話 〇四二二-五〇-〇一五六
ファクス 〇四二二-五〇-〇一六六
http://www.goblin-shobo.co.jp/
編集 戸佐美香子
印刷・製本 精興社
Text©GodoMachi
2016 Printed in Japan
NDC933 ISBN978-4-902257-32-8 C8097
296p 195×131
本書の一部あるいは全部を無断で複写複製することは、法律で認められた場合を除き著作権の侵害となります。
乱丁・落丁本は、送料小社負担でお取り替えいたします。